Robert Solé, né au Caire en 1946, est arrivé en France à l'âge de 18 ans. Il est l'un des meilleurs spécialistes français de l'Égypte. Longtemps journaliste au journal *Le Monde*, il a également dirigé *Le Monde des Livres*. Auteur de plusieurs romans à succès *(Le Tarbouche, Le Sémaphore d'Alexandrie, La Mamelouka, Mazag)*, Robert Solé a également publié des essais remarqués, comme *L'Égypte, passion française* et le *Dictionnaire amoureux de l'Égypte*.

Robert Solé

LES MÉANDRES DU NIL

ROMAN

Éditions du Seuil

TEXTE INTÉGRAL

ISBN : 978-2-7578-8031-9
(ISBN 978-2-02-142586-4, 1re publication)

1

À dire vrai, je n'en menais pas large en arrivant à Toulon ce 14 avril 1831. Le stratagème que j'avais imaginé m'apparaissait bien fragile. Pourrait-il en être dupe, le brillant ingénieur dont Gatignol m'avait vanté l'intelligence et la perspicacité ?

Sur le quai, je me frayai un passage parmi les nombreux badauds qui assistaient aux préparatifs du *Luxor*. On y chargeait des malles, des poutres de bois ou d'acier, des treuils, des poulies, une forge, d'énormes cordages… Un marin de faction voulut bien me conduire jusqu'à la cabine d'Apollinaire Lebas, au milieu du navire. Deux légers coups frappés à sa porte me valurent un grognement sourd qui pouvait signifier « entrez ».

Je fus surpris – et un peu rassuré – par la petite taille de l'ingénieur. On ne peut pas dire qu'il payait de mine, l'homme chargé d'abattre l'obélisque de Louqsor puis de l'ériger à Paris ! Il avait trente-trois ans, mais sa silhouette enrobée, son air grave et ses froncements de sourcils lui en faisaient quinze de plus.

– Qu'est-ce que c'est ? Qui êtes-vous ? me lança-t-il d'une voix énervée.

– Un ami de Désiré Gatignol, que vous avez embauché comme assistant, monsieur.

– Où est-il ? Je le cherche partout. Nous appareillons demain !

– Il m'a demandé…

– Je me fiche de ce qu'il vous a demandé ! Où est-il ?

– Justement, monsieur, ce pauvre Désiré…

– En quoi est-il pauvre, je vous prie ?

– Les deux jambes paralysées, tout de même…

– Quoi !

– Eh oui, le malheureux…

J'avais suggéré à Gatignol d'invoquer un accident dont il aurait été victime, mais il ne voulait pas mentir, même par écrit. Tout juste s'était-il résigné à rédiger une lettre assez vague dans laquelle il s'excusait de sa défection, compte tenu d'un « drame personnel ». Ce qui n'était pas faux, après tout, car il faisait tout un drame de ce voyage en Égypte. Pour le remplacer, il recommandait son « très cher ami Justin Le Guillou, porteur de cette missive, en qui on peut avoir toute confiance ».

Lebas empocha d'un geste brusque la lettre que je venais de lui remettre. Il était furieux, mais n'osait pas s'emporter contre un infirme.

– Vous êtes ingénieur ? me demanda-t-il sèchement.

Prenant l'air offensé, je murmurai :

– Si je comprends bien, monsieur, vous ne voulez pas de moi. Ce que je peux admettre… Il ne me reste plus qu'à vous souhaiter une bonne traversée et un plein succès dans votre entreprise.

– Attendez ! fit-il en réfléchissant.

Et, après quelques secondes de silence :

– Je vous préviens, le séjour en Égypte ne sera pas une partie de plaisir. Je suis très exigeant, je ne tolère aucun écart.

Pour toute réponse, je lui offris mon plus beau sourire.

– Asseyez-vous à ce bureau, m'ordonna-t-il. J'ai une lettre urgente à dicter.

Sans doute voulait-il m'observer, avant de prendre une décision. Si les chiffres n'étaient pas mon fort, je savais écrire en bon français, et ma calligraphie valait bien celle de ce froussard de Gatignol qui faisait trembler ses pleins et ses déliés.

Lebas s'adressait au ministre de la Marine pour lui indiquer qu'il avait appliqué toutes ses consignes. La mission du *Luxor* s'annonçait sous les meilleurs auspices. Il s'engageait à lui envoyer d'Égypte le plus souvent possible des rapports sur les progrès de l'opération.

Ce fut une lettre parfaite, sans une faute d'orthographe et sans la moindre rature : l'ingénieur n'eut plus qu'à la signer. Mais un compliment lui aurait sans doute arraché la langue.

– Maîtrisez-vous le latin ? me demanda-t-il de sa voix bourrue.

Je ne voyais pas ce que le latin venait faire dans cette affaire. On aurait dit qu'il gagnait du temps pour réfléchir. Je répondis par l'affirmative : lors de mes études secondaires à Rennes, j'avais appris avec assez de soin le latin, et un peu d'italien dans la foulée.

– Venez, ajouta-t-il. Je vais vous présenter au commandant Raymond de Verninac de Saint-Maur.

Grand, mince, l'officier était sanglé dans un uniforme blanc. Il fut étonné, et assez contrarié, du changement d'assistant dont Lebas l'informa : visiblement, cet homme d'ordre ne supportait pas l'improvisation. Mais l'on était à la veille du départ, et il fallait pourvoir le poste, inscrit dans le budget. Après tout, c'était l'affaire de l'ingénieur.

Verninac avait commandé un autre navire, l'*Astrolabe*, à bord duquel Jean-François Champollion était revenu d'Égypte seize mois plus tôt. Les deux hommes s'étaient liés d'amitié au cours du voyage. À son retour à Paris, le déchiffreur des hiéroglyphes avait chaudement recommandé l'officier aux autorités, leur suggérant de lui confier le bâtiment spécial qui serait chargé de rapporter l'obélisque.

Épuisé, je m'endormis d'une traite dans le hamac qui m'avait été assigné, pour être réveillé à l'aube par tout un remue-ménage. Les cent vingt hommes d'équipage s'affairaient, levant les ancres et hissant les voiles avec une incroyable vitesse, comme s'ils étaient pressés de se soustraire aux tourments du départ. Une foule était massée sur le quai. Des jeunes femmes, portant des nourrissons ou tenant des enfants par la main, pleuraient. Nul ne savait combien de temps durerait cette expédition et, malgré les déclarations rassurantes des autorités, nul ne pouvait en garantir l'issue.

Parents et amis agitèrent une dernière fois leurs mouchoirs tandis que le *Luxor,* voiles tendues, tournait sur lui-même et se laissait pousser par la brise vers la sortie de la rade. Nous allions en Égypte, et j'en tremblais d'excitation.

2

Tout avait commencé, quelques jours plus tôt, par un incident grotesque. Il devait être un peu plus de 10 heures du soir. Pouvais-je prévoir que Violette était en train de batifoler, chez elle, avec ce grand imbécile de Triffot ? La croyant seule et voulant lui faire une farce, j'avais grimpé jusqu'à sa mansarde de la rue des Petits-Carreaux et tambouriné violemment à la porte :

– Ouvrez ! Maréchaussée !

Elle apparut dans l'entrebâillement, l'air apeuré, un sein débordant de la chemise qu'elle avait dû enfiler à la hâte. Puis, furieuse :

– Ce n'est pas parce que je t'aime, mon Titou, que je dois me priver de l'amitié d'un autre !

La porte se referma avec fracas. Je me retrouvai seul sur le palier, d'abord interloqué, puis écumant de colère. J'en avais marre de cette grisette. Marre de tout, à vrai dire, en ce printemps 1831 : de mes études de droit qui me barbaient ; de cette vie de patachon sans objectif précis ; de ce Paris où j'étouffais…

Ma mélancolie tenait peut-être au contraste entre le climat survolté de l'année précédente et le grand vide qui lui avait succédé. Si je n'étais pas à la première d'*Hernani* à la Comédie-Française, le 25 février 1830, des camarades m'avaient entraîné aux représentations suivantes pour défendre la pièce de Victor Hugo contre ses détracteurs. Quelle bataille ! C'est tout juste si nous n'en venions pas aux mains avec tous ces constipés. On ressortait de là sans voix, à force d'avoir crié, mais tellement excité ! La versification acrobatique d'Hugo, l'audace avec laquelle il enfreignait toutes les règles du théâtre m'enchantaient.

Quelques mois plus tard, c'est avec les mêmes, dans la rue cette fois, que je hurlais contre Charles X qui venait de suspendre la liberté de la presse, dissoudre la Chambre et changer la loi électorale. J'avais à peine suivi les faits et gestes de ce vieux roi, mais je faisais une fixation sur lui, voulant y voir tout ce que je détestais chez mon père : le conservatisme, l'autoritarisme, la rigidité, l'entêtement… Dans un Paris en fièvre, nous aidions les manifestants à construire des barricades. Nous sonnions à toutes les portes pour ameuter la population. Nous secourions les blessés, hurlions des slogans. Et cela s'était terminé, le troisième jour, sur la place de l'Hôtel de Ville, par une immense ovation quand La Fayette avait adoubé Louis-Philippe… Puis, très vite, la chose était retombée comme un soufflé. Tout semblait redevenir comme avant. On avait remplacé le drapeau blanc par le drapeau tricolore, et le roi de France par le roi des Français. La belle affaire ! À quoi avaient servi les Trois Glorieuses ? Il ne restait rien du soleil de Juillet.

Ce soir-là, devant la porte close de Violette, assailli par les relents de cuisine des étages inférieurs, j'étouffais de colère. Je sentais le besoin impérieux de tout bazarder, de changer d'air, de prendre le large. Soudain, une idée me traversa l'esprit. Après quelques secondes de réflexion, je dévalai l'escalier, bousculai au passage une petite vieille chargée d'un seau de charbon et filai ventre à terre en direction du faubourg Montmartre.

Deux semaines plus tôt, j'avais entendu Désiré Gatignol, bourré d'hésitations, se demander s'il devait accompagner cette expédition en Égypte. Divers bruits couraient sur les dangers de l'entreprise et les risques d'une guerre en Méditerranée. Il n'en fallait pas davantage pour terrifier un peureux de son espèce.

Arrivé chez lui, je frappai avec insistance à la porte. Gatignol finit par ouvrir, affolé, un bougeoir à la main, un bonnet de nuit enfoncé jusqu'aux oreilles.

– Désiré, lançai-je sans préambule, quand pars-tu ?

– Que se passe-t-il, Justin ? Que se passe-t-il ? Tu vas réveiller les voisins.

Une odeur aigre flottait dans cet appartement encombré de livres, à demi éclairé par une lampe qui fumait. En entrant chez Désiré Gatignol, ingénieur polytechnicien, un besoin irrésistible vous prenait d'ouvrir les fenêtres ou de fuir à toutes jambes.

– Je pars dans trois jours, me répondit-il d'une voix sourde, comme s'il indiquait la date de son exécution en place de Grève. Le *Luxor* doit quitter le port de Toulon autour du 15.

– Et si tu ne partais pas ?

Gatignol me fixa d'un air stupéfait.

– Oui, si tu me laissais y aller ?

Un tressaillement parcourut le visage de l'ingénieur.

– Quoi ? Tu veux partir ? Tu veux partir à ma place, Justin ?

Son regard s'assombrit aussitôt :

– Mais c'est impossible ! Jamais Apollinaire Lebas ne voudra d'un assistant comme toi : il a besoin d'un ingénieur maîtrisant la physique et la géométrie, un ingénieur capable d'effectuer des calculs compliqués pour l'abattage et le transport de l'obélisque.

– Je serai ingénieur, affirmai-je avec un grand sourire. Oui, tu diras que je suis ingénieur.

– Mais c'est impossible ! Lebas ne sera pas dupe, voyons !

– Tu ne lui annonceras ta défection qu'au dernier moment. Il n'aura pas le choix, il sera obligé de m'embaucher.

Gatignol avait peut-être peur de son ombre, mais l'agilité de son cerveau faisait l'admiration de nos professeurs au lycée de Rennes. Il perçut aussitôt dans mes propos une porte de sortie, tout en craignant de s'y engager. La tête dans les mains, il balançait entre terreur et soulagement.

– Je t'accompagnerai à Toulon, lui dis-je d'une voix ferme. Ne t'inquiète pas, tout se passera très bien. Personne ne pourra t'en vouloir de t'être brisé les jambes.

– Brisé les jambes ! fit-il, épouvanté.

– Ce sera une feinte, idiot. Ton Lebas, tout ingénieur qu'il est, n'y verra que du feu. Laisse-moi faire.

À cet instant, je n'avais aucune idée de la manière dont je procéderais, mais ma détermination était totale. La rapidité avec laquelle j'avais pris ma décision m'étonne encore, mais il est vrai que l'Égypte me faisait rêver depuis l'enfance. Landerneau n'avait pas échappé à la vague d'égyptomanie provoquée par la fameuse expédition de Bonaparte. M. Tourrette, notre maître d'école, était intarissable sur le pays des pharaons. Cet ancien officier des armées napoléoniennes, recasé dans l'enseignement, avait participé à la campagne d'Italie puis accompagné le futur empereur sur les bords du Nil. Il nous racontait avec des flammes dans les yeux la bataille des pyramides, expliquant comment les redoutables cavaliers mamelouks, armés jusqu'aux dents, venaient s'écraser sur les carrés français qui avaient l'ordre de ne tirer qu'au dernier moment. Le capitaine Tourrette évoquait aussi, d'une voix plus tendre, les palais du Caire, les chants des muezzins, le ciel étoilé, la douceur de l'air…

Enfant, j'étais fasciné par la lourde pendule en bronze qui trônait dans le salon de nos cousins, à Landerneau : le cadran, entouré d'une frise de pseudo-hiéroglyphes, était porté par quatre Isis ailées ; le carillon qui sonnait les heures et les demies m'emmenait dans un pays fantastique, à la fois lointain et familier, où tout se confondait : les hommes et les animaux, les pharaons et les dieux, les morts et les vivants.

En offrant une girafe à Charles X, le pacha d'Égypte cherchait-il à nous faire rêver davantage ? Naturellement, personne à Landerneau n'avait vu cet étrange mammifère, mais le journal local rendait compte chaque jour de son périple à pied entre Marseille et Paris. On avait confectionné à la girafe un costume imperméable spécialement adapté à son long cou. L'animal était accompagné d'une escorte de gendarmes et de deux vaches qui lui fournissaient du lait. Des foules enthousiastes se pressaient sur son passage. À Saint-Cloud, la girafe avait léché la main du roi qui lui présentait des pétales de roses…

Deux ans plus tard, à l'automne 1829, le début de mes études de droit à Paris avait coïncidé avec le retour d'Égypte de Jean-François Champollion. Le déchiffreur des hiéroglyphes était allé vérifier sur place sa découverte, encore contestée par quelques jaloux. Il revenait en vainqueur, les cartons pleins de notes et de dessins. On avait créé pour lui une chaire au Collège de France. Une nouvelle science était née.

L'égyptologie prenait le relais de l'épopée napoléonienne et relançait l'égyptomanie.

Mais tout cela ne suffit pas à expliquer la rapidité avec laquelle j'avais décidé de me substituer à Gatignol. Une fois de plus, j'avais agi sous le coup d'une émotion ou d'une impulsion subite, sans réfléchir. Quelques mois plus tôt, n'avais-je pas failli me noyer dans la Seine en portant secours, tout habillé, à un ivrogne tombé à l'eau, qui se débattait comme un beau diable ? « Vous auriez pu au moins retirer vos souliers ! » m'avait dit un sergent de ville arrivé sur les lieux.

Enfant, en classe, mon impulsivité m'amenait souvent à répondre aux questions avant que le maître eût fini de les poser. « Si encore vous me donniez toujours la réponse exacte ! » s'énervait M. Tourrette. Pour m'apprendre la patience, il plaçait un sablier devant moi et m'obligeait à le regarder, sans broncher, jusqu'au dernier grain. Puis il le retournait, et je devais de nouveau attendre…

Gatignol ignorait qui avait eu l'idée saugrenue d'aller chercher à Thèbes un obélisque de deux cent vingt tonnes, datant de Ramsès II, pour le planter au cœur de Paris. Toujours est-il que le monument avait été offert à la France par le pacha d'Égypte et qu'il fallait l'emporter. C'est dans ce but qu'un navire spécial, le *Luxor,* avait été commandé aux chantiers de Toulon.

– Un navire capable de naviguer aussi bien sur les mers que sur les fleuves, m'expliqua Gatignol, qui avait fini par me proposer une chaise. Car il s'agit de traverser la Méditerranée, puis de remonter le Nil jusqu'à Thèbes. Là, on abattra l'obélisque, et on le chargera sur le *Luxor*. Ensuite, le bateau redescendra le fleuve, traversera la Méditerranée dans l'autre sens, contournera la péninsule jusqu'au Havre et remontera la Seine jusqu'à Paris. Jamais l'arsenal de Toulon n'a eu à concilier des exigences aussi contradictoires !

– Pourquoi contradictoires, monsieur le polytechnicien ?

– Mais parce que… Ce voilier à fond plat n'excède pas deux mètres de tirant d'eau, comme l'impose la navigation fluviale. Ce qui contredit totalement les principes de la navigation maritime.

– Tu veux dire que le *Luxor* risque de ne pas tenir la mer ?

– J'en ai peur.

Il avait peur de tout, Gatignol.

Le lendemain, je réservai une place dans la diligence qui partait pour Toulon trois jours plus tard, me gardant bien d'en informer mes parents. La lettre annonçant mon voyage en Égypte arriverait à Landerneau quand je serais déjà en mer. Mon père suffoquerait de colère, mais comptait-il vraiment sur son fils aîné pour lui succéder à la tête de l'étude notariale ? Mon caractère imprévisible me condamnait depuis longtemps à ses yeux, et il avait reporté toute son attention sur mes frères cadets.

Je devais à ce père sévère mon goût de la versification : sans le savoir, il avait fait de moi un poète amateur. L'année de mes onze ans, une brusque envie de me baigner dans la rivière m'avait valu une correction mémorable. Les fesses endolories par douze coups de martinet, cherchant à me venger, je m'étais mis à composer :

> Maître Le Guillou sur son arbre perché
> Tenait dans ses mains un fouet…

Le nombre de pieds n'y était pas, et j'avais quelque mal à appliquer la morale de La Fontaine à mon bourreau de père. Mais cette secrète riposte m'avait apaisé. À partir de ce jour-là, chaque fois que la tyrannie paternelle s'exerçait contre moi, je me réfugiais dans la rime. Quelques vers de mirliton, composés sur un petit calepin que personne ne verrait, me permettaient d'évacuer ma rage au lieu de commettre un geste irréparable. Avec les années, ce jardin privé ne se limitait plus aux avanies de maître Le Guillou : toute situation un peu spéciale me conduisait spontanément à rimailler. C'était devenu une manière de réagir aux événements, une défense et un délassement.

Je ne doutais pas de la fureur de mon père lorsqu'il apprendrait mon départ pour l'Égypte. Quant à ma mère… Imaginant son désarroi, je me promis de lui faire parvenir un cadeau : une douzaine de mouchoirs brodés à ses initiales, pour essuyer les larmes qu'elle ne manquerait pas, comme souvent, de verser.

« Cadeau de janvier, ingratitude de février », disait M. Tourrette, qui affectionnait les dictons météorologiques. C'est à lui que je pensais chaque fois que je sortais du rang… Notre maître d'école avait la passion du jardinage. Sitôt la classe terminée, il quittait sa lévite noire pour enfiler un tablier et soigner ses fleurs. Jamais je n'oublierai son regard terrible le jour où il me surprit en train de cueillir un dahlia. Sommé de m'expliquer, je bafouillai quelque chose, sans lui avouer que je destinais ce présent à la fillette aux boucles claires qui m'avait tourné la tête.

Le clergé avait vainement tenté d'empêcher la création de l'école mutuelle de Landerneau qui était financée par des notables locaux. Cet établissement accueillait aussi, gratuitement, quelques enfants pauvres. M. Tourrette n'était cependant pas autorisé à faire la classe aux filles : c'est son épouse qui s'en chargeait. Afin « d'éviter tout danger pour les mœurs », écoliers et écolières devaient se réunir à des horaires différents. Cet engagement, pris pour calmer les prêtres, n'était pas respecté : filles et garçons cohabitaient dans deux salles séparées de l'ancien couvent des ursulines, devenu propriété publique à la Révolution, et se retrouvaient ensemble à la fin de l'année scolaire pour la distribution des prix. J'étais tombé amoureux de la petite paysanne en sabots, aux boucles blondes, qui avait gagné trois couronnes et une *Imitation de Jésus-Christ*. Quand elle était redescendue de l'estrade, j'avais remarqué un grain de beauté dans son cou et décidé de lui offrir une fleur…

Je ne voulais plus entendre parler de cette garce de Violette. Mais, dans la soirée, quand elle se présenta chez moi, j'hésitai à la mettre à la porte. Elle baissait les yeux, affichait le visage d'une pécheresse repentante et arborait un décolleté à damner tous les moines de Landévennec.

Nous nous étions rencontrés un an et demi plus tôt au bal Montesquieu, peu après mon arrivée à Paris.

– Il suffit d'une contredanse et de deux galops pour gagner le cœur d'une grisette, m'avait expliqué un étudiant barbu, fumeur de pipe, affublé d'un gilet rouge à la Robespierre.

C'est à peu près ce qui s'était passé. Violette dansait bien. Ce soir-là, elle portait une robe froufroutante de satin jaune à bustier. On l'aurait prise pour une bourgeoise. Elle s'était très vite retrouvée dans mes bras.

– Tu l'installes chez toi, tu la charges des commissions, m'avait marmonné le barbu en mordillant sa bouffarde. Elle t'achètera ton eau-de-vie et ton tabac. Quand tu recevras, elle mettra le couvert et fera cuire le gigot. Au lit, elle saura te distraire. Et quand tu t'en lasseras, il te suffira de la refiler à un bizuth.

Mais Violette n'était pas du genre à faire la cuisine. Aussi capricieuse qu'ambitieuse, elle avait tenu à garder sa liberté, ce qui me convenait. Je la retrouvais certains soirs dans son nid de cocotte ou dans mon propre logement du Quartier latin. Le dimanche, nous allions faire une promenade au-delà des barrières, puis déjeunions dans une guinguette en bord de Seine. Grisés par un petit vin de Bourgogne, nous échangions des caresses dans un buisson et, le soir, de retour à Paris, rejoignions quelques amis au théâtre. Nos relations amoureuses, perturbées par quelques scènes de ménage, se limitaient à des étreintes aussi rapides qu'enfiévrées.

– Tu vas me manquer, me dit-elle, lovée contre moi dans le lit défait, quand je l'informai de mon projet de partir en Égypte.

Mais elle ne fit rien pour m'en dissuader. Peut-être envisageait-elle déjà de s'installer avec Triffot. De toute manière, ce n'était pas cette poupée sans cervelle qui m'aurait retenu en France.

– C'est quoi, un obélisque ? demanda-t-elle, tandis que mes lèvres effleuraient ses seins brûlants.

– C'est une pierre taillée en fuseau et dressée vers le ciel…

Elle se fichait bien des obélisques !

Assise au milieu des draps froissés, nue, impudique, Violette susurrait d'une voix enjouée :

– L'obélisque, mon Titou, est la meilleure partie de l'homme.

Et sa main audacieuse n'avait aucun mal à le démontrer.

J'avais donné rendez-vous à Désiré Gatignol dans un café de la rive droite, non loin de l'administration où il était employé.

– Tu vas vraiment prendre ma place auprès de l'ingénieur ? me demanda-t-il, l'air inquiet, n'arrivant pas à y croire.

Sa seule crainte, en réalité, était que je renonce à mon projet. Ne pas partir en Égypte le soulageait d'un énorme poids.

– Parle-moi de ton ingénieur, lui dis-je. Que je sache au moins à qui j'aurais affaire si je me décidais.

Il me plaisait d'entretenir le doute chez ce couard, alors que ma résolution était prise depuis l'avant-veille, juste après que Violette m'eut refermé sa porte au nez.

L'intrépide Gatignol
N'écoutant que son courage
Cède sa place en secret
Par crainte d'un naufrage

– Oui, parle-moi de ton ingénieur, lui dis-je. Que je ne me mette pas au service d'un malade ou d'un tyran.

– Mais non, mais non, Apollinaire Lebas est un homme remarquable ! Il avait été admis deuxième à l'École polytechnique. L'année dernière, lors de l'expédition d'Alger, il a supervisé la réparation des bateaux à vapeur de l'escadre française et installé avec succès un chantier de radoub à Sidi-Ferruch.

– Et l'Égypte, alors ?

– Lebas est chargé par le ministre de la Marine de diriger l'abattage et l'embarquement du premier des deux obélisques de Louqsor, en concertation avec le commandant du navire.

Le *Luxor,* spécialement construit pour cette mission, compterait cent vingt hommes, ainsi que seize ouvriers qualifiés : des charpentiers, des tailleurs de pierre, des calfats et un forgeron. Le navire était prêt à prendre la mer depuis plusieurs mois, mais son commandant avait persuadé le ministre de retarder le départ.

– Le *Luxor* était trop frêle pour affronter une tempête en Méditerranée à l'approche de l'hiver. Sachant qu'au retour il lui faudrait transporter un monolithe de deux cent vingt tonnes.

– Trop frêle, dis-tu ? Si je comprends bien, ton navire risque de finir au fond de la mer.

– Mais non, mais non ! Le commandant du *Luxor* a profité de ce délai supplémentaire pour modifier le système de mâture et renforcer les murailles du bâtiment.

Pendant quelques minutes, je fis semblant de m'interroger sur ma participation à cette expédition périlleuse. Gatignol suait à grosses gouttes.

Finalement, ma réponse est non
Ce rafiot ne me dit rien de bon
Une croisière en mer aussi folle
Ne veut ni péniche ni gondole

– Et quel sera le montant de mon traitement ? demandai-je.

Gatignol me vanta alors tous les avantages de cette mission. L'assistant de Lebas serait bien rémunéré, non seulement au cours de l'expédition, mais ensuite, en France, pendant toutes les opérations nécessaires pour le transport et l'érection de l'obélisque.

– C'est bon, dis-je. Où dois-je me présenter à Toulon ?

Le visage rayonnant, Gatignol insista pour payer les consommations.

Pour commander les mouchoirs destinés à ma mère, j'avais le choix entre plusieurs magasins élégants de la chaussée d'Antin. L'avant-veille de mon départ, vers 4 heures de l'après-midi, j'entrai au *Paris de la Mode,* et demandai conseil à l'une des demoiselles du comptoir. Tout en minauderies, elle me suggéra de la fine batiste garnie de dentelle. Comme j'hésitais sur la calligraphie du monogramme, elle fit appeler une brodeuse de l'atelier :

– Clarisse, monsieur a besoin d'une information.

Je fus saisi par la grâce de la jeune ouvrière. Vêtue d'une robe de gros drap, sans l'afféterie de sa collègue, elle éclipsait toutes les femmes présentes. Son petit bonnet en coton laissait échapper des boucles blondes. C'est lorsqu'elle se tourna de trois quarts pour prendre des échantillons sur une étagère que j'aperçus son grain de beauté dans le cou. Il me fallut quelques secondes pour revenir des années en arrière.

– Pardon, mademoiselle, lui dis-je, ne seriez-vous pas de Landerneau, par hasard ?

Elle me lança un regard étonné :

– Si, pourquoi ?

– N'étiez-vous pas dans la classe de Mme Tourrette, à l'école mutuelle ?

Son visage se crispa :

– Comment savez-vous cela ?

Le nom de Justin Le Guillou ne lui disait rien. Retrouvant un air impassible, elle me soumit deux types de broderies. Je fis mine d'hésiter, en la regardant à la dérobée.

– Ce caractère-là, peut-être… Ou celui-ci… À moins que…

– Je vous laisse choisir, fit-elle. Excusez-moi, je dois aller reprendre mon ouvrage.

Je lui proposai alors, d'une voix basse, mais insistante, de poursuivre notre conversation sur l'école de Landerneau en fin de journée, après la fermeture de l'atelier. Elle hésita quelques instants, puis me donna rendez-vous à 19 h 30, au coin de la rue.

Il faisait froid. Employées et ouvrières sortaient du magasin les unes après les autres, d'un pas pressé. Je reconnus tout de suite la fille de Landerneau, malgré son paletot et le bonnet de laine qui recouvrait ses cheveux. J'aurais pu l'inviter à boire un chocolat chaud dans un café que j'avais repéré non loin de là, mais je craignis sa réaction. Et c'est debout sur le trottoir, à la lueur d'un réverbère à gaz, que nous échangeâmes quelques mots.

Elle s'appelait Clarisse Tallec. Elle m'observait d'un air interrogatif, se demandant comment je la connaissais. Je ne lui parlai ni du grain de beauté ni du dahlia cueilli dans le jardin de M. Tourrette. Ce visage nu, sans le moindre maquillage, me troublait bien plus que celui que je guettais, enfant, sur le chemin de l'école.

Elle ne se souvenait pas de m'avoir croisé à Landerneau. Il est vrai que nous appartenions à deux mondes bien distincts. Dans ma classe, on reconnaissait au premier coup d'œil les fils de paysans, avec leurs cheveux non peignés et leur pantalon retenu au milieu du ventre par une cheville de bois. Et, chez les filles, la différence entre riches et pauvres devait être tout aussi flagrante.

Elle se détendit un peu quand j'évoquai les punitions de M. Tourrette. Aux élèves en faute, le maître faisait porter un écriteau sur lequel était inscrit en grandes lettres : « bavard », « malpropre », « menteur » ou « méchant ». Moi, j'avais droit à une mention spéciale : « agité ». Je gardais le plus mauvais souvenir du petit cachot de l'école, où régnait une obscurité totale. J'y séjournais souvent, ayant du mal à rester silencieux ou à me concentrer longtemps sur une tâche précise. Sur mon carnet de notes, j'étais qualifié, selon les mois, d'élève remuant, inattentif, indiscipliné ou perturbateur. Avec moi, le capitaine Tourrette perdait régulièrement patience. Le règlement ne l'autorisait pas à donner des coups de règle, mais il tirait les oreilles de manière très douloureuse.

Selon le principe de l'enseignement mutuel, les élèves les plus âgés ou les plus doués instruisaient leurs condisciples : c'étaient les moniteurs. Dans la classe des garçons, l'un des fils de M. Tourrette jouait ce rôle. Clarisse Tallec m'apprit qu'elle avait été monitrice et gagné ainsi cinq centimes par jour.

– Ce n'était pas beaucoup ! fis-je en riant.

– C'était beaucoup pour une fille de maréchal-ferrant, répliqua-t-elle un peu sèchement.

L'arrivée à notre hauteur d'un passant titubant, bien aviné, dont nous nous écartâmes, me dispensa de balbutier une excuse. Mais il me fallut préciser que j'étais pour ma part étudiant en droit et fils de notaire.

– Pourquoi, me demanda-t-elle, avez-vous choisi le *Paris de la Mode* ?

– Je n'en sais rien. Le nom, sans doute… Ma mère est attentive à la mode, et très impressionnée par tout ce qui vient de Paris. J'aimerais d'ailleurs que le nom de l'établissement apparaisse bien sur l'emballage du colis.

– Je ne brode pas les étiquettes, répliqua Clarisse Tallec avec un petit sourire ironique.

Puis, sans transition :

– Il va être tard, j'ai un long chemin pour rentrer chez moi. Bonsoir, monsieur.

J'eus du mal à m'endormir cette nuit-là. Ce n'était pas le voyage en Égypte qui occupait mon esprit, mais cette jeune fille sur ses gardes que je n'avais pas su amadouer. Je ne cessais de penser à elle pendant toute la journée du lendemain. Il fallait absolument que je la revoie.

Caché dans la pénombre, je l'attendis à la sortie de l'atelier. À 19 h 30 précises, plusieurs employées firent irruption en même temps sur le trottoir, puis se dispersèrent sans me laisser le temps de reconnaître celle que je cherchais. Je crus avoir perdu Clarisse Tallec quand elle apparut à son tour. Elle s'arrêta un instant sous le porche, comme si elle avait oublié quelque chose. Puis m'aperçut.

– C'est encore pour des mouchoirs ? demanda-t-elle avec un sourire imperceptible.

– Non, pour un bol de soupe, si vous m'autorisez à vous inviter à dîner. Je connais un restaurant non loin d'ici…

Ne lui donnant pas le temps de refuser, je lui tendis mon bras. Après un instant d'hésitation, elle s'y appuya et se laissa guider.

Il n'était pas question d'aller chez Fricoteaux, place de la Sorbonne, où j'avais mes habitudes, car nous risquions d'y rencontrer la moitié de l'université. Pas question non plus de l'emmener au Café anglais où cet abruti de Triffot s'était ruiné un soir pour en mettre plein la vue à une cocotte. Afin de ne pas l'embarrasser, j'avais opté pour un modeste restaurant que j'avais repéré au faubourg Montmartre.

Le prix des consommations, affiché à la devanture, la fit reculer, mais j'avais déjà poussé la porte et l'invitais à entrer.

À ma demande, on nous attribua une table isolée dans un coin de la salle, à l'écart de la fumée et du bruit. Clarisse Tallec lançait des regards inquiets autour d'elle. On aurait dit qu'elle pénétrait pour la première fois dans un restaurant.

Quand le garçon lui tendit le menu, elle ne sut qu'en faire.

– Vous n'allez pas vous contenter d'un bol de soupe, lui dis-je.

Me voyant parcourir la liste des plats, elle fit de même. La lecture la détendit. Calligraphiée d'une plume trébuchante, la carte était truffée de fautes d'orthographe.

– Le *rauti* vous tente ? lui demandai-je en souriant.

– Je prendrais plutôt du *poullet,* mais avec une seule aile.

Le garçon ne comprenait pas pourquoi le menu nous amusait. Son air ahuri fit rire Clarisse. Mais elle se reprit vite, de nouveau sur la défensive.

Je l'interrogeai sur son métier. Elle se déclarait prolétaire, mais sa manière de s'exprimer et la grâce de ses gestes semblaient le démentir. À regarder ses mains délicates, on ne l'aurait pas prise pour une fille du peuple. Des mains fermes pourtant, aux doigts agiles, qui devaient faire merveille dans la couture. Ses ongles sans vernis étaient taillés court. Une légère callosité sur le majeur droit retint mon attention. J'en eus l'explication un peu plus tard quand elle m'apprit qu'elle correspondait régulièrement avec une ancienne camarade de l'école mutuelle : une certaine Adèle Guégan, qui s'apprêtait à épouser un apothicaire de Ploudaniel.

En réponse à une question que je lui posai sur les magasins de confection, elle s'anima :

– Les patrons cherchent à diminuer les salaires, alors que les grands ateliers de modistes (Maurice Beauvais, Hocquet, Victorine...) sont florissants. Même le nôtre, plus petit, ne manque pas de commandes. Nous travaillons en ce moment sur une toilette de bal qui sera facturée trois mille francs ! Oui, trois mille francs. Autant dire six fois le salaire annuel d'une ouvrière d'élite.

– Six années de salaire ?

– Faites le compte : à raison de deux francs par jour, on arrive tout juste à cinq cents francs par an. Parce qu'il faut défalquer les jours fériés et les dimanches, retrancher la morte-saison...

– L'arithmétique n'était pas mon point fort à l'école, lui dis-je en souriant. J'ai eu du mal avec le système métrique. Il m'arrive encore de compter avec les anciennes mesures. Et dire que je vais être l'assistant d'un ingénieur...

Elle m'interrogea du regard. Je me repris :

– Non, pas vraiment l'assistant... Je vais participer à une expédition en Égypte.

– En Égypte !

Un éclair traversa ses yeux clairs.

– En Égypte ? répéta-t-elle, comme si elle venait d'entendre quelque chose d'inouï.

Pendant quelques secondes, elle me parut ailleurs.

– Le navire chargé de cette mission doit appareiller de Toulon sous peu, dis-je. Il s'agit de rapporter un monument de granit, une grande pierre appelée obélisque qui date de l'Antiquité.

– Ah ! fit Clarisse.

Mais ce n'étaient pas ces informations qui la faisaient s'exclamer. Elle semblait encore sous le coup de sa surprise.

– Et qu'allez-vous faire en Égypte ? finit-elle par dire, comme si elle n'avait pas entendu mon explication.

Je répétai, avec d'autres mots, ce que je venais de lui préciser.

– Pourquoi les anciens Égyptiens érigeaient-ils des pierres taillées ? demanda-t-elle, ayant complètement repris ses esprits.

Je la regardai d'un air embarrassé.

– À vrai dire, je n'en sais rien.

Elle m'interrogea ensuite sur ce qu'on ferait de ce monument à Paris, et je m'aperçus que la question ne m'avait même pas effleuré. Je tentai une diversion, mais cela ne fit que nourrir sa curiosité :

– Vous me dites qu'il a fallu construire un navire spécial et que la mission comptera cent vingt hommes. Est-il nécessaire de consacrer autant de moyens, de dépenser autant d'argent, pour aller chercher une pierre taillée ?

Incapable de répondre, je me demandai si je ne ferais pas mieux de lui avouer la supercherie que j'avais imaginée pour prendre la place de Gatignol, mais je craignis de la décevoir.

– Je vous écrirai d'Égypte quand j'aurai vu les obélisques, lui dis-je.

– Vous pouvez m'écrire au *Paris de la Mode*, murmura-t-elle.

Quand le serveur revint pour savoir si nous voulions autre chose, un bâillement échappa à Clarisse Tallec, qu'elle essaya de masquer du revers de la main. Visiblement, elle tombait de fatigue après une longue journée de travail, même si le repas avait dû lui redonner quelques forces.

– Je dois rentrer, dit-elle.

Moi-même n'étais-je pas appelé à me lever avant l'aube ? La diligence de Toulon partait à 6 heures du matin. Mais je n'avais nulle envie de la quitter. J'étais conquis par cette jeune fille, aussi transparente qu'impénétrable. Dix ans après la distribution des prix à Landerneau, j'étais de nouveau amoureux de Clarisse Tallec, et cette fois de manière bien plus vive qu'alors.

Je proposai de la raccompagner jusque chez elle, faisant valoir qu'à cette heure-là la plupart des rues de Paris, mal éclairées, étaient de vrais coupe-gorge.

– J'ai l'habitude, me dit-elle.

Elle me remercia pour le dîner, me souhaita un bon voyage et disparut dans la nuit.

Désemparé, je fus à deux doigts de la poursuivre, pour lui dire que non, finalement, je ne partais pas en Égypte : j'avais changé d'avis, j'aimerais beaucoup la revoir, par exemple le lendemain, à la même heure, devant l'atelier… Une fois de plus, j'aurais agi instinctivement. Mais c'est sans doute la peur de tout gâcher qui me retint.

3

Nous avions dépassé les côtes de Sicile. Ce soir-là, le commandant avait invité à sa table l'ingénieur Lebas ainsi que le docteur Angelin, un homme souriant, qui était le chirurgien major de l'expédition. D'une table voisine où je me trouvais avec deux sous-officiers muets comme des carpes, j'entendais leur conversation.

Verninac rendit un vibrant hommage à Champollion, avant de préciser :

– C'est grâce à notre éminent compatriote que trois obélisques ont été offerts à la France.

– Trois, dites-vous ? s'étonna le médecin.

– Eh oui, docteur. La ville d'Alexandrie possède deux obélisques pharaoniques. Le pacha d'Égypte, Méhémet-Ali, voulant se concilier les bonnes grâces des puissances européennes, en avait offert un à la France et le second à l'Angleterre. Mais, lors de son voyage, Champollion est tombé en admiration devant deux autres obélisques, bien plus beaux, érigés devant le temple de Louqsor. « C'est ceux-là qu'il nous faut », a-t-il écrit aussitôt aux autorités françaises. Méhémet-Ali, sollicité, n'était pas à un monument près. Pour tout dire, il se désintéresse complètement des vestiges antiques. Ou plutôt il s'en sert comme pierres de réemploi ou monnaie d'échange diplomatique. Bref, il nous a offert aussi les deux obélisques de Louqsor.

– Ça alors !

– Attendez, ce n'est pas fini. Apprenant que le pacha avait fait un nouveau cadeau à la France, le consul d'Angleterre s'est aussitôt précipité au palais. Il a fait valoir que Méhémet-Ali avait promis les deux obélisques de Louqsor au gouvernement de Sa Majesté britannique, et c'était malheureusement exact ! Imaginez l'embarras du pacha : il ne savait comment s'en sortir, ne voulant se brouiller ni avec Londres ni avec Paris.

– Et alors ?

– Et alors, c'est Champollion qui a débloqué la situation, par une suggestion très habile. Car notre valeureux compatriote n'est pas seulement un grand savant, c'est aussi un fin diplomate ! Il a fait dire au pacha : « Laissez à la France les deux obélisques de Louqsor et offrez à l'Angleterre un obélisque bien plus beau : celui de trente mètres de hauteur qui se trouve au cœur du temple d'Amon à Karnak. » Méhémet-Ali a jugé l'idée excellente. Quant au consul britannique, il n'y a vu que du feu. Il a donné son accord, sans comprendre qu'on le roulait dans la farine.

– Pourquoi donc, s'il vous plaît ?

Le visage de Verninac s'éclaira :

– Mais tout simplement, docteur, parce que l'obélisque de Karnak, quoique plus beau et plus grand que ceux de Louqsor, est intransportable ! Il est placé au milieu d'une cour et environné de constructions colossales. Pour le dégager, de nombreuses démolitions seraient nécessaires, que jamais on ne fera.

Le docteur éclata de rire. Puis il proposa de porter un toast à Champollion.

– Bravo, Champollion ! s'exclama le docteur Angelin.

Ils burent ensuite à la santé de Méhémet-Ali, pacha d'Égypte, de Louis-Philippe, roi des Français, et même de Ramsès II, qui n'aurait sans doute pas craché sur un bon vin de Champagne.

Servi par un vent de nord-ouest, le vaisseau filait jusqu'à huit nœuds. Massés sur le pont, le forgeron, les charpentiers, les tailleurs de pierre et les calfats vivaient leur baptême de la mer sur un navire flambant neuf. C'était bien la première fois qu'ils passaient des heures ainsi, les mains dans les poches ou fumant la pipe, tandis que d'autres s'activaient devant eux ! La cale, spécialement aménagée pour transporter l'obélisque, contenait le matériel dont ils auraient besoin sur place : des treuils, des poulies, des leviers, une forge, mais aussi de l'acier, des poutres, des planches, des centaines de mètres de câbles et de cordes… À croire que nous partions dans un désert, complètement démuni.

– Tout ça pour aller chercher une pierre ! s'exclama avec ironie un officier de seconde classe nommé Rodolphe Fouchard, tandis que je remontais d'une visite à la cale en compagnie de l'ingénieur.

Apollinaire Lebas répliqua d'un air pincé :

– Je vous signale, monsieur, que nous allons prendre possession d'un monument vieux de trente-deux siècles, élevé à la gloire de Ramsès II, l'un des plus grands pharaons d'Égypte.

Le regard de Fouchard croisa le mien. Il y décela une complicité qui le fit sourire. Je me promis d'entrer en contact avec lui à la première occasion.

Monsieur l'officier
Cessez vos remarques grossières
Et montrez plutôt l'exemple

Du haut de cette noble pierre
Trente siècles vous contemplent

Le *Luxor,* toujours favorisé par le vent, se rapprochait de la Sardaigne sur une mer calme. Quelques marsouins, jouant à la surface, firent le bonheur des fumeurs de pipe, appuyés au bastingage, à l'arrière du navire. Vers midi, un énorme cachalot, surgi de l'onde, vint brusquement leur souffler son eau à la figure. Trempés de la tête aux pieds, deux tailleurs de pierre durent se déshabiller, sous les rires de l'équipage.

Dans sa cabine, Lebas avait épinglé au mur des schémas compliqués, que je ne cherchais même pas à comprendre. Il remplissait son calepin de chiffres, faisant et refaisant de mystérieux calculs.

L'incident éclata un après-midi, alors qu'on s'éloignait de la côte sicilienne et que le vent avait commencé à tourner.

– Venez voir, me dit l'ingénieur. Je prends pour hypothèse un poids de dix tonnes à soulever. Pouvez-vous me calculer les efforts respectifs à fournir dans les cas de mouflage à deux brins et à quatre brins ?

– J'en serais bien incapable, monsieur, lui répondis-je.

– Et pourquoi donc ? s'étonna-t-il.

– Parce que j'ignore ce qu'est le mouflage. Et, à vrai dire, mes compétences mathématiques s'arrêtent à la règle de trois.

L'ingénieur fronça le sourcil :

– Nous ne sommes pas ici pour plaisanter, Le Guillou !

– Malheureusement, monsieur, je ne plaisante pas.

Je dus lui avouer que j'étais étudiant en droit. Apollinaire Lebas n'en croyait pas ses oreilles. Il me le fit répéter trois fois, avant d'exploser. Dressé sur ses courtes pattes, braillant comme un putois, il me sommait de dire pourquoi je m'étais fait passer pour ingénieur.

Je protestai :

– Jamais, monsieur, une telle chose ne vous a été dite. Ni par moi-même ni par ce pauvre Gatignol. C'est un malentendu.

– Vous allez m'accompagner chez le commandant ! hurlait le petit homme. Avancez, avancez devant moi ! On va commencer par vous mettre aux fers. Oui, aux fers. Au pain sec et à l'eau. Jamais vous ne poserez le pied en Égypte ! Jamais, vous m'entendez ? On vous débarquera à la première occasion.

C'était tout juste s'il ne voulait pas me faire jeter à la mer.

Raymond de Verninac de Saint-Maur, l'air soucieux, dirigeait une manœuvre sur l'entrepont. Depuis un quart d'heure, le vent était passé à l'est et risquait de soulever la houle. Il ne comprit rien aux cris de Lebas, mais nous engagea à le suivre dans une petite pièce occupée par des instruments de bord. Mis au courant de l'affaire, il me transperça du regard puis m'invita à m'expliquer.

– Mon commandant, dis-je avec un air aussi humble que possible, je ne suis pas ingénieur en effet, mais je n'ai jamais prétendu l'être. Je reconnais cependant que j'aurais dû…

L'hystérie de l'ingénieur jouait un peu en ma faveur. Cela n'empêcha pas Verninac de me sermonner, dans un style grandiloquent qui lui était propre :

– Honte à vous, jeune homme ! Votre tromperie est d'autant plus infâme qu'elle affecte une entreprise patriotique. C'est à la France que vous portez atteinte, c'est elle qui nous a chargés d'arracher à la terre brûlante de Thèbes un témoignage de granit lui rappelant la glorieuse campagne de Bonaparte en Égypte et l'immense découverte de notre Champollion.

Mais, se tournant vers Lebas, il lui fit savoir qu'il n'avait pas de raisons de me sanctionner. N'étais-je pas monté à bord avec son assentiment, et même à sa demande ? Quant à me débarquer… Aucune escale n'était prévue. De toute manière, le mauvais temps qui s'annonçait l'obligerait à prendre des décisions au fur et à mesure.

Un officier vint d'ailleurs l'appeler quelques instants plus tard pour lui faire remarquer que le *Luxor* dérivait excessivement. Verninac le suivit, après avoir conseillé à Lebas de regagner sa cabine.

– Le chalutier le plus grossier naviguerait mieux que ce navire ! grommela Rodolphe Fouchard que je croisai sur la coursive.

J'en eus bientôt la confirmation. N'étant pas assez profond, le *Luxor* avait des mouvements de roulis si forts qu'il était impossible de le maintenir dans une direction donnée. Encore heureux que l'obélisque ne se trouvât pas dans la cale ! Les officiers de bord estimaient que ce navire ne réussirait jamais à revenir d'Égypte avec un chargement de deux cent vingt tonnes. La seule solution était de le faire remorquer par un bateau à vapeur : la marine française en possédait déjà deux ou trois qui fonctionnaient à peu près correctement. Verninac se promettait d'en réclamer un dès l'arrivée à Alexandrie.

– Ton chef est encore vivant ? me demanda ce soir-là Fouchard. Il m'a semblé malade comme un chien, tout à l'heure.

Je décidai d'aller aux nouvelles. Quelques coups frappés à la porte d'Apollinaire Lebas restèrent sans réponse. Je pénétrai quand même dans la cabine, où l'ingénieur, recroquevillé dans sa couchette, était blanc comme neige.

– Laissez-moi appeler le docteur Angelin, lui dis-je.

Lebas ne protesta pas. Me faufilant entre des marins qui tentaient diverses manœuvres pour épargner la mâture, je mis un bon quart d'heure pour trouver le médecin.

– L'ingénieur a sans doute le mal de mer, me dit Angelin. Faites-lui respirer ceci. Je passerai le voir dans la soirée.

J'allai remettre la fiole à Lebas et l'aidai à inhaler le remède. Il se recoucha sans un mot, et enfouit sa tête sous l'oreiller.

Les difficultés de l'ingénieur me donnaient des ailes. Inconscient des dangers qui menaçaient le *Luxor,* aimant le risque, je me laissais porter par les mouvements du navire, à l'instar de Fouchard qui subissait sans broncher les caprices de la mer.

La nuit suivante, cependant, fut pénible. Je dormais tout habillé dans mon hamac. Les oscillations du navire me projetaient régulièrement contre une grosse poutre. Vers 2 heures du matin, je fus réveillé en sursaut par un roulement de tambour, suivi de sifflets. Des officiers aboyaient des ordres. J'entendais le pas lourd des matelots au-dessus de ma tête. Je me rendormis à l'aube, malgré le vacarme et une forte odeur de goudron dans les narines.

Le lendemain, alors que la mer commençait à se calmer, je me rendis au chevet de l'ingénieur, insistant pour qu'il se nourrisse un peu, comme l'avait conseillé le médecin. Son visage retrouvait doucement des couleurs.

À la hauteur de Candie, une jolie brise de nord-ouest permit au *Luxor* de reprendre sa route à peu près normalement. Apollinaire Lebas était sur pied. Je l'aidai à enfiler des vêtements propres.

– Au fond, grommela-t-il, je n'ai pas besoin d'être assisté par un ingénieur. Mes calculs, je les fais très bien tout seul. Vous me seriez plus utile en devenant mon secrétaire.

Je m'inclinai avec humilité, savourant ma victoire.

La mer était splendide désormais. On se serait cru au mouillage. Le *Luxor,* toutes voiles dehors, faisait presque oublier les défauts de sa structure. Les ouvriers avaient regagné le pont, où ils fumaient en regardant des mouettes s'abattre sur le navire et se reposer sur ses vergues. Je passais de longs moments à la proue, les yeux mi-clos, le visage balayé par les embruns. Ce goût de sel m'enivrait.

4

Le 3 mai 1831, après dix-huit jours de navigation, le *Luxor* approcha d'Alexandrie sous un ciel rosé, alors que le jour se levait. La ville phare de l'Antiquité semblait se cacher derrière des mamelons de sable. À peine apercevait-on à la lunette une mince cheminée émergeant de la ligne d'horizon.

– La colonne de Pompée, précisa le commandant Verninac, à côté de qui nous nous tenions sur le pont.

Bientôt apparut sur la droite un point scintillant. C'était le dôme vitré du palais de Méhémet-Ali : un bâtiment tout blanc, posé à la limite de la rade. L'accès du port étant difficile, il fallut qu'un pilote vienne guider le navire au travers des brisants. De nombreux vaisseaux, bricks et frégates se balançaient à l'ancre. Nous accostâmes au pied des murs du palais.

Le *Luxor* n'avait pas encore serré ses voiles que le pont était envahi de turbans criards. Des indigènes pieds nus, en robe longue, avaient escaladé les flancs du navire pour se disputer nos malles. On aurait dit une scène d'abordage. Nos matelots les repoussèrent à coups de crosse, avec quelque difficulté. Ce premier contact avec l'Égypte était pour le moins violent.

Le chancelier de France et plusieurs négociants français montèrent à bord pour nous souhaiter la bienvenue.

Ils jetaient des regards curieux sur cet étrange bateau dont l'arrivée leur était annoncée depuis des mois. Le consul général aurait dû accueillir lui-même le *Luxor,* mais il se trouvait au Caire et ne serait pas de retour avant plusieurs semaines.

– Plusieurs semaines ! s'exclama Verninac, vivement contrarié.

L'expédition avait besoin du consul, qui jouait un rôle d'ambassadeur dans cette province ottomane, pour effectuer divers achats et obtenir des permis de circulation sur le Nil. Notre temps était compté.

– Il faut impérativement que le *Luxor* pénètre dans le fleuve avant l'été, expliqua le commandant à ses interlocuteurs. Sinon, les vents du nord rendront la manœuvre beaucoup plus périlleuse.

On lui promit qu'un courrier partirait le lendemain pour la capitale. En cinq ou six jours, le consul général serait averti de la présence de l'expédition et de ses exigences.

Je déambulais dans la ville, étourdi par la chaleur, en compagnie de Fouchard. La cité bâtie par Alexandre, l'ancien centre intellectuel de la Méditerranée, n'était que ruelles tortueuses et crasseuses, bordées d'échoppes misérables. On y croisait des enfants presque nus, des femmes voilées de la tête aux pieds ou des porteurs d'eau écrasés par leur chargement. Ânes et chameaux levaient des nuages de poussière sur leur passage. Des odeurs indéfinissables d'épices et de friture traversaient ce labyrinthe, mais de temps en temps une bouffée d'air marin venait rafraîchir l'atmosphère et tout emporter.

– Vous vous trouvez, messieurs, dans une ville qui ressuscite, nous avait dit le chancelier du consulat.

Si Alexandrie n'était plus que l'ombre de sa légende, elle commençait à sortir d'un sommeil de plusieurs siècles. Méhémet-Ali l'avait reliée au Nil par un canal pour en faire un arsenal, une place forte et un port de commerce. De nombreux ballots de coton, empilés sur les quais, témoignaient de cette renaissance. La ville comptait déjà vingt-cinq mille âmes, de diverses origines : des Égyptiens, bien sûr, mais aussi des Turcs, des Abyssins, des Grecs, des Maltais, des Arméniens... Plusieurs fois par jour, des muezzins à la voix nasillarde s'époumonaient du haut de leurs minarets aux formes bulbeuses.

Dans le quartier franc, les négociants européens occupaient d'élégantes maisons de style italien, de couleur ocre ou rose. La présence du *Luxor* leur apportait un peu de distraction. Le commandant et ses collaborateurs étaient invités tous les soirs à des dîners au luxe tapageur. Nous regagnions le bateau dans la nuit, avec précaution, une lanterne à la main et armés d'un bâton, car les rues, ni pavées ni éclairées, étaient le repaire de chiens à demi sauvages qui se jetaient sur les passants.

Des dames juives et levantines ayant demandé à visiter le *Luxor,* une réception fut organisée à bord. Officiers et matelots en manches de chemise, arborant des chapeaux de paille, s'activèrent avec une énergie inhabituelle pour achever la toilette du navire. La blancheur du pont contrastait avec le noir luisant de la ferronnerie et le vert des murailles. Les voiles, admirablement roulées, se confondaient avec les vergues. On n'avait jamais vu les hamacs aussi bien pliés et alignés.

Ces dames arrivèrent avec une heure de retard. Elles étaient encombrées de longues capes noires, le visage masqué par une voilette.

– Chez nous, les femmes ne se couvrent jamais de la sorte, surtout en pareille circonstance ! leur lança Fouchard, approuvé par tout l'équipage.

Elles protestèrent par de petits rires, avant de se consulter du regard. Les premières épingles sautèrent, laissant apparaître de jolis minois et des robes aux couleurs vives, richement incrustées de perles et de paillettes. On se disputa pour leur donner le bras. La visite du navire se poursuivit jusqu'à la cale. Puis on déboucha du vin de Champagne pour porter plusieurs toasts, à l'Égypte, à la France, à l'obélisque.

Cet après-midi très gai devait être suivi de quelques rencontres plus discrètes. Fouchard prétendait avoir séduit une Syrienne qui habitait une vaste demeure au bord du canal. Il me racontait avec force détails ses ébats avec la dame, momentanément privée de son époux qui inspectait des plantations dans le Delta. À l'en croire, elle était aussi habile qu'insatiable :

– Une bête d'amour, un véritable animal.

Mais j'apprendrais assez vite à me méfier des vantardises de Fouchard.

Apollinaire Lebas passait de longues heures en dehors de la ville pour étudier les deux obélisques, appelés aiguilles de Cléopâtre, et j'étais contraint de l'accompagner. Pour atteindre le site, à dos d'âne, il fallait sortir du mur d'enceinte et franchir de nombreux monticules couverts de fûts brisés, de morceaux de colonnes et de ruines en tout genre. On aurait dit que vingt ou trente siècles avaient été labourés sous nos pieds. Une meute de chiens à gueule de chacal tenait à nous escorter dans ce voyage, s'attaquant à des bestioles dont les restes empuantissaient l'atmosphère.

– *Obeliscos,* m'expliqua l'ingénieur, signifie petite broche ou brochette. Les Grecs d'Alexandrie, qui avaient l'esprit caustique, nommaient ainsi ces masses colossales de pierre. Des aiguilles donc, si l'on veut, mais qui n'ont rien à voir avec Cléopâtre : ce sont des monuments pharaoniques, bien antérieurs à cette souveraine. Érigés à Héliopolis, ils avaient été transportés à Alexandrie pour décorer un temple dédié à César. La belle Cléopâtre n'était déjà plus de ce monde, mais on aime bien attribuer mille et une choses à cette dame.

L'un des deux obélisques, gisant à terre, avait été dégagé du sable par les savants de Bonaparte, une trentaine d'années plus tôt. L'autre était encore debout.

– Celui-là nous appartient, me dit l'ingénieur, lors de notre première visite, en caressant de la main le socle du monolithe dressé vers le ciel. Mais il est loin de valoir les deux obélisques de Louqsor qui nous ont également été offerts.

J'avais enfin sous les yeux cet étrange monument : une pierre à quatre faces, d'une vingtaine de mètres de hauteur, se rétrécissant de la base au sommet et se terminant par une petite pyramide. La forme ne m'était pas vraiment inconnue : j'avais vu en France des obélisques à un carrefour forestier et dans un cimetière près de Landerneau, mais il ne s'agissait que de grossières copies, de taille réduite, sur lesquelles on pouvait graver des textes plus facilement que sur une colonne cylindrique. En granit rose, d'un seul bloc, les aiguilles de Cléopâtre étaient couvertes de hiéroglyphes sur leurs quatre faces. On ne distinguait, en réalité, qu'une partie des inscriptions, car la pierre, en mauvais état, avait été rongée par l'air marin.

Tous les après-midi, Apollinaire Lebas tenait à retourner dans cet endroit infesté de lézards et de scorpions. Son esprit était déjà en Haute-Égypte, à Louqsor.

– Je réfléchis, disait-il. Je prends des inspirations.

Jusqu'à présent, l'expédition du *Luxor* m'était apparue étrange. Maintenant, en voyant le genre de monument que c'était, je la trouvais carrément absurde.

Personne ne savait pourquoi les anciens Égyptiens avaient taillé et dressé, au prix de mille difficultés, ces blocs d'un seul tenant. Les explications les plus farfelues avaient été données au cours des siècles, quand les hiéroglyphes étaient indéchiffrables. Mais Champollion lui-même, qui avait pu lire les textes gravés, était incapable de répondre à la question. L'obélisque symbolisait-il un rayon de soleil pétrifié ? Un phallus ? Le lien entre la terre et le ciel ? Autre chose encore ? De toute façon, il ne signifiait rien pour moi. J'avais sous les yeux deux monstres de pierre, l'un couché et l'autre debout ; deux monstres usés par le temps et portant des signes incompréhensibles, au milieu d'un champ de ruines.

La remarque de Clarisse Tallec me revint à l'esprit : « Est-il nécessaire de consacrer autant de moyens, de dépenser autant d'argent pour aller chercher un obélisque ? »

Je me rendis compte qu'elle me manquait, alors que je la connaissais à peine et avais passé moins de deux heures avec elle. N'avais-je pas promis de lui écrire au *Paris de la Mode* ?

Ce soir-là, après avoir regagné mon logement, je laissai courir ma plume, à la lueur d'une mauvaise bougie.

Chère Clarisse Tallec,

Peut-être m'avez-vous déjà oublié... Je voulais néanmoins vous dire, suite à notre conversation, que je suis bien arrivé en Égypte. Vous m'aviez demandé s'il était logique de consacrer autant d'efforts et d'argent pour aller chercher un obélisque. Après avoir été présenté à l'un de ces monolithes, à Alexandrie, je puis vous assurer que non. Il me reste à vérifier si les récits enflammés de M. Tourrette sur le pays des pharaons étaient justifiés.

Au cas où vous auriez encore quelque chose à me dire, sur les obélisques, la broderie, Landerneau ou un autre sujet, n'hésitez pas à m'écrire au consulat de France à Alexandrie, qui fera suivre.

Bien à vous.

Justin Le Guillou

Je confiai cette lettre au capitaine d'un vaisseau en partance pour Marseille. J'espérais obtenir une réponse et, plus encore, établir un contact avec cette quasi-inconnue dont le souvenir commençait à m'obséder.

Mimaut, le consul général, revint finalement à Alexandrie au bout de vingt jours. Il fit savoir au commandant Verninac que Méhémet-Ali, également rentré du Caire, le recevrait avec ses collaborateurs le lendemain. L'ingénieur me demanda de me joindre à lui pour prendre des notes si nécessaire.

Le palais de Ras el-Tine occupait l'extrémité du cap, à peu près à l'endroit où se trouvait jadis le fameux phare. Nous nous y rendîmes en grande tenue : le consul, Verninac et Lebas dans un char à bancs, nous autres derrière, à dos d'âne. À l'arrivée, nous dûmes secouer nos habits, couverts de poussière, avant d'emprunter un escalier majestueux.

On nous fit traverser une antichambre remplie de gardes, pour entrer dans une immense pièce dont un treillis ouvragé, véritable dentelle de bois, laissait entrevoir la mer. Le pacha, assis de trois quarts sur un divan, le poignard à la ceinture, était vêtu d'une pelisse bleu clair et coiffé d'un volumineux turban de mousseline blanche. Il fumait un chibouk dont le bout d'ambre était garni de pierres précieuses. Plusieurs officiers se tenaient debout à ses côtés. D'un geste, il nous fit signe de prendre place. Des yeux très vifs luisaient dans son visage impassible, encadré d'une imposante barbe fleurie. Comment imaginer que cet homme d'apparence si paisible avait fait froidement assassiner, vingt ans plus tôt, en quelques minutes, tous les princes mamelouks dont il voulait se débarrasser ?

On nous servit du café sans sucre. Méhémet-Ali avait été informé de la petite taille de Lebas.

– Où est donc l'ingénieur ? demanda-t-il d'un air malicieux. Serait-il caché derrière vous ? Dites-lui de venir s'asseoir à côté de moi pour que je le voie.

Après avoir entendu la traduction de ses propos, on s'esclaffa. Cet Albanais de Macédoine, régnant sur l'Égypte depuis 1805, ne parlait que le turc. Et encore ne savait-il ni le lire ni l'écrire, mais il passait pour un grand stratège, désireux de faire de cette province ottomane un État complètement indépendant.

Méhémet-Ali posa diverses questions au commandant et à l'ingénieur, avant de les assurer de son soutien. Non seulement les autorisations de circulation étaient prêtes, mais des ordres seraient donnés aux gouverneurs des différentes provinces pour qu'ils facilitent la mission du *Luxor*.

Lebas, aux anges, se trémoussait sur ses coussins.

5

Plus rien ne nous retenait à Alexandrie. Le *Luxor* devait pénétrer sans tarder dans le Nil avant la crue. Il attendrait ensuite que les eaux aient atteint un niveau suffisant pour pouvoir naviguer jusqu'en Haute-Égypte.

Le commandant Verninac, qui avait soigneusement étudié les mouvements du fleuve, nous avait donné un cours de géographie l'avant-veille du départ. À la demande de l'ingénieur, j'avais pris des notes, et le ferais désormais lors de chaque réunion.

– L'Égypte est un désert, traversé du sud au nord par un ruban de verdure, nous déclara Verninac. Sans le Nil, cette contrée si riche serait aussi aride que les solitudes qui l'environnent. Chaque année, dès la mi-juin, le fleuve enfle peu à peu, pour atteindre son maximum en octobre : il inonde les terres, puis baisse aussi lentement qu'il a monté. Mais le Nil est un fleuve capricieux qui, selon les années, peut être trop bas pour fertiliser les champs ou trop haut et arracher les sols. Sept années de vaches maigres alternent avec sept années de vaches grasses, nous dit la Bible. En réalité, il n'y a aucune règle : on ne sait jamais ce qu'il en sera… C'est le Nil seul qui commande, sans le secours d'un ciel avare de pluie.

Une avant-garde de petits bateaux, conduite par Lebas, précéderait le navire à Thèbes et préparerait la plage sur laquelle il s'échouerait. Cette équipe, à laquelle je fus naturellement affecté, réunissait les seize ouvriers, dix matelots, ainsi que le docteur Pons, chirurgien en second. Le commandant Verninac y avait délégué l'un de ses adjoints, le lieutenant de vaisseau Jaurès, ainsi que Fouchard, dont il était bien content de se débarrasser, car il ne supportait pas son ironie. Un chrétien originaire de Syrie, âgé d'une trentaine d'années, Sélim Touta, devait nous servir de guide.

– Drôle d'oiseau ! grommela Lebas, après qu'il nous fut présenté.

Ce drogman parlait un français à peu près convenable, mais avec un accent chantant et des expressions curieuses. Habillé à l'orientale, il était coiffé d'un turban et portait à la taille un sabre recourbé. Sélim Touta tenait à se démarquer des matelots indigènes, qu'il traitait avec mépris. Il appelait Lebas « Votre Honneur ».

– Ce titre est trop grand pour moi, lui fit remarquer l'ingénieur en souriant.

– Comme il vous plaira, Excellence ! répondit sans malice le drogman.

Il s'en tint désormais à ce qualificatif qui provoquait des rires, mais auquel on s'habitua peu à peu. Le commandant Verninac lui-même en vint à parler machinalement de « cet excellent Lebas ».

Pour entrer dans le Nil, il fallait se présenter devant l'embouchure de Rosette, distante d'une cinquantaine de kilomètres. Notre flottille partit au lever du soleil et longea pendant toute la journée une côte aride et plate. Vers 4 heures de l'après-midi, nous arrivâmes à la hauteur de la passe, bordée d'écueils, où les eaux du fleuve s'affrontent avec celles de la mer. Nos marins égyptiens redoutaient ce détroit, et les carcasses renversées de deux bateaux justifiaient leurs craintes.

– L'embouchure du Nil est obstruée par des monticules de sable qui se déplacent en permanence, nous avait expliqué le commandant Verninac. Les vagues déferlent sur les rochers, provoquant des bouillonnements d'écume. Le bateau qui est pris dans ces brisants risque d'être projeté sur la côte et de s'y fracasser.

Heureusement, cet après-midi-là, le temps était clément. Nos embarcations réussirent à se faufiler entre les bancs de sable pour se retrouver soudain au milieu d'un fleuve majestueux. Une terre grasse et noire succédait au sol blanchâtre de la côte.

– Ici, vous êtes vraiment en Égypte, nous déclara le drogman.

Nous accostâmes à Rosette. Détrônée par Alexandrie, cette petite ville comptait de délicieux jardins, remplis de palmiers, d'orangers, de citronniers et de bananiers. En attendant le *Luxor,* qui devait nous y rejoindre trois jours plus tard, nous visitâmes les environs. Notre guide nous emmena à l'ex-Fort Julien où un officier de Bonaparte avait découvert, par hasard, la fameuse pierre bilingue qui devait conduire au déchiffrement des hiéroglyphes.

– Quand on pense que les Anglais nous ont volé cette stèle ! maugréa Lebas. Ils l'ont emportée en 1801, comme prise de guerre, lorsque les troupes françaises se sont rendues. Une prise de guerre, vous vous rendez compte ! L'obélisque de Louqsor sera notre revanche.

Grâce aux chevaux que nous avions loués pour une bouchée de pain, nous galopions Fouchard et moi pendant des heures dans la campagne environnante. Des jeunes filles à la silhouette cambrée ondulaient avec élégance sur les chemins, un bras nu soutenant la jarre qui était posée sur leur tête. Elles portaient une longue robe bleue, au corsage échancré, tandis qu'un voile noir recouvrant leurs cheveux tombait jusqu'à terre. Accroupies au bord d'un canal, certaines d'entre elles lavaient du linge en caquetant. À notre approche, elles saisissaient leur voile pour se cacher le visage, dénudant leur gorge ambrée. Dans ce pays, il était inconvenant de montrer son nez et sa bouche, mais pas ses seins ! Fouchard aurait bien examiné ce phénomène de plus près, mais on nous avait mis en garde contre toute tentative d'aborder des femmes à la campagne : c'était courir à une mort assurée.

Je repensais à la facilité et à la gourmandise avec laquelle Violette livrait son corps à nos étreintes, mais ces images étaient chassées par celles, bien plus fortes, du visage de Clarisse, de ses mains, de ce léger cal sur son majeur droit, témoin de nombreuses lignes d'écriture… Je faisais le compte des jours. Dans trois ou quatre semaines, deux mois au plus tard, elle aurait reçu ma lettre. Je l'imaginais, la décachetant avec curiosité, peut-être avec émotion, et prenant la plume pour me répondre.

Le *Luxor,* à son tour, devait pénétrer dans le Nil, et c'était une autre affaire. Allégé d'une bonne partie de son matériel qui avait été transbordé sur des bateaux, il dut attendre qu'un brick français de passage le remorque jusqu'à l'embouchure du fleuve, où il jeta l'ancre. On jugea nécessaire de le délester encore de quarante tonneaux de fer, mais un vent du nord assez violent commençait à souffler et la mer grossissait. Au douzième tonneau, l'opération fut interrompue. Le commandant Verninac donna l'ordre de lever l'ancre malgré les risques d'échouage.

Le bâtiment ne tarda pas à heurter un banc de sable, sur lequel il s'immobilisa dans une grande secousse. C'était la consternation à bord. Heureusement, au bout de quelques minutes, le vent qui gonflait ses voiles le fit repartir, et il réussit à pénétrer dans le Nil. Sur les rives, des fellahs en haillons regardaient le spectacle, stupéfaits : jamais ils n'avaient vu sur le fleuve un navire de cette taille.

Salué par plusieurs coups de canon à l'entrée de Rosette, le *Luxor* répondit par trois décharges de mousqueterie. Des barques remplies d'indigènes l'accompagnèrent avec des vivats.

– En arrivant dans la passe, quand nos cinq quilles labouraient le fond, j'ai bien cru que notre expédition était terminée ! avoua Verninac après avoir mis pied à terre.

L'ingénieur Lebas fit transborder le matériel sur des *agabas,* barques à fond plat que les Égyptiens utilisent pour le transport des marchandises pendant les basses eaux. Il s'installa avec Jaurès et Pons sur une cange, bateau plus rapide, muni d'une sorte de maisonnette à deux chambres, qui avançait à la voile ou à l'aviron. Je me retrouvais en compagnie du drogman dans une embarcation plus poussive, encombrée de bois, de fer et de cordages en tout genre. Nos matelots indigènes dormiraient sur le pont des bateaux, où de petits fourneaux leur permettraient de faire la cuisine.

Notre flottille laissait derrière elle le *Luxor* à Rosette, dans l'attente de la crue. Nous emportions des vivres pour trois mois.

Naviguant sur ce fleuve qui changeait de couleur toutes les heures, tantôt vert, tantôt chocolat, ou alors gris et lisse comme de l'acier, nous avions l'impression de pénétrer dans les veines de l'Égypte. Toute une vie se devinait sur ces rives paisibles, parsemées de bouquets de palmiers et de misérables maisons de boue séchée.

– Ce fleuve est une merveille de la nature, nous expliqua le lieutenant Jaurès. Il coule du sud au nord, tandis que les vents y soufflent du nord au sud. On descend le Nil, emporté par le courant, et on le remonte, voiles gonflées.

– Encore faut-il que le vent souffle ! remarqua Fouchard.

Il nous arrivait en effet de rester immobiles pendant des heures. Lebas enrageait en pensant aux centaines de kilomètres qui nous séparaient de Thèbes. Je regrettais, quant à moi, de ne pouvoir me promener sur l'une des rives où des fellahs – hommes, femmes et enfants – nous hélaient, criant des choses incompréhensibles.

– Que disent-ils ? demandais-je au drogman.

– Rien d'intéressant, répondait Sélim Touta, qui avait la fâcheuse tendance de commenter plutôt que de traduire.

Par moments, une légère brise se levait, mais nos voiles retombaient bien vite pour coller lamentablement aux mâts. Nos matelots indigènes se jetaient alors à l'eau, une corde entre les dents, et nageaient jusqu'au rivage. Ils s'attelaient aux bateaux et les tiraient comme des chevaux de halage, malgré une chaleur étouffante. Leur chef entonnait un refrain nasillard qui était repris sans conviction par des voix épuisées.

– Excellence, vous devriez faire attention, avertit le drogman au bout du quatrième jour. Ils sont en train de vous escroquer.

En effet, quand ils en avaient l'occasion, les marins locaux échouaient les embarcations sur des bancs de sable, pour faire durer le voyage et augmenter leurs émoluments. Plus d'une fois, il avait fallu appeler des paysans pour aider à haler, en les payant au prix fort. La somme était fixée par les patrons des bateaux, qui en empochaient la plus grande partie.

Lebas finit par piquer une grosse colère. Au passage, il s'en prit au drogman, lui reprochant de ne pas traduire complètement ses invectives.

– Dites-leur que j'irai me plaindre au gouverneur dès notre arrivée au Caire.

Ce mauvais climat contribua à provoquer un accident. L'un des bateaux heurta un banc de sable et perdit son gouvernail. Il ne tarda pas à prendre l'eau. Lebas cria des ordres dans tous les sens, avant de laisser le lieutenant Jaurès diriger les opérations. N'ayant rien d'autre sous la main, nous écopâmes à l'aide de nos chapeaux de cuir.

– Vos chapeaux, Excellence, sont trop chauds pour un mois de juin, remarqua le drogman quelques heures après l'accident.

– Monsieur Touta, on ne vous a pas embauché pour donner des conseils vestimentaires ! fut-il répliqué d'une voix cinglante à l'enturbanné.

Les eaux du fleuve commençaient à prendre une couleur verdâtre : elles annonçaient la crue prochaine. Il fallait absolument arriver à Louqsor dans les plus brefs délais, avant l'inondation annuelle, pour préparer la cale d'échouage du navire.

Après huit journées de navigation intermittente, nous atteignîmes enfin la pointe du Delta : un endroit verdoyant, où de nombreuses embarcations montaient et descendaient les deux branches du fleuve. Le Caire n'était plus très loin. À la lorgnette, on distinguait les pyramides. Je repensais aux récits de notre maître d'école, M. Tourrette, très impressionné par le courage des cavaliers mamelouks. Le drogman nous raconta, à sa manière, la célèbre bataille au cours de laquelle l'armée de Bonaparte les avait mis en déroute :

– Une course-poursuite s'était engagée autour du Sphinx. Au dixième tour, saisis de vertige, les mamelouks avaient perdu le contrôle de leurs chevaux. C'est alors que Bonaparte stoppa la ronde et trancha lui-même la tête de l'un des princes tombés à terre.

Sélim Touta tira son sabre pour mimer la scène. Même Lebas fut pris d'un fou rire. Nul ne récrivait l'histoire avec autant de désinvolture que notre drogman.

6

Le Caire, adossé à un massif de craie blanche, apparut bientôt, avec sa forêt de minarets. On apercevait, tout en haut, la Citadelle, où siégeaient les autorités.

Aussitôt débarqué, l'ingénieur voulut s'y rendre. Nous fûmes entourés d'une dizaine d'âniers braillards qui proposaient chacun ses services en nous tirant par la manche. Deux d'entre eux en vinrent aux mains, tandis que deux autres saisissaient Lebas et le hissaient d'autorité sur une monture. Le drogman se précipita pour retenir l'animal, tout en criant en arabe. Leur avait-il promis une somme, cité un chiffre ? Le calme s'établit comme par enchantement. Chacun des âniers nous invita le plus délicatement du monde à enfourcher un bourricot, et nous nous dirigeâmes au petit trot, dans un nuage de poussière, vers une porte monumentale qui marquait l'une des entrées du Caire.

Ce n'était plus Alexandrie ni Rosette. On avait changé de dimensions. Ici, tout était multiplié par dix : les passants, les animaux, les odeurs, les bruits… La plupart des rues, conçues pour se protéger du soleil, étaient très étroites : les balcons de deux maisons opposées se touchaient presque, formant comme une voûte. Des chameaux chargés de marchandises pouvaient à peine se croiser dans ces voies non pavées. Nos âniers se frayaient un chemin en criant aux passants *reglak !* (ton pied), *chemalak !* (à ta gauche) ou *yeminak !* (à ta droite).

Une route en turban conduisait à la fameuse Citadelle, construite par Saladin. Formée de trois enceintes aux murailles garnies de tours crénelées, elle abritait des bâtiments de diverses époques, une prison et plusieurs mosquées. Cette forteresse semblait moins protéger la ville que la surveiller. C'est de là que les soldats de Bonaparte avaient bombardé les quartiers rebelles pour mater l'insurrection d'octobre 1798.

Nos montures nous déposèrent sur une vaste esplanade encadrée par des canons. Je m'accoudai à la balustrade, médusé par le panorama. À nos pieds s'étalait la ville grouillante, aux trois cents minarets, qui semblait s'être tue. Hommes et animaux donnaient l'impression de s'y agiter en silence : seul un vague écho montait jusqu'à nous. Sur la droite, de magnifiques coupoles ouvragées abritaient les tombeaux des différents princes arabes ou mamelouks qui avaient gouverné l'Égypte. Au loin, on distinguait le port de Boulaq, couvert d'embarcations, où nous avions accosté. À notre gauche, une vaste forêt de palmiers narguait le désert, tandis que les pointes des pyramides émergeaient sous un manteau de brume.

Je m'arrachai à ce spectacle pour entendre le drogman raconter comment Méhémet-Ali s'était débarrassé de ses opposants ici même, vingt ans plus tôt. Le 1er mars 1811, il avait invité les vingt-quatre principaux beys mamelouks, en compagnie de quatre cents de leurs hommes, à une cérémonie en l'honneur de son fils Toussoun, nommé généralissime de l'armée d'Arabie. Après les avoir reçus en grande pompe à la Citadelle, il prit la tête du cortège qui devait se rendre au camp de Toussoun. Dans un chemin étroit et sinueux, descendant vers la ville, les mamelouks virent soudain une lourde porte se refermer devant eux, puis une autre derrière eux, tandis qu'une pluie de balles était tirée des remparts. Ce fut un carnage. Selon la légende, un seul d'entre eux réussit à s'échapper. Naturellement, Sélim Touta savait tout de ce fuyard. C'est tout juste s'il ne l'avait pas hébergé chez lui…

Ayant dû recevoir des instructions de Méhémet-Ali, le gouverneur nous accueillit avec le sourire et nous fit servir du café, des pipes à eau et des pâtisseries dégoulinantes de miel. Après les salamalecs d'usage, traduits par le drogman, Apollinaire Lebas se plaignit du comportement des patrons des bateaux.

– On va leur administrer quarante coups de bâton chacun, répondit paisiblement le Turc, comme s'il appliquait une mesure de routine.

L'ingénieur, gêné, plaida pour la clémence. Sélim Touta traduisait en turc. Le gouverneur hochait la tête avec l'air de ne pas comprendre. Finalement, il fut convenu que quatre janissaires, nommés par lui, nous accompagneraient jusqu'à Louqsor pour surveiller les marins indigènes.

Le lendemain après-midi, nous fûmes reçus par un autre Turc, bâti comme une armoire à glace : Krali effendi, directeur de la navigation, trônait sur une sorte de tribune, au bord du fleuve, protégé du soleil par une tente. Entre deux cafés sans sucre, il nous informa que Méhémet-Ali l'avait chargé de transporter de Louqsor à Alexandrie « les pierres des Français », mais qu'il y avait renoncé en raison de la difficulté de la tâche. Apollinaire Lebas en fut très surpris : il n'avait jamais été question de laisser aux autorités locales le soin d'une opération aussi délicate.

– C'est bien des obélisques de Louqsor dont parle le directeur de la navigation ? demanda-t-il au drogman.

– Absolument, Excellence. Sa Seigneurie tient d'ailleurs à vous préciser que le monument qui vous intéresse est fissuré à partir de la base jusqu'au tiers de la hauteur.

– Quoi ? C'est impossible, vous avez mal compris.

– Il s'agit bien d'une fissure, fit le Syrien après avoir réinterrogé Krali effendi.

L'ingénieur s'énervait :

– Mais non, c'est impossible, voyons ! Dans la *Description de l'Égypte,* les savants de Bonaparte ne font nulle mention d'une fissure. Si elle avait existé, Champollion, ensuite, l'aurait certainement remarquée.

Ayant entendu la traduction de ces propos, le directeur de la navigation se mit à sourire. Puis il prit une feuille de papier, trempa sa plume d'oie dans un encrier et dessina grossièrement un obélisque :

– Je ne peux vous dire si cette fente traverse le granit, fit-il nonchalamment, car la face opposée est cachée par des maisons où habitent des femmes.

Le drogman, se tournant vers Lebas, crut devoir ajouter son grain de sel :

– Voyez-vous, Excellence, on ne peut pas toucher à des maisons où habitent des femmes. C'est une très bonne tradition, me semble-t-il.

– Monsieur Touta, je me fiche éperdument de vos idées sur la tradition ! Demandez à notre interlocuteur s'il n'a pas confondu les deux obélisques. S'agit-il bien de celui de droite quand on se présente devant l'entrée du temple ?

Krali effendi répondit par l'affirmative, sans attendre la traduction, appuyant ses dires d'un geste qui ne laissait place à aucun doute.

Lebas prit congé, très troublé. Il retourna aussitôt à la cange pour consulter ses documents. Non, la *Description* ne faisait état d'aucune fissure. Champollion non plus. Le déchiffreur des hiéroglyphes avait ajouté cependant une précision qui pouvait avaliser les propos de Krali effendi : « Malheureusement, il est impossible de voir la fin de la face est de l'obélisque de droite, et de la face ouest de l'obélisque de gauche : pour cela, il faudrait abattre quelques maisons de terre et faire déménager plusieurs familles pauvres de fellahs. »

– En somme, Champollion n'a rien vu ! grommela Lebas, que cette possible fissure ne cesserait plus de tourmenter.

Les problèmes administratifs ayant été réglés, l'ingénieur consentit à une excursion aux pyramides de Guizeh. Des chevaux nous furent procurés par Sélim Touta, qui touchait certainement une commission sur cela comme sur le reste.

Après avoir traversé les espaces cultivés, nous nous trouvâmes bientôt en plein désert, ne voyant plus que des masses pointues, surgissant des sables. La pyramide de Chéops, écrasante montagne de pierre, vieille de quarante-six siècles, grandissait à mesure qu'on s'en approchait. L'unique rescapée des sept merveilles du monde méritait bien son nom !

De jeunes Bédouins, à l'affût d'un bakchich, nous proposaient de l'escalader. Ignorant la mise en garde du drogman, qui jugeait l'ascension périlleuse, je les suivis, en compagnie de Fouchard et d'une demi-douzaine d'ouvriers et de matelots.

Les pierres nous arrivaient à la poitrine. Au début, nous emboîtions le pas avec précaution à nos guides, qui connaissaient les meilleurs parcours. Mais, à mesure que nous montions, la hauteur des blocs diminuait, et nous prenions de l'assurance. Ce fut bientôt une course jusqu'au sommet. Piqués au vif, nos Bédouins, pieds nus, que leurs robes ne semblaient pas gêner, accélérèrent l'allure. Ils furent les premiers à atteindre la petite plateforme qui remplaçait la pointe du monument. Un ouvrier et deux matelots les suivaient d'assez loin. J'arrivai cinquième, devant Fouchard, mais sur le point de m'écrouler.

Un spectacle prodigieux me fit oublier ma fatigue : dans un silence total, à peine troublé par le souffle du vent, on voyait Le Caire dans le lointain, et le Nil qui serpentait dans le désert. La plateforme d'une dizaine de mètres de côté sur laquelle nous nous trouvions portait la trace de visiteurs européens qui y avaient grossièrement gravé leur nom et la date de leur ascension. Parmi eux, plusieurs officiers ou savants ayant accompagné Bonaparte en Égypte.

– Et dire que cette gigantesque pyramide n'était destinée qu'à ensevelir le cadavre d'un pharaon ! m'exclamais-je après être redescendu. Le plus grand monument jamais construit par l'homme est un tombeau.

L'ingénieur me rabroua :

– Vous n'êtes pas le premier à le constater, Le Guillou. Ni à vous en indigner sans réfléchir. Vous devriez lire Chateaubriand, qui remarquait : « Tout est tombeau chez un peuple qui n'est plus. »

– Quelle civilisation macabre, tout de même !

– Mais, non, Le Guillou, mais non. C'est, au contraire, parce qu'ils étaient extrêmement attachés à la vie que les anciens Égyptiens voulaient rendre leurs morts éternels. Lisez Chateaubriand, vous dis-je ! Méditez ce qu'il écrivait ! Pour lui, la grande pyramide était « une espèce de porte éternelle, bâtie sur les confins de l'éternité ».

Sur le chemin du retour, le drogman me prit à part :

– C'est quoi, cette histoire de château brillant ?

– Une affaire obscure, lui dis-je, en me retenant de rire.

– Une sombre histoire, enchaîna Fouchard.

– Mieux vaut ne pas vous en mêler, ajoutai-je. L'ingénieur pourrait s'en formaliser.

Le drogman acquiesça gravement, d'un air entendu.

L'agent consulaire nous transmit l'invitation d'un riche Arménien du Caire qui proposait d'organiser le soir même une fête en notre honneur.

À notre arrivée, cette demeure cossue était déjà pleine de monde. Le maître de maison nous accueillit dans un vaste salon pavé de marbre, qui était orné de fontaines. Les dames avaient pris place au fond de la pièce sur une sorte de divan qui faisait plusieurs mètres de long.

– La troisième en partant de la gauche, murmura Fouchard, qui avait repéré un regard espiègle derrière un voile.

Levant sa tasse de café turc, il porta plusieurs santés à l'inconnue, persuadé qu'elle n'avait d'yeux que pour lui.

– L'expédition du *Luxor* s'est trompée d'objectif, me dit-il. La France n'a pas besoin d'obélisques, mais d'odalisques.

La remarque était un peu lourde, mais la rime pourrait me servir à l'occasion…

Des musiciens assis sur leurs talons nous assourdirent avec leurs luths, leurs violes à deux cordes et leurs tambourins. Un quart d'heure plus tard, Sélim Touta nous annonça d'un air triomphant :

– Les chanteuses arrivent !

Elles apparurent en effet, la tête couverte d'un long voile qui leur descendait jusqu'aux mollets. Leur visage était excessivement fardé, et une petite calotte d'or surmontait leurs cheveux tressés. Elles commencèrent à chanter en balançant la tête d'avant en arrière pour battre la mesure. L'assistance exprimait bruyamment sa satisfaction, proche de l'extase, tandis que nous riions sous cape entre deux verres d'arak.

Deux danseuses suivirent, vêtues d'un caleçon en soie, recouvert par une jupe. Les mouvements voluptueux de leurs hanches étaient soulignés par une écharpe nouée au-dessous de leur taille. Elles marchaient plus qu'elles ne dansaient. Au bout de plusieurs minutes, l'une d'elles fit le geste de tendre l'oreille.

– La danse de l'abeille ! s'exclama Sélim Touta, l'œil allumé.

Soudain, la jeune fille poussa un cri et se tordit de douleur, comme si elle avait été piquée par une bête invisible. Elle s'accroupit, s'enveloppa de son écharpe, se roula par terre, tandis que la musique s'accélérait et que les spectateurs battaient le rythme des mains. À la recherche de l'insecte présumé, la danseuse retira vivement sa jupe, sous le regard faussement inquiet de sa compagne. Elle répétait *« Nahla, nahla ! »*.

– *Nahla* veut dire abeille, précisa le drogman, qui, depuis le début du voyage, n'avait jamais traduit avec autant d'application.

La jeune fille se dépouilla de son corsage, sans plus de succès : l'insecte la tourmentait toujours, se dissimulant dans les retraites les plus charmantes de son anatomie.

– Où est l'abeille ? s'exclamait l'assistance. *Fein el-nahla ?*

– *Ahho, ahho !* (Voici, voici !) répondait la danseuse, sans rien trouver cependant pour soulager son tourment.

Elle retira son caleçon de soie en criant encore :

– *Nahla, nahla !*

La vilaine bête finit par disparaître, semble-t-il, car la musique se fit plus douce. Ne portant plus qu'un simple voile transparent, les deux jeunes filles commencèrent une danse lascive, qui ressemblait à un combat amoureux. Leurs corps se rapprochaient l'un de l'autre, s'éloignaient, se frôlaient à nouveau. Jamais il ne m'avait été donné de voir spectacle plus troublant.

Brusquement, l'une d'elles se raidit, le regard plein d'effroi.

– *Fein el-nahla ?* hurla le drogman.

Pour toute réponse, la danseuse arracha le dernier refuge de sa pudeur, avant de tomber à terre, haletante, toute nue. Sa compagne se précipita pour la recouvrir de son propre corps. Les musiciens agitèrent à nouveau leurs tambourins, tandis que les deux artistes, cachant leur visage de leurs mains, gagnaient la coulisse en courant.

– Il y a malheureusement des dames dans l'assistance, commenta Sélim Touta d'une voix désolée. Sinon, les demoiselles seraient venues s'asseoir sur nos genoux, et on aurait collé des pièces de monnaie sur leur poitrine humide.

Le visage empourpré, l'ingénieur Lebas se leva pour donner le signal du départ. Nous dûmes le suivre, en maudissant les obélisques et la navigation.

Ingénieur, où est l'abeille
Dans ce très simple appareil ?
Elle se tient dans la fissure
Au-dessous de la ceinture
Vous le savez bien, pardi !
Grâce à Krali effendi.

7

Une jolie brise gonflait les voiles de nos bateaux et les emportait à contre-courant vers la Haute-Égypte. Sur la droite, les maisons du Caire avaient cédé la place à un désert, d'où surgissait de temps en temps une pyramide dans le lointain, qui nous accompagnerait pendant des heures.

Sélim Touta était ravi de faire partie de l'avant-garde, contrairement à l'autre drogman qui avait dû rester dans le *Luxor,* sous la houlette du commandant. De plus en plus à l'aise, il avait changé d'allure depuis que nous avions quitté Le Caire, ne retrouvant son sabre et son costume ottoman qu'aux escales, pour s'adresser aux autorités locales. Le reste du temps, sur le bateau, il se partageait entre une tenue européenne et la longue robe sans col que portaient paysans et matelots indigènes. Il devisait en arabe avec eux, français avec moi, italien avec Mazzacchi, le tailleur de pierre, et turc avec les responsables provinciaux.

– Ce Syrien est anguille et caméléon, constatait l'ingénieur, que les transformations continuelles du drogman amusaient, mais qui ne supportait pas ses approximations et sa façon de récrire l'histoire.

Sélim parlait volontiers de sa famille. Les Touta, originaires de Syrie, étaient installés en Égypte depuis un siècle. Ces négociants catholiques, favorisés par leur entregent et leur connaissance des langues, n'avaient pas tardé à prendre le contrôle des douanes de la ville de Damiette, dans le nord du pays. Malmenés par les princes mamelouks qui leur extorquaient de l'argent, ils avaient accueilli Bonaparte en 1798 comme un sauveur. Les Français s'étaient servis d'eux comme intermédiaires, mais à la fin de l'Expédition, plusieurs membres de la famille Touta, compromis avec l'occupant, avaient dû partir avec l'armée vaincue, de peur des représailles. Sélim avait ainsi de grands cousins établis à Marseille, qu'il ne connaissait pas. Ses parents restés en Égypte s'étaient habilement mis au service de Méhémet-Ali, lequel protégeait les minorités et utilisait leurs compétences. Plusieurs Touta occupaient des postes dans la nouvelle administration du pays. Sélim, lui, avait visé plus bas, mais il aimait les voyages, et le rôle de drogman, agrémenté de petits trafics, lui convenait parfaitement.

Nous accostâmes à une quarantaine de kilomètres au sud du Caire pour acheter des provisions dans un village. À notre grande surprise, les habitants refusèrent de nous en vendre. Ils expliquèrent au drogman que le Turc qui dirigeait leur secteur les accablait d'impôts et ne manquerait pas, après notre départ, de leur enlever l'argent qu'ils auraient reçu.

– Sous le joug ottoman, le sort de ces fellahs paraît pire que celui des nègres dans nos colonies, constata le docteur Pons.

Le lendemain, l'ingénieur me demanda de voyager provisoirement à bord de sa cange pour me dicter des lettres, mais il avait du mal à se concentrer : l'information donnée par Krali effendi l'obsédait.

– Fissuré, l'obélisque ? murmurait-il. C'est impossible !

– Après tout, monsieur, lui dis-je, ce Turc a peut-être menti. N'aurait-il pas sciemment inventé une fissure ?

Lebas sembla me regarder avec intérêt. J'étais content de ma trouvaille :

– Mais oui ! ajoutai-je. Supposons que Krali effendi ait été effectivement chargé par Méhémet-Ali de transporter l'obélisque. Il se rend sur place, s'aperçoit que la tâche est impossible. Alors, plutôt que d'avouer son impuissance, il déclare le monument défectueux.

Lebas me lança un regard affligé :

– Ne dites pas de sottises, Le Guillou ! Réfléchissez un peu. Le directeur de la navigation n'aurait jamais pris le risque de mentir au pacha. Ici, on coupe des têtes pour bien moins que cela.

En approchant de Minia, la rive orientale, sur notre gauche, était surmontée d'une grande falaise aux flancs sombres, percée de grottes, telle une gigantesque éponge.

– Regardez là-haut ! nous dit le drogman. Vous les voyez, les moines ?

De jeunes hommes descendaient le long d'une corde. Arrivés au sol, ils plongèrent tout nus dans le fleuve et nagèrent dans notre direction. Cramponnés aux bordages des bateaux, ils nous criaient :

– Bakchich, monsieur, bakchich ! Nous, chrétiens !

Le drogman nous expliqua que c'étaient des moines coptes, qui ne vivaient que d'aumônes. Ils appartenaient à un couvent, dit de la Poulie, niché au sommet de la falaise. Furieux de leur présence, nos marins musulmans les insultaient et tentaient de les frapper à coups de corde. L'un d'eux se dénuda, puis leur montra son postérieur. Je donnai deux paras à un moine qui prit les pièces dans sa bouche et repartit en nageant vers la rive.

– Vous n'auriez pas dû faire ça, me dit Sélim Touta. Ils ne le méritent pas.

– Mais ce sont des chrétiens comme vous, remarquai-je.

– Ah non, pas comme moi ! protesta-t-il d'un ton véhément. Ce sont des hérétiques !

Invité à en dire plus, il se lança dans une explication embrouillée, dans laquelle il était question de la date de Noël, de la divinité du Christ, de la maternité de la Vierge, des jours d'abstinence, des anges, des archanges, des séraphins aux six ailes… Je renonçai à comprendre les subtilités du christianisme oriental.

Le lendemain, un peu plus loin, ce sont de très jeunes paysannes, en tenue d'Ève, qui plongèrent de la rive et nagèrent en direction de nos bateaux. Elles aussi venaient quémander quelques paras. À distance, ces sirènes inattendues, dont les cheveux longs flottaient sur l'eau, firent sensation parmi notre groupe. Fouchard était surexcité. Leur attrait diminua lorsqu'elles s'accrochèrent aux bordages et se mirent à débiter des bouts de phrases en français et en italien dont elles semblaient ignorer la signification. Elles étaient trop jeunes ou trop grimaçantes pour inspirer une réelle sensualité. On leur jeta des pièces, mais la comédie continuait. Un petit vent gonfla opportunément nos voiles, mettant fin à ce pénible manège.

Je repensais à l'émotion de Clarisse quand je lui avais parlé de mon voyage en Égypte. Elle n'aurait pas accepté mon invitation à dîner si je ne l'avais pas, d'une manière ou d'une autre, intriguée, sinon attirée.

Je comptais les jours depuis que ma lettre était partie d'Alexandrie. Elle n'avait pas pu encore la recevoir.

Le 3 juillet, en fin d'après-midi, nous arrivâmes au passage d'Abou Fedda où le Nil se heurte à un rempart naturel d'une centaine de mètres de hauteur. L'ombre portée par la montagne qui s'élève à pic sur la rive droite nous plongea brusquement dans l'obscurité. Forcé de dévier de son cours, le fleuve s'agitait, tandis que les vents se levaient et tourbillonnaient. Le patron des marins indigènes refusait de s'engager de nuit dans la passe. Le lieutenant de vaisseau Jaurès jugeait cette prudence ridicule.

– Dites-lui d'avancer, ordonna-t-il au drogman.

– Avancez, avancez ! criait de son côté Lebas, impatient d'arriver à Louqsor.

En maugréant, l'Égyptien alla chercher une poignée de sel qu'il jeta dans l'eau. Puis, le visage fermé, planta son couteau dans la gerçure d'un mât. Nous l'observions avec étonnement.

– C'est pour éloigner le mauvais sort, expliqua le drogman.

Le patron orienta ses voiles en gestes saccadés, sous les regards inquiets de ses hommes.

– Marins d'eau douce ! marmonna Jaurès.

À peine étions-nous engagés dans le passage qu'une rafale fit craquer la mâture. Le vent soufflait de tous côtés, emportant les bateaux dans des mouvements tumultueux, tantôt à gauche, tantôt à droite. Enveloppés dans des tourbillons, nous eûmes à plusieurs reprises l'impression de nous fracasser sur la montagne. Pendant près de deux heures, il fallut toute l'habileté des marins locaux pour maintenir les canges à flot et nous sortir de cet enfer.

Le lendemain matin, le Nil s'étendait à perte de vue, sans une ride, sous un soleil de plomb. Nous aperçûmes au loin comme un gros tronc de palmier couché sur un îlot de sable.

– Un crocodile ! m'exclamai-je en l'observant à la lorgnette.

Il devait bien faire cinq ou six mètres de long. Une nuée d'oiseaux s'agitait autour de lui, sans crainte apparemment. Jamais il ne m'avait été donné de voir un animal aussi hideux. C'était comme un énorme lézard brun, tacheté de vert, dont les écailles saillantes se terminaient par une crête. Ses pattes courtes aux griffes crochues contrastaient avec la longueur de sa queue. La gueule du reptile s'ouvrait jusqu'à ses oreilles.

Nous chargeâmes nos fusils. Tandis que les bateaux s'approchaient silencieusement de l'îlot, je fus le seul à tirer. Mon coup de feu dispersa les oiseaux. Le crocodile, lui, se dressa d'un bond, puis disparut dans l'eau avec le bruit que ferait un rocher en tombant d'une falaise.

– Vous avez tiré trop vite ! dit le docteur Pons.

– Le Guillou a l'habitude de tirer avant de viser, grommela l'ingénieur, qui commençait à me connaître.

8

L'arrivée de notre flottille à Louqsor, le 31 juillet 1831, attira sur la berge des dizaines d'hommes et d'enfants, pieds nus et déguenillés. Un peu à l'écart, sur des monticules, des femmes entièrement voilées de noir ne perdaient rien de la scène.

Le drogman alla au-devant de cette petite foule. Une discussion animée s'engagea, à laquelle nous ne comprenions rien.

– Que disent-ils ? demanda l'ingénieur, après s'être approché de Sélim Touta.

– Ils ne veulent pas croire, Excellence, que nous venons emporter un obélisque.

– C'est absurde, voyons ! Expliquez-leur.

Le drogman s'adressa de nouveau aux paysans de Louqsor, notamment à un vieillard qui pouvait être le chef du village. Il désigna l'ingénieur de la main. Soudain, ses interlocuteurs éclatèrent d'un rire bruyant.

– De quoi s'agit-il ? demanda Lebas avec impatience.

Le drogman paraissait gêné.

– Voyez-vous, Excellence…

– Mais parlez donc !

– Ils ont du mal à croire, Excellence… Enfin, ils vous trouvent, comment dire ? Un peu petit. Oui, petit de taille… Le vieux cheikh a dit : « Quoi ! Cet homme-là veut emporter un obélisque ? Mais mon bâton est plus haut que lui ! »

Fouchard partit d'un grand éclat de rire. En le voyant, les habitants de Louqsor redoublèrent d'hilarité. Lebas, agacé, sortit alors de sa poche une bourse et fit tinter les pièces qui s'y trouvaient. Les rires s'arrêtèrent net.

– Dites-leur, lança-t-il au drogman, que nous allons les employer à nos travaux et qu'ils seront bien payés,

En quelques instants, l'ambiance changea complètement. Précédés par le vieillard, entourés et suivis de la foule qui avait grossi dans l'intervalle, nous nous dirigeâmes vers le temple de Louqsor.

À Alexandrie, j'avais vu deux « aiguilles » en mauvais état, l'une couchée et l'autre debout, au milieu d'un champ de ruines. Ici, rien de tel : les deux obélisques semblaient avoir poussé en plein cœur du village. L'entrée du temple se confondait avec les masures en boue séchée que les habitants partageaient avec leurs canards, leurs poules, leurs ânes ou leurs vaches. Si les socles des deux monolithes étaient masqués par tout ce qui les entourait, leurs fûts, hauts d'une vingtaine de mètres, dominaient le paysage.

– Celui de droite, murmura Lebas, qui fit un signe à notre tailleur de pierre italien.

Avec un marteau, Mazzacchi s'approcha du monument et frappa doucement l'une de ses faces, à plusieurs reprises, en tendant l'oreille.

– *E si !* fit-il en relevant la tête d'un air désolé.

L'obélisque avait bien une fêlure.

– *Ma non è rotto,* ajouta-t-il cependant, estimant que la pierre était saine et transportable à condition de s'y prendre avec précaution.

Apollinaire Lebas repartit vers le bateau comme un homme ivre, répétant sans cesse :

– Il est fêlé, il est fêlé.

Ses plans d'abattage, qui lui avaient demandé tant de travail, devaient être revus. Je ne savais qu'en penser, partagé entre la satisfaction de voir douter un homme aussi sûr de lui et la peine qu'il m'inspirait. Mais, une heure plus tard, il était de nouveau bien droit dans ses souliers et analysait ce qui venait d'arriver :

– Déplacer de lourds fardeaux est toujours une entreprise difficile. Le théoricien raisonne sur des hypothèses, il suppose que toutes les parties de son appareil sont indestructibles, que les plans sur lesquels il opère sont indéformables. Pure fiction ! Sur le terrain apparaissent mille obstacles imprévus. Il faut tenir compte du tassement du sol, de la compression du bois, des pertes d'efforts, et d'une multitude de circonstances variables que le calcul ne pouvait saisir.

L'ingénieur de marine conclut d'un ton solennel :

– La théorie sans pratique est comme un vaisseau sans voile ni gouvernail : il reste immobile ou fait naufrage. Je vais tout reprendre à zéro.

Louqsor comptait quelque huit cents habitants, paysans en majorité. Une demi-douzaine de Turcs y faisaient la loi, au nom du gouverneur de la Haute-Égypte. Malheur à qui leur résistait ! Le lendemain de notre arrivée, nous essayâmes, Fouchard et moi, de faire cesser le calvaire d'un fellah qui refusait de payer un supplément d'impôt. L'homme était maintenu à terre, sur le ventre, et ses jambes étaient relevées au moyen d'un bâton attaché par une chaîne. On lui administrait de violents coups de fouet sur la plante des pieds pour l'obliger à révéler sa cachette. Nous

nous interposâmes, mais trop tard : ensanglanté, n'en pouvant plus de douleur, le malheureux avait fini par cracher la pièce d'or qu'il dissimulait dans sa bouche.

Le seul Européen résidant à Louqsor était un Anglais, un certain John Gardner Wilkinson, géographe et naturaliste, passionné d'antiquités. Grand admirateur de Champollion, il nous accueillit chaleureusement et nous fit visiter les ruines, en attendant de nous emmener sur l'autre rive du fleuve pour nous montrer plusieurs tombes de pharaons creusées dans la montagne. Il préparait depuis des années une topographie de Thèbes. Aucune vieille pierre ne semblait lui être inconnue.

La rue principale du village, bordée de sphinx antiques, conduisait jusqu'à Karnak. C'est là que se tenait chaque vendredi un marché à ciel ouvert. Des nuées de mouches bourdonnaient autour des pièces de viande posées sur des nattes à même le sol et en plein soleil.

Nous étions là pour une bonne année puisque seule la nouvelle crue nous permettrait de repartir avec l'obélisque. Il n'était pas possible de ravitailler cent vingt personnes au village : nous allions devoir chasser, pêcher, fabriquer notre pain, cultiver nos fruits et légumes… Mais, pour organiser tout cela, il fallait attendre l'arrivée du *Luxor*. Laissant à Jaurès et à Fouchard le soin de régler les questions provisoires d'intendance, l'ingénieur s'employa sans tarder à aménager une plage d'échouage pour le navire. Cela nous mobilisa plusieurs jours.

Une autre tâche délicate l'attendait : dégager l'obélisque de tout ce qui l'encombrait pour vérifier si la fameuse fissure descendait jusqu'à la base et traversait le granit. Cela exigeait de démolir une trentaine de masures, donc d'en expulser leurs occupants. L'appui du gouverneur de la Haute-Égypte était indispensable. Lebas me dicta une lettre à son intention, qu'un courrier à dromadaire se chargea de lui porter.

Quelques jours plus tard, un officier accompagné d'un interprète arriva sur les lieux, avec l'ordre formel d'exécuter sur-le-champ toutes les demandes de l'ingénieur français. Ce qui voulait dire – on le comprit vite – chasser les habitants à coups de fouet.

Lebas s'y opposa fermement. Il fut décidé alors qu'une commission, réunissant le délégué du gouverneur, le chef du village, le juge local et le drogman, fixerait le montant des indemnités à verser. Les occupants de ces masures se présentèrent tous en même temps et on assista à une séance confuse, mêlée de cris, au cours de laquelle chacun exposait sa misère et suppliait de ne pas être expulsé.

Une vieille aveugle tira Lebas par la manche.

– Que veut-elle ? demanda l'ingénieur à Sélim Touta.

– Elle réclame deux talaris, Excellence.

– Je lui en donne le triple ! Dites-lui aussi que sa cahute en boue sera remplacée à nos frais par une maison de briques.

Cette annonce produisit un très mauvais effet : les plaignants commencèrent à afficher des prétentions exorbitantes. Le délégué du gouverneur, de plus en plus agacé, reparlait de fouetter tout le monde. C'est alors que le drogman démontra son savoir-faire. Allant de l'officier au juge, du juge au chef du village, puis chuchotant à l'oreille des hommes les plus âgés, Sélim Touta réussit à rétablir le calme. Si l'ingénieur consentait à débloquer une somme unique, un peu plus élevée que la trentaine d'indemnités prévues, l'affaire serait réglée en douceur. Lebas, qui voulait en finir, accepta.

Nous ne sûmes jamais comment l'argent avait été distribué entre les expulsés et les responsables. Mais tout le monde repartit content, à commencer par le délégué du gouverneur qui échangea un sourire avec le drogman.

Les paysans étaient régulièrement réquisitionnés pour curer des canaux, sans recevoir le moindre paiement. On ne leur fournissait même pas de nourriture sur les chantiers. Apollinaire Lebas, qui proposait une solde journalière, n'eut aucun mal à recruter. La moitié de la population de Louqsor, hommes, femmes et enfants, fut embauchée pour déblayer les abords des deux obélisques et dégager un couloir de quatre cents mètres environ jusqu'au fleuve.

Les hommes ne portaient qu'un caleçon ; les femmes, une simple chemise de coton. Quant aux enfants des deux sexes, ils étaient entièrement nus. Pour se donner du courage, ils entonnaient des refrains criards, que Sélim Touta hésitait à traduire. C'étaient des paroles d'amour très crues, à faire rougir un grenadier…

Les ouvriers piochaient avec ardeur, malgré un soleil accablant, puis chargeaient les paniers sur leur tête. Quand le mouvement se ralentissait, leurs chefs criaient *« Yalla ! Yalla ! »* et faisaient claquer des branches de palmier qui fendaient l'air, mais que les intéressés esquivaient en pressant le pas. La chaleur du sol était parfois intenable. Ils transportaient leur panier en courant, le renversaient précipitamment, puis y posaient leurs pieds, le temps d'éteindre le feu qui les brûlait.

Un roulement de tambour annonçait la fin des travaux. Aussitôt, tous les manœuvres, hommes, femmes et enfants, se jetaient dans le fleuve. Après le bain, ils allaient s'asseoir en cercle sur la plage, et, sous le regard attentif des chefs de chantier, chacun recevait la pièce de monnaie qui lui revenait.

J'étais frappé par la gaieté de tous ces gens, malgré leur misère. Je voyais de grands sourires édentés, des visages rayonnants auxquels manquait souvent un œil… Nous échangions par gestes, et c'étaient des gestes de plus en plus amicaux.

9

L'ingénieur était consterné par mon ignorance en matière de mécanique et de physique. Le jour où il s'aperçut que je ne savais même pas ce qu'était un cabestan, il me fit asseoir devant sa table de travail, prit une feuille de papier et, en quelques traits de crayon, me dessina cette machine, vieille comme Hérode. Je m'attendais à ce qu'il me lance, avec la voix sévère de M. Tourrette : « Vous me copierez cent fois : un cabestan est un treuil à axe vertical, autour duquel s'enroule un câble. Plusieurs hommes poussent sur les barres de ce tourniquet qui permet de réduire la force nécessaire pour tirer un fardeau. »

Nous en avions fini avec le cabestan.

– Et un palan, Le Guillou ? Savez-vous au moins ce qu'est un palan ?

Un matin, sans attendre la fin du déblaiement, trois échelles furent placées bout à bout contre l'une des faces de l'obélisque oriental. Un marin y grimpa pour fixer le drapeau tricolore au sommet du monolithe.

– Il est nous ! Il est à nous ! criaient ses camarades avec enthousiasme.

L'ingénieur les rabroua :

– Il sera à nous quand nous aurons réussi à l'abattre et à le transporter jusqu'en France.

En quelques jours, les obélisques furent dégagés de toutes les masures qui les enserraient. Ils apparurent alors dans toute leur force, immenses, démesurés. Chaque face comportait trois colonnes de hiéroglyphes gravés. Les figures, simplement piquées à la pointe dans les parties latérales, étaient creusées à plus de quinze centimètres dans la colonne centrale. Elles étaient si profondes que des enfants du village pouvaient grimper jusqu'au pyramidion en glissant leurs pieds nus dans les entailles. Muet d'admiration, je découvrais ces gravures aux lignes si pures, qui représentaient parfois des personnages, des animaux ou des objets familiers, mais dont la signification m'échappait complètement.

Champollion en avait copié et traduit toute la partie alors visible, deux ans plus tôt, lors de son séjour à Louqsor. Le charmant Wilkinson, sollicité par Lebas, vint nous donner des explications :

– Contrairement à ce que pensaient de soi-disant déchiffreurs de hiéroglyphes au cours des siècles passés, les inscriptions gravées sur les obélisques ne renferment ni des spéculations philosophiques, ni des leçons d'astronomie, ni de quelconques secrets de la science occulte. Ils indiquent tout simplement le motif de la fondation des temples devant lesquels ils sont placés et le nom du souverain qui les a fait élever. Ce sont des dédicaces à sa gloire, remplies de louanges. On pourrait monter voir…

Les échelles furent de nouveau dressées contre l'obélisque de droite. Perché sur la sienne, l'archéologue nous montra une scène figurant en haut du fût : le pharaon, à genoux, offrait du vin au dieu Amon.

Les hiéroglyphes qui suivaient étaient entièrement dédiés à Ramsès II :

– « Taureau puissant, aimé de Maât… Protecteur de l'Égypte, conquérant des pays étrangers… Horus d'or… riche d'années, grand de victoires… Le roi de Haute et Basse-Égypte… Souverain des souverains… Ramsès Mériamon, qu'il vive à jamais… »

C'était une litanie interminable, qui se reproduisait sur les trois autres faces de l'obélisque. Sans craindre de se répéter, le pharaon affirmait inlassablement que les chefs des pays étrangers étaient à ses pieds, que tous les peuples de la terre lui étaient soumis, que la durée de sa vie était aussi éternelle que celle du soleil…

– J'imagine qu'il est également question de la fameuse bataille de Qadech contre les Hittites ? dit Lebas.

– Non, les obélisques n'entrent pas dans de tels détails. Ils proclament une idée fondamentale : à savoir que le pharaon, à la fois homme et dieu, poursuit l'œuvre de la création et maintient l'ordre cosmique du monde. Je suppose, ajouta l'Anglais d'un ton malicieux, que Napoléon a fait graver quelque chose dans ce genre, à Paris, sur quelques monuments ?

Débarrassés de tout ce qui les emprisonnait, les deux obélisques trônaient majestueusement à une vingtaine de mètres l'un de l'autre. Je me demandais comment on pourrait transporter ces masses énormes sans les briser et commençais à comprendre pourquoi Lebas faisait tant de calculs, et était si préoccupé. Les socles étaient décorés de plusieurs babouins, dressés sur leurs pattes de derrière, qui levaient les mains en signe d'adoration du soleil et exhibaient leurs généreux attributs. Matelots et ouvriers ne tardèrent pas à se rassembler autour des deux obélisques, en saluant de rires gras cette audace pharaonique.

Français et Égyptiens, qui ne communiquaient que par gestes, trouvèrent là un sujet de plaisanterie commun. Des enfants du village amusaient l'assistance en caressant les babouins ou en se lovant contre la pierre. Les rires s'arrêtaient à l'approche de l'ingénieur, qui ne supportait pas ce genre de divertissement.

> Honte aux babouins qui exhibent de tels accessoires !
> Cachez ces sexes que je ne saurais voir !
> Par un tel spectacle, les âmes sont blessées
> Et cela fait venir de coupables pensées

Les deux obélisques n'étaient pas exactement de la même taille. Celui de gauche atteignait vingt-cinq mètres environ et celui de droite vingt-trois mètres seulement. Pour qu'il apparaisse identique à son jumeau, il avait été placé sur un piédestal un peu plus haut et un peu plus en avant que l'autre.

M'étonnant de ce défaut de construction, je me fis rabrouer par l'ingénieur :

– Vous pensez que c'était facile, vous, d'exécuter de semblables monuments ! J'aurais aimé vous y voir, Le Guillou, avec les outils de l'époque ! Je vous rappelle qu'il ne s'agit pas d'un empilement de pierres, mais d'un bloc d'une seule pièce.

Il fit revenir des échelles et me demanda de l'aider : il voulait vérifier un détail incroyable, signalé par les ingénieurs de Bonaparte, à savoir que les faces des obélisques n'étaient pas planes, mais légèrement convexes. Des mesures à plusieurs hauteurs, sur les quatre faces de l'obélisque oriental, le confirmèrent.

La convexité était partout la même. Ce calcul nous prit deux grosses heures.

– Bon, maintenant nous passons au second obélisque, dit Lebas, sans prendre le temps d'une pause.

Aidé d'un ouvrier, je déplaçais les échelles. Nous refîmes le même travail, pour constater que les savants de Bonaparte ne s'étaient pas trompés : à quelques millimètres près, les quatre faces de chacun des obélisques avaient une courbure identique. Je n'avais jamais vu Lebas dans un tel état d'excitation :

– Vous vous rendez compte, Le Guillou ! Avec les outils rudimentaires dont ils disposaient, les anciens Égyptiens avaient réussi à rendre les faces semblablement convexes.

– Et pourquoi donc ? demandai-je.

– Mais pour éviter un effet d'optique ! Sous les rayons du soleil, la face éclairée d'un obélisque présente une arête brillante et une arête obscure. Ce phénomène accentue les contrastes et fait apparaître la surface concave. Seule une légère convexité permet de supprimer cette illusion dont l'œil le plus exercé ne peut se défendre.

Muet d'admiration, je commençais à voir les obélisques autrement.

10

Nous résidions à Louqsor depuis un mois. Fouchard brûlait de posséder l'une des jeunes femmes rieuses qui allaient laver leur linge au bord du Nil en fin de journée. Mais il s'était aperçu qu'un homme – jamais le même – les observait du haut d'un palmier. Parfois, la surveillance était exercée par des enfants. Wilkinson le mit en garde :

– Ici, on ne plaisante pas avec l'honneur. Une jeune fille qui aurait perdu sa virginité avec un Européen est punie de mort. On lui tranche la tête et son cadavre est jeté dans le Nil. S'il veut soustraire la malheureuse à ce supplice, le coupable doit se faire musulman.

Fouchard finit par se rabattre sur deux prostituées, qui n'avaient pas manqué, dès le premier jour, de s'approcher de nos bateaux.

– Demain, me dit-il, je les retrouve dans leur masure. Je t'emmène.

Mais le lendemain, alors que le soleil se levait à peine, le drogman, très excité, vint nous alerter : le patron d'une felouque affirmait qu'un navire « grand comme une mosquée » était bloqué à quelques kilomètres plus au nord. Ce ne pouvait être que le *Luxor*.

Il fut décidé qu'une embarcation irait à sa rencontre. Le lieutenant Jaurès prendrait Fouchard avec lui, et l'ingénieur me demanda de me joindre à eux. Les prostituées attendraient...

Se laissant porter par le courant, notre bateau avança à belle allure jusqu'à midi, sans croiser la moindre voile. C'est au détour d'un coude que nous tombâmes sur le *Luxor,* immense, majestueux, beaucoup plus grand que dans mon souvenir.

Nous montâmes à bord. Le commandant Verninac nous demanda des nouvelles de notre expédition, puis nous expliqua que le navire était bloqué dans ce passage difficile depuis des heures, alors qu'il ne disposait plus d'ancres ni de cordes. Des secours étaient attendus pour le haler.

Au déjeuner, les officiers nous racontèrent le périple du *Luxor* depuis que nous l'avions laissé. Le vaisseau avait franchi en six jours les cent soixante kilomètres qui séparaient Rosette du Caire. Il s'était échoué à six reprises au cours de cette première étape et avait été remis à flot chaque fois par le courant après la suppression des voiles. Le navire ne pouvait plus affronter un vent debout : tous ses canots et toutes ses amarres étaient brisés.

Au moment où nous terminions de déjeuner, un nuage de poussière apparut au loin, sur la rive occidentale. Il grossissait peu à peu. Une armée de paysans se précipitait vers le *Luxor.* Ils devaient être près de trois cents, n'ayant pour tous vêtements que de misérables haillons, retenus autour des reins par une corde de dattier. Leurs dos portaient les traces de coups qu'ils venaient sans doute de recevoir. Après s'être désaltérés dans le fleuve, ils se rangèrent le long de la corde qui devait remorquer le navire.

On leva l'ancre et le signal de marche fut donné. Le câble se raidit, puis le *Luxor* s'ébranla contre un courant rapide qui, refoulé par la proue, s'échappait en écume le long des deux bords. Les fellahs chantaient en cadence, sous la conduite de leurs chefs. Au bout d'une heure, on avait à peine avancé de quelques mètres.

– À ce rythme-là, nous arriverons l'an prochain à Louqsor ! lança Fouchard, qui était accoudé au bastingage.

Les corps sombres des paysans ruisselaient de sueur. De temps en temps, l'un d'eux, épuisé, lâchait la corde et demandait grâce, mais un coup de fouet le remettait dans le rang. Silencieux, serrant les dents, j'étais réduit, comme Verninac et son équipage, à observer et à attendre.

Les heures se succédaient. Le navire avançait mètre après mètre, à une lenteur désespérante. Les chants avaient faibli, avant de s'éteindre. Cinq ou six fellahs avaient lâché prise, malgré les coups de fouet, et gisaient sur la rive, les uns recroquevillés, la tête sur les genoux, les autres étendus par terre, peut-être morts.

À minuit, le *Luxor* atteignit enfin le sommet du coude. Le plus dur était fait. Mais, faute de vent, c'est seulement le surlendemain que l'on put arriver à destination. À peine avions-nous débarqué que les marins, oubliant toute discipline, coururent en direction des obélisques, bientôt rejoints par leurs officiers, comme s'ils n'attendaient que cela depuis le départ de Toulon quatre mois plus tôt.

– Justin Le Guillou, il y a deux lettres pour vous, me dit l'officier qui distribuait le courrier recueilli au Caire.

Je les pris avec émotion, cherchant une écriture inconnue. Mais aucune des deux lettres n'était celle que j'attendais : Clarisse Tallec avait évité de me répondre. Profondément déçu, je ne pouvais même pas m'accrocher au fait qu'une brodeuse ignorait la plume : ne m'avait-elle pas dit qu'elle correspondait avec une ancienne élève de notre école, une certaine Adèle Guégan ? Visiblement, je n'intéressais pas Clarisse. Sans doute l'avais-je agacée. Il fallait que j'en prenne mon parti et que je l'oublie. Mais cette non-réponse ne faisait que la rendre plus présente à mon esprit.

Dans sa lettre, ma mère, en larmes, me remerciait pour les mouchoirs brodés. Elle me suppliait de faire attention à moi, de me méfier de la chaleur, du froid, et de tout ce qui pouvait survenir dans une contrée barbare, peuplée d'hommes et d'animaux effrayants. Comme d'habitude, elle m'assurait de ses prières, et cela parvenait tout juste à m'attendrir.

La seconde lettre, rédigée d'une plume rageuse, était une mise en demeure. Maître Le Guillou me sommait de regagner la France au plus vite et de reprendre mes études de droit, sous peine des pires représailles. Il n'avait pas de mots assez durs pour dénoncer mes « enfantillages », mon « irresponsabilité » et ma « désertion ». Je n'en attendais pas moins de mon notaire de père, mais il réussit tout de même à me mettre en colère.

Pourquoi Clarisse Tallec n'avait-elle pas accusé réception de ma lettre ? Regrettait-elle de s'être laissé entraîner dans une conversation, un souper ? Était-il interdit à un fils de notaire de s'adresser à la fille d'un maréchal-ferrant ? Pourtant, j'avais eu l'impression… En tout cas, je ne me résignais pas à mettre une croix sur la fille aux boucles blondes qui, deux fois, à des années d'intervalle, m'avait tourné la tête et ne cessait d'occuper mes pensées.

Le pavillon tricolore fut hissé sur le temple de Louqsor où, après une rapide inspection, le commandant Verninac ordonna d'emménager.

– Vous ne trouverez rien de mieux dans toute la région, nous avait dit Wilkinson.

On assigna à l'équipage la partie méridionale du temple, la plus éloignée du village, qu'il fallut déblayer de ses décombres. Les matelots blanchirent les murs à la chaux pour assainir les lieux et se prémunir des scorpions, sans se soucier des inscriptions gravées. Ils tendirent des cordes entre les colonnes pour suspendre leurs hamacs et rangèrent leurs effets dans des coffres, soigneusement alignés.

Les caporaux, sergents et ouvriers occupaient des logements à part, dans la partie centrale du temple. J'étais censé les rejoindre, mais Lebas, qui avait constamment besoin de mes services, me fit attribuer une petite pièce non loin de la sienne. L'ingénieur était installé avec l'état-major dans un bâtiment neuf, prolongé par une terrasse, au-dessus du dortoir de l'équipage. Pour en construire le plancher en troncs de dattier, on s'était appuyé sur l'entablement des colonnes. Les chambres des officiers avaient été faites à la manière locale, avec des briques cuites au soleil et du limon du Nil mêlé à de la paille hachée. Le mobilier prélevé sur le navire était complété par des espèces de cages en branches de palmier qui servaient de lit.

Des habitants du village avaient l'habitude de déposer des offrandes sur les tombeaux de deux marabouts qui se trouvaient à l'intérieur du temple. On les laissait faire, mais ils n'avaient pas le droit d'approcher de la poudrière et de l'armurerie, gardées par des factionnaires de jour comme de nuit.

De ma fenêtre qui donnait sur le Nil, j'apercevais un ballet de cigognes, d'oies, de hérons ou d'ibis verts. Un oiseau majestueux au plumage bleu ciel coupé de bandes noires et blanches volait avec agilité au-dessus du fleuve et allait happer des insectes dans la gueule ouverte de crocodiles endormis.

Nous ne manquions pas de pain, grâce à un vieux moulin remis en état, auquel un cheval imprimait le mouvement. La boucherie avait été confiée à un chrétien de Louqsor, tandis que nos matelots entretenaient ruches et basses-cours. Un jardin, aménagé au bord du Nil, fournissait d'excellents fruits et légumes, ainsi que du tabac.

Dans cette terre fertile, nourrie du limon que déposait le fleuve, des graines apportées de France germaient avec une rapidité surprenante. Les radis étaient en fleur au bout de quelques jours, et il fallait tordre la queue aux oignons pour les empêcher de monter trop vite. Nous avions beau cueillir tomates, haricots ou aubergines, il en repoussait toujours.

– La force vitale de ce pays est stupéfiante ! répétait le lieutenant de Joannis, commandant en second et peintre amateur, qui occupait son temps libre en faisant des aquarelles à l'ombre des citronniers.

Il fallait profiter de l'inondation pour placer le navire à l'endroit qui lui avait été assigné, à quatre cents mètres de l'obélisque. Après le retrait des eaux, il resterait là, à sec, immobilisé dans une position parfaitement droite, pour pouvoir supporter un poids supplémentaire de deux cent vingt tonnes. Puis, soulevé par la nouvelle crue, il se retrouverait à flot avec son chargement.

Le niveau du fleuve étant encore loin de son maximum, le *Luxor* ne put prendre tout de suite sa place.

Il s'en approchait tous les jours, à mesure que les eaux montaient, et finit par l'atteindre dans les premiers jours de septembre. Il y fut amarré et entièrement désarmé. On déposa sa mâture et ses agrès dans un coin du temple, pour les mettre à l'abri du soleil. Seul le mât d'artimon restait debout. Le pont du navire fut recouvert de tentes et de nattes qu'on mouillait chaque matin.

La présence de cent vingt Français avait bouleversé le commerce local. C'était vrai, en particulier, du plus vieux métier du monde. Deux ou trois maquerelles de villes voisines étaient venues s'installer à Louqsor avec les filles qu'elles employaient. Fouchard avait été l'un des premiers clients de Nafissa Hanem, une matrone bien en chair, qui n'hésitait pas à mettre, si l'on peut dire, la main à la pâte. Un après-midi, je suivis l'officier jusqu'à cette masure, sur la route de Karnak.

L'arrivée de *Fochar effendi* fut saluée par des cris de bienvenue. À peine étions-nous entrés qu'on nous servit un verre d'arak. Des bracelets aux poignets, les pieds nus dans ses babouches, Nafissa Hanem portait une chemise de gaze et de larges pantalons à rayures jaunes. Elle dirigeait son petit monde à la baguette. À la demande de Fouchard, elle se débarrassa d'un vieux musicien accroupi qui nous cassait les oreilles, puis, de plusieurs claquements de mains, convoqua ses jeunes pensionnaires. Deux d'entre elles entraînèrent Fouchard dans une pièce voisine. J'eus droit aux services de Nafissa Hanem en personne, dont les chairs abondantes et un parfum de rose trop lourd pouvaient refroidir les ardeurs d'un jeune homme habitué aux grisettes parisiennes, mais elle compensait ces inconvénients par une connaissance indiscutable de la mécanique masculine.

– La patronne ouvre le bal, me précisa Fouchard. Les fois suivantes, elle délègue les prestations à ses employées, qui ont moins d'expérience, mais beaucoup plus de fraîcheur.

Au pays de Thot à tête d'ibis
Il n'y a vraiment pas de justice
Tandis que le malheureux Lebas
A encore avalé un compas
Son adjoint s'offre le plaisir suprême
Dans les bras de Nafissa Hanem

L'installation de ces bordels de campagne n'empêchait pas des adolescentes du village de se laisser tenter par la pièce de monnaie que leur offraient, contre une passe, des mâles affamés.

Un matin, alors que je rêvassais au bord du fleuve, un gamin de sept ou huit ans, beau comme un ange noir, vint me tirer par la manche. Amusé, je le suivis jusqu'à une butte voisine. Là nous attendait une très jeune fille, à peine pubère, qui devait être sa sœur. Il me la montra du doigt. Elle baissait les yeux avec un pauvre sourire.

Je pris deux pièces dans ma poche et en donnais une à chacun d'eux, avant de tourner les talons.

Le garçon revint me voir, la semaine suivante, alors que je pêchais à la canne dans le fleuve. Il me tira de nouveau par la manche, mais cette fois pour m'indiquer un endroit poissonneux à cent mètres de là. Il s'appelait Hamed.

Nous prîmes l'habitude d'aller pêcher ensemble. Je lui prêtais ma canne, lui offrais un biscuit. Pour nous désaltérer, nous partagions l'eau de ma gourde. Nos échanges verbaux se limitaient quasiment au mot « poisson ». Je disais sans peine *samak* en arabe. Hamed, lui, avait du mal à prononcer les *p* et les *on* : il disait *boissonne,* et le sourire qu'il lisait dans mes yeux le remplissait de fierté.

11

Un après-midi, alors que le soleil commençait à se coucher, des Européens du Caire accostèrent à Louqsor, à bord d'une demi-douzaine de bateaux. Très agités, ils nous apprirent que le choléra morbus s'était déclaré dans la capitale après le retour des pèlerins de La Mecque.

– Dès les premiers décès, à la mi-août, les consulats ont été fermés et toutes les affaires suspendues, nous dit l'un d'eux. Les pachas se sont enfermés dans leurs maisons ou ont pris la fuite.

– Dans notre quartier, c'était un passage continuel de chameaux transportant des malles, précisait un autre. On voyait également des groupes de paysans enchaînés qui étaient renvoyés dans leurs villages. La plupart des médecins et pharmaciens ont abandonné leurs postes pour se mettre à l'abri, eux aussi. Les habitants croient à une vengeance divine…

Ces réfugiés européens prirent tout juste le temps de se ravitailler à Louqsor, avant de poursuivre leur route en direction du sud. Ils voulaient fuir le plus loin possible. Mais, au bout de quelques jours, ils étaient de retour, ayant dû rebrousser chemin : Ibrahim Pacha, le fils de Méhémet-Ali, dont la flottille était passée devant Louqsor sans s'arrêter, faisait voile vers la Nubie et avait établi un cordon sanitaire autour de lui. Aucun bateau ne devait dépasser Esna. Furieux d'avoir été refoulés, oubliant leur panique, les Européens ironisaient sur la couardise de ce redoutable guerrier, commandant en chef de l'armée égyptienne.

– Ibrahim se méfie de ses propres domestiques, affirmaient-ils, au point de faire tout seul sa cuisine ! Il ne veut même pas communiquer avec son médecin, relégué parmi les rameurs de sa cange.

Méhémet-Ali, quant à lui, s'était réfugié sur un navire au large d'Alexandrie. Le maître de l'Égypte avait changé plusieurs fois de bâtiment, tous ceux de son escadre s'étant trouvés successivement touchés par l'épidémie.

Comme beaucoup de ses collègues, le docteur Angelin, médecin de l'expédition, soutenait que le choléra n'était pas contagieux.

– La maladie ne se transmet pas par contact direct d'un individu à l'autre, disait-il. Ce sont les colonnes d'air qui la sèment, et la chaleur humide favorise son développement.

Le commandant Verninac décréta alors que personne ne devait quitter son poste. L'ingénieur, qui l'approuvait, m'expliqua :

– Le travail dispersera les marins sur plusieurs points. Il leur ôtera ainsi la faculté de communiquer leurs craintes et de se livrer à des pensées fâcheuses.

Malgré ses certitudes sur la non-contagion du choléra, le chirurgien-chef voulut, selon ses propres termes, mettre sa conscience à l'abri de tout accident. Par l'intermédiaire de Verninac, il fit demander au gouverneur de la Haute-Égypte d'établir un cordon sanitaire pour empêcher tout contact avec les embarcations qui remonteraient le fleuve.

Le 7 septembre, on nous annonça par courrier que l'épidémie commençait à s'éteindre au Caire. Cela décida les Européens réfugiés à Louqsor à regagner la capitale où ils avaient laissé leurs maisons sans protection.

– Je ne les regretterai pas, dit Verninac. Ils affamaient la région et portaient dans l'âme de nos marins un découragement qui pouvait devenir funeste. Les seules victimes du choléra étaient à bord de leurs embarcations. En partant, ils nous font échapper à ce fléau.

Las ! Le 10 septembre, un habitant de Gourna, sur l'autre rive du fleuve, où la maladie régnait, réussit à tromper la vigilance des gardes de santé et à s'introduire à Louqsor. Le lendemain, on apprit qu'un homme éprouvait des vomissements suivis de douleurs très aiguës. Le docteur Angelin se rendit aussitôt à son chevet et revint quelques heures plus tard, la mine soucieuse : le malade présentait tous les signes du choléra.

Verninac ordonna alors aux membres de l'expédition de ne quitter le temple qu'en cas de nécessité. Sur le chantier, les Français se faisaient remplacer autant que possible par des Égyptiens, pour se consacrer eux-mêmes à des travaux d'intérieur.

Le petit Hamed n'était pas apparu depuis deux jours.

– Il ne va pas bien, il va mourir, me dit un ouvrier qui le connaissait.

Sachant où l'enfant habitait, je persuadai le docteur Angelin de m'y accompagner. Ne croyant pas à la contagion, il accepta cette entorse au règlement.

Nous pénétrâmes dans une maison basse, en boue séchée, dont la cour servait d'étable. La sœur de Hamed me reconnut. L'enfant était étendu par terre, sur une mauvaise natte. Atteint de fortes douleurs à la tête et de vomissements, il avait les yeux brillants, la langue blanche et le front couvert d'une sueur froide. Il fendait le cœur. Le médecin lui fit administrer une boisson adoucissante et promit de revenir trois heures plus tard.

– Venez, me dit-il, vous ne serez d'aucune utilité ici.

Dans l'après-midi, je m'arrangeai pour me joindre de nouveau à lui. Les vomissements de Hamed étaient devenus incessants, et son pouls à peine sensible. Angelin le frictionna longuement, puis lui appliqua deux ventouses scarifiées sur le creux de l'estomac. Cette fois, j'insistai pour demeurer à son chevet.

– Vous lui donnerez toutes les cinq minutes une cuillerée de cette potion opiacée, me dit le médecin.

Je restai chez Hamed jusqu'au soir, au risque de me faire sérieusement réprimander par l'ingénieur, sinon par le commandant lui-même. J'appliquai scrupuleusement les instructions du médecin, évitant de toucher quoi que ce fût et refusant de boire le thé que la sœur du malade me proposait à intervalles réguliers. Au fil des heures, l'enfant allait mieux. Ses vomissements s'espaçaient, et son visage commençait à se colorer, mais il accusait une faiblesse extrême. Quand je le vis ouvrir les yeux et esquisser un sourire, je compris qu'il était guéri.

On donna congé à plusieurs ouvriers égyptiens qui présentaient des signes suspects. Trois d'entre eux moururent dans les jours qui suivirent. L'épidémie faisait des ravages dans la population de Louqsor. Plusieurs femmes et fillettes, en particulier, succombèrent dans d'atroces douleurs.

Nous ne quittions plus l'enceinte du temple, où chacun s'occupait à sa façon. L'ingénieur était plongé dans ses calculs, tandis que Léon de Joannis, le commandant en second du *Luxor,* se livrait au dessin et à la peinture. Fouchard, d'une humeur de chien, tournait en rond. Pour ma part, je passais de longues heures à lire, piochant dans la bibliothèque de bord. Il faut dire qu'à eux deux Verninac et Lebas avaient emporté l'équivalent de plusieurs encyclopédies. Notamment les trente-sept volumes de la *Description de l'Égypte* en petit format, qui contenaient tous les travaux des savants et artistes ayant accompagné Bonaparte dans la vallée du Nil. S'y ajoutaient divers témoignages de militaires ou de médecins qui avaient participé à cette fameuse expédition.

– Contrairement à Rome, qui compte une douzaine d'obélisques, Paris manque cruellement de monuments égyptiens, remarquait le commandant Verninac qui parlait comme un livre. Pas un seul édifice n'y rappelle la glorieuse expédition de Bonaparte. Après avoir, au prix de son sang, délivré l'Égypte d'une mortelle oppression et relevé à jamais son antique renommée, la France consacrera l'obélisque de Louqsor aux mânes de ses héros abandonnés sur les rives du Nil.

Le monument permettrait, selon Verninac, « d'éterniser nos victoires en Égypte ». Pourtant, plus j'avançais dans mes lectures, plus je découvrais l'échec de l'Expédition. On célébrait la bataille des Pyramides, mais on oubliait le désastre d'Aboukir, l'enlisement en Palestine, la défaite d'Alexandrie... Je le fis remarquer au commandant Verninac, ce qui me valut une réponse cinglante :

– On ne vous parle pas seulement de victoires militaires, Le Guillou, même si elles sont incontestables. Vous devriez vous renseigner à ce propos sur la seconde bataille d'Aboukir, terrestre celle-là, quand la cavalerie de Murat a repoussé les Ottomans à la mer... L'Expédition ne visait pas uniquement à protéger notre commerce : les armes françaises avaient moins pour objet de conquérir l'Égypte que de délivrer le peuple égyptien de la tyrannie des princes mamelouks. Ce n'était pas seulement une expédition militaire, mais une expédition scientifique et culturelle. L'Égypte, patrie des arts et des institutions civiles, était plongée depuis longtemps dans la barbarie. Soumise à des occupations successives, elle avait perdu depuis des siècles jusqu'au souvenir de sa grandeur. Il nous appartenait de rapporter la civilisation à son berceau. Grâce à la France, les sciences ont retrouvé leur patrie après un long exil.

Verninac pensait m'avoir cloué le bec, mais j'intervins à nouveau en soulignant l'état déplorable dans lequel se trouvait l'Égypte trente ans après cette expédition. Il me répliqua sèchement :

– Notre armée est restée malheureusement trop peu de temps dans ce pays pour le transformer. Cependant elle l'a réveillé, après des siècles d'assoupissement. Elle l'a fortement bousculé, y laissant des semences de civilisation qui germent déjà et se développeront à l'avenir. En combattant les mamelouks, la France a détruit le système politique égyptien. Elle a ouvert la voie à Méhémet-Ali qui est en train de former un État moderne, avec le concours de plusieurs de nos compatriotes.

Revenant à l'obélisque, il mit un point final à notre discussion :

– Deux fois en trente ans, avec Bonaparte puis avec Champollion, la France a fait la conquête intellectuelle de l'Égypte. Ce n'était pas assez : elle avait besoin d'un témoignage de granit qui pût parler aux yeux de la postérité et porter bien avant dans les siècles le souvenir et l'illustration du nom français. C'est pour cela que nous sommes ici.

Le 20 septembre, un de nos matelots fut atteint à son tour par le choléra. Aussitôt pris en charge par le docteur Angelin, il retrouva assez vite des couleurs et une température normale.

Ce prompt rétablissement détendit l'atmosphère. Mais, le 23 septembre, un autre marin, qui travaillait à l'aménagement d'une avenue entre les obélisques et le Nil, tomba brusquement à la renverse et resta plusieurs minutes dans un état de mort apparente. Accouru sur les lieux, le chirurgien-chef le fit transporter dans l'isoloir de l'hôpital. En reprenant connaissance, le malade rendit par la bouche et par l'anus des matières vertes, d'une odeur repoussante. Il hurlait de douleur. Angelin le jugea trop faible pour supporter des saignées. Il se contenta de lui administrer des lavements, des frictions et des potions préparées par le pharmacien. Au bout de quelques jours, l'homme était sur pied, guéri.

Treize autres Français furent atteints par le choléra. Un seul en mourut. Le village de Louqsor, en revanche, vit périr cent vingt-huit personnes, soit le sixième de sa population.

Avec le retrait des eaux, le *Luxor* se trouvait à sec sur la petite plage qui lui avait été assignée. Vu du temple, il ressemblait à un grand panier d'osier. Deux chaussées de sable, élevées sur ses flancs, à la hauteur du pont, étaient arrosées tous les jours. Nous nous réfugiions de temps en temps dans sa cale pour profiter de la fraîcheur qui y régnait.

Les travaux reprirent avec vigueur sur le chantier, mais l'interruption des communications avec Alexandrie avait empêché d'obtenir les matériaux nécessaires pour la construction de la cale de halage. L'abattage de l'obélisque, initialement fixé à la fin de ce mois de septembre 1831, était retardé d'un mois.

Les communications avec Le Caire étant rétablies, du courrier de France ne tarda pas à nous être livré. Mais il n'y avait rien pour moi. Le silence de Clarisse Tallec me désespérait. Ne m'avait-elle pas encouragé à lui écrire au *Paris de la Mode* ? Je me souvenais de l'éclat qui avait traversé son regard quand j'avais parlé de l'Égypte. Ne semblait-elle pas aussi attirée que moi par ce pays ?

Peut-être aurais-je dû lui écrire plus longuement, sans cacher mes sentiments à son égard, et susciter une réponse. Mais rien dans ma lettre n'était susceptible de la heurter ou de lui déplaire. Me serais-je trompé d'adresse ? Je me revoyais cachetant ce courrier à Alexandrie. J'étais sûr d'avoir parfaitement écrit *Au Paris de la Mode,* en indiquant le nom de la rue et le numéro…

Ici, tous les officiers avaient eu des nouvelles de leurs proches au lendemain de l'épidémie de choléra. Moi-même j'avais reçu une lettre sans surprise de ma mère, et même un mot stupide de Violette qui m'annonçait s'être mise en ménage avec un avocat, ce qui ne me faisait ni chaud ni froid. Pour tout dire, elle était sortie de mon esprit, cette grisette.

Clarisse Tallec n'avait pas voulu me répondre. J'aurais dû m'en faire une raison, mais je n'arrivais pas à oublier cette femme, à peine rencontrée, dont je ne savais à peu près rien. Je me souvenais de chacune de ses paroles ; son regard, ses mains, sa silhouette restaient gravés dans ma mémoire. Si j'avais eu un talent de peintre, j'aurais pu réaliser d'elle, à distance, le plus fidèle des portraits.

12

Lettres à Adèle Guégan

Paris, le 5 décembre 1830

Ma chère Adèle,

Me pardonneras-tu mon silence de ces derniers mois ? J'étais en enfer, et n'avais ni le goût ni la force d'écrire quoi que ce soit.

À la mi-mars, j'ai découvert avec effroi que j'étais enceinte. En l'apprenant, celui dont je ne veux plus prononcer le nom est entré dans une colère noire. De mariage, il n'était plus question. Atterrée, je l'ai entendu me dire : « Une fille qui cède à son amant aussi facilement que tu t'es donnée à moi ne comprendra jamais ses devoirs d'épouse. Par ailleurs, n'as-tu pas tramé ce complot pour me forcer à t'épouser ? » En pleurs, je me suis naturellement défendue de cette accusation. Il m'a giflée alors violemment. J'ai mis quelque temps à reprendre mes esprits et, en hoquetant, l'ai supplié d'honorer sa parole, lui rappelant qu'il m'avait promis le mariage dès notre première rencontre à Landerneau. Pour toute réponse, il s'est emparé de mes maigres affaires, a ouvert la porte de l'appartement et les a jetées sur le palier, en criant : « Fiche-moi le camp ! Ne remets plus les pieds ici !

Et, surtout, ne me parle pas de mon honneur, toi qui n'as pas su garder le tien ! »

J'ai pu heureusement me faire embaucher à l'atelier : mon travail avait donné satisfaction. J'ai loué un logement, qui ne méritait même pas le nom de mansarde. Pour atteindre ce taudis aux cloisons vermoulues, je devais traverser une allée fétide et monter six étages dans l'obscurité. Une lucarne ouvrait sur le toit dont les ardoises mal jointes laissaient pénétrer la pluie.

J'ai accouché, Dieu sait comment, sur le grabat qui me servait de lit, aidée d'une voisine qui m'avait prise en pitié. « C'est un garçon, m'a-t-elle annoncé avec un calme terrifiant en brandissant une petite chose sanguinolente. J'imagine que tu n'as ni le temps ni les moyens de t'en occuper. J'ai connu ça. Tu peux le noyer... »

Je savais que, chaque jour, des filles mères abandonnaient leur enfant sur le parvis d'une église. J'ai opté pour Saint-Louis-d'Antin, où mon bébé aurait peut-être une chance d'être accueilli par une famille bourgeoise. J'ai emmitouflé le petit dans ma couverture, lui ai mis un bonnet sur la tête et l'ai pris contre moi. Réveillée au milieu de la nuit, je me suis aperçue qu'il ne respirait plus.

J'ai couvert son visage de baisers, je l'ai noyé de mes larmes. Puis je me suis rendormie à côté de lui. À l'aube, j'étais déjà debout. Je suis allée le déposer, dans son panier, devant la loge d'un gardien du Père-Lachaise, un vieillard au regard plein de bonté, dont j'étais sûre qu'il trouverait une petite place au cimetière pour l'enterrer.

Je n'ai pas abandonné mon enfant, Adèle, je l'ai réchauffé comme j'ai pu. Quand je me suis réveillée au milieu de la nuit, il était déjà au ciel.

Pardon de te dire tout cela, brutalement, mais j'en avais besoin.

J'ai beaucoup pleuré. Je ne savais pas que mes yeux pouvaient contenir autant de larmes. Je vais un peu moins mal depuis que j'ai trouvé une mansarde plus convenable, et l'idée de pouvoir t'écrire m'a fait du bien.

Prends bien soin de toi, ma chérie. Et méfie-toi des hommes.

Clarisse

Paris, le 23 décembre 1830

Mon Adèle,

Ta lettre, si douce, m'a arraché des larmes. Un grand merci pour les pétales de roses, que j'ai tendrement baisés. En fermant les yeux, je me suis retrouvée près du vieux moulin, sur la route de Pen Allen.

Tu me demandes des nouvelles de mon travail. J'ai la chance d'en avoir, ce qui n'est pas le cas de tout le monde. Mon salaire, quoique modeste, me suffit. Ici, des mères sont contraintes de compléter leur paye en vendant leur corps. On appelle cela le cinquième quart de la journée. Une jeune femme de l'immeuble voisin cherchait en vain des travaux d'aiguille depuis des semaines. Nous nous étions cotisées pour lui fournir un peu de charbon. N'ayant plus de pain pour nourrir ses enfants, elle a fini par céder. C'est pitié de la voir raser les murs à la tombée de la nuit.

Pourquoi une passementière gagne-t-elle deux fois moins qu'un passementier ? Quand on a osé lui poser la question, notre patron a répondu : « Vos doigts sont plus agiles. On vous rémunère moins parce que vous allez plus vite que les hommes. Vous gagneriez trop si on vous payait le même prix. » Les femmes sont considérées comme des travailleurs au rabais. Elles n'ont droit qu'à des salaires d'appoint, qui les rendent dépendantes de leur mari : elles sont condamnées à n'être que ménagères ou courtisanes.

Simple brodeuse, je n'appartiens pas au cercle des modistes, ces aristocrates de l'aiguille qui font la pluie et le beau temps dans les ateliers parisiens. À notre Paris de la Mode, la hiérarchie des fonctions se maintient lors des repas. Deux apprenties sont chargées des provisions. Les premières apprêteuses partagent le déjeuner à la fourchette avec la patronne. Seules les modistes restent au dessert, les autres se retirent après le plat de légumes et le ragoût. Mais je t'ennuie peut-être avec tous ces détails...

Je t'embrasse très fort.

Clarisse

Paris, le 14 janvier 1831

Oui, ma chère Adèle, comme toi je tiens un journal. Mais j'ai toujours peur que mes cahiers ne tombent entre les mains de quelqu'un. Je devrais peut-être économiser sur la chandelle et la chaussure dans les mois qui viennent pour trouver chez un brocanteur un tiroir qui ferme à clé. J'y mettrais aussi le bonnet de coton que j'avais fabriqué pour mon enfant et une petite croix égyptienne que m'avait offerte Mme Tourrette. C'est pitié de devoir cacher ces trésors à l'intérieur de ma paillasse.

Pardonne-moi de ne t'avoir jamais parlé du cadeau de Mme Tourrette. Quand notre maîtresse m'a remis cette croix ansée, j'étais à la fois très touchée et un peu gênée d'une telle faveur. En me l'offrant, elle m'a parlé de l'Égypte qu'elle connaissait à travers les récits de son mari. Elle m'en a parlé d'une telle manière que j'ai eu l'impression de voyager. Et ce pays où nous n'étions allées ni l'une ni l'autre n'a plus cessé d'occuper mon esprit. C'est étrange, n'est-ce pas ?

Sur ce, ta Clarisse, épuisée, va aller se coucher.

Paris, le 9 février 1831

Ma bonne Adèle,

Les sentiments que tu exprimes dans ta dernière lettre m'inquiètent. Je te sens impatiente de te marier. Pourquoi cette hâte, ma chérie ? Tu as été présentée à ce jeune homme il y a trois mois à peine. As-tu oublié qu'on se lie pour la vie ? S'il existait encore un moyen de revenir en arrière... Je ne comprends pas que tu te résignes si vite à une telle union. Le connais-tu, au moins, cet apothicaire à qui tes parents te destinent ? Je veux dire : le connais-tu vraiment ? As-tu pris le temps de mesurer ses sentiments à ton égard ? Méfie-toi des hommes, Adèle : je sais de quoi je parle.

Mille baisers et mille encore.

Clarisse

Paris, le 11 avril 1831

Chère Adèle,

Figure-toi que j'ai fait aujourd'hui la connaissance d'un jeune homme qui avait été en même temps que nous à l'école de M. et Mme Tourrette. Il était venu commander des mouchoirs au magasin et voulait un conseil pour la broderie des initiales. J'ignore comment il m'a reconnue. Il s'appelle Justin Le Guillou. Cela te dit-il quelque chose ?

Il m'a invitée à souper. Je n'ai pas résisté à la curiosité d'en savoir plus. C'est un étudiant en droit, fils de notaire de Landerneau. Il doit partir en Égypte très prochainement, dans une expédition chargée de rapporter un monument pharaonique. En Égypte, tu te rends compte ! Peut-être m'écrira-t-il de là-bas...

Et toi, ma chérie, n'oublie pas de me donner de tes nouvelles.

Clarisse

Paris, le 20 avril 1831

Chère Adèle,

Ton invitation me touche énormément. Mais, malgré ta générosité (tu es même prête à m'offrir le voyage !), je ne pourrai pas être présente à ton mariage. M'absenter de l'atelier me vaudrait à coup sûr un licenciement. Et, de toute façon, je n'aurais pas le cœur de revenir à Landerneau.

Ici, les gens sont sur les nerfs. Ce matin, à l'atelier, deux commis ont failli en venir aux mains. Partout, on licencie, et ce sont les plus pauvres qui trinquent. Tous les espoirs de l'an dernier se sont envolés. Louis-Philippe avait été porté sur le trône par les barricades, mais rien n'a changé. La révolution de Juillet, faite par des ouvriers, a été confisquée par la bourgeoisie. Mérite-t-elle encore le nom de révolution ?

Mais je ne voudrais pas assombrir ta journée, ma chérie. Avec les préparatifs de ton mariage, tu dois être bien loin de tout cela ! Je t'embrasse très fort et te souhaite tout le bonheur possible.

Clarisse

Paris, le 5 mai 1831

Chère Adèle,

Tu me demandes de te décrire Justin Le Guillou. Que te dire ? C'est un jeune homme séduisant, au regard profond, bien différent des petits messieurs élégants qui se présentent au Paris de la Mode. Il m'a donné l'impression de se chercher, de vouloir se libérer de quelque chose. Peut-être de son milieu familial, ou du rôle social qu'il était appelé à jouer.

Je n'ai pas eu de ses nouvelles. Il a certainement embarqué à bord du Luxor. Sinon, il m'aurait donné signe de vie, n'est-ce pas ?

Paris, le 10 mai 1831

Ma bonne Adèle,

L'épouse du patron est morte. Elle a été emportée en vingt-quatre heures. Mardi, en milieu de journée, Mme Marie s'est sentie mal et il a fallu la monter chez elle avec l'aide du laveur de carreaux. Le soir, on lui administrait les derniers sacrements.

Le patron a fait fermer l'atelier et le magasin cet après-midi pour nous permettre d'aller au Père-Lachaise. En entrant au cimetière, je pleurais comme une Madeleine. Cela m'a rappelé le petit, emmailloté, dans mes bras. « Tu en fais trop », m'a murmuré l'une de mes collègues, à qui je n'ai même pas eu la force de répondre. Si elle savait...

N'ayant pas de robes adéquates, plusieurs d'entre nous s'étaient couvertes d'un châle noir. Quand le cercueil de Mme Marie a été descendu dans la fosse, j'ai failli tourner de l'œil. Finalement, ce n'était pas une mauvaise femme, je crois que nous la regretterons.

Trois jours plus tard, j'ai été convoquée dans le cabinet du patron, qui portait le deuil de son épouse. Je me demandais ce qu'il me voulait. Il y a quelques mois, quand il avait tenté de poser sa grosse patte sur ma hanche, je m'étais vivement éloignée de lui, et il avait eu un vilain sourire, comme si ce n'était que partie remise.

« Clarisse, m'a-t-il dit tout à trac, vous êtes jolie et vous vous exprimez bien. Pourquoi ne deviendriez-vous pas demoiselle de comptoir ? Je vous donnerais trente centimes de plus par jour. Nous y gagnerions tous les deux. La clientèle masculine et les messieurs qui accompagnent leurs épouses pour les emplettes sont attirés par les femmes séduisantes. Et c'est le meilleur moyen pour des personnes de votre condition de trouver un mari ou de devenir la maîtresse d'un homme fortuné. »

La manière dont il a prononcé ces derniers mots m'a fait rougir, à la fois de honte et de fureur. Je lui ai dit que j'étais ouvrière et préférais le rester. Il a paru très contrarié et ne m'a plus adressé la parole de la journée.

Paris, le 21 mai 1831

Non, chère Adèle, je n'ai toujours pas de nouvelles de Justin Le Guillou. Est-il bien arrivé en Égypte ? Il disait en riant, peut-être pour me faire peur, que ce navire n'était pas fait pour la mer. Il avait promis de m'écrire. Combien de temps met un courrier d'Alexandrie à Toulon, puis de Toulon à Paris ? Je me perds en calculs, sans connaître la date d'envoi. Mais, après tout, un voyageur ne prend pas forcément la plume aussitôt arrivé à destination.

Pardon pour la brièveté de cette lettre. Je suis épuisée et je vais me coucher.

Clarisse

Paris, le 4 juin 1831

Ma bonne Adèle,

Non, toujours rien à propos de Julien Le Guillou. Hier, à la Marine, on m'a baladé de guichet en guichet. Personne, apparemment, ne connaissait l'existence du Luxor. J'ai eu droit à deux propositions malhonnêtes, et même une demande en mariage. Finalement, un brave homme m'a assuré que le navire était bien arrivé à Alexandrie et qu'il en était reparti pour gagner le sud du pays.

Il aurait pu quand même m'écrire, Justin Le Guillou ! Tu ne trouves pas ?

Pardon pour le caractère incohérent de cette lettre. Un charbon ardent dévore mon cœur.

Clarisse

Paris, le 20 juin 1831

Chère Adèle,

Les journées se suivent et se ressemblent. L'atelier est mal éclairé, à peine aéré. Mon dos souffre de la position assise. Les aiguilles me piquent les doigts, et les yeux me brûlent.

Je ne sais où je vais. Je n'arrive pas à débrouiller le chaos qui occupe mon esprit. Je suis pleine de sentiments contraires : comme une tour de Babel où plusieurs langues parleraient en même temps.

Dans ma tête, tout est désordre et confusion. Je ne sais plus où j'en suis. Il pleut depuis deux jours. Le ciel est triste, et mon âme plus encore.

Ma seule consolation est de te savoir dans ta nouvelle maison de Ploudaniel, accoudée à la fenêtre et bercée par le chant des oiseaux.

Je t'embrasse.

Clarisse

Paris, le 6 juillet 1831

Ah, Adèle, ma douce Adèle, pourquoi suis-je si mal ?

La nuit dernière, j'ai encore rêvé du petit. Je l'avais emmailloté dans un morceau de couverture et pris dans mes bras. Mais, au lieu d'aller à Saint-Louis-d'Antin, je me dirigeais vers la basilique de Montmartre, qui domine Paris. La route, parsemée d'obstacles, était interminable. Et, à mesure que je gravissais la Butte, le petit s'alourdissait, s'alourdissait. Je n'avais même plus la force de le porter. À un moment, je l'ai laissé tomber, et il a roulé dans le caniveau. C'était horrible.

Il est plein de larmes, le cœur de ta

Clarisse

Paris, le 30 juillet 1831

C'est en tremblant, ma chère Adèle, que je t'écris, après trois semaines de silence. Oui, en tremblant de joie. Un événement considérable est en train de changer ma vie : j'ai découvert LA RELIGION SAINT-SIMONIENNE *! Le nom ne te dira peut-être rien. Moi-même je l'ignorais jusqu'à ce que je rencontre sur le boulevard une lingère, Laurette Leblanc, qui avait travaillé dans notre atelier. C'est elle qui m'a entraînée à la salle Taitbout où a lieu chaque dimanche une prédication.*

J'y suis allée en traînant les pieds. Mais la joie de vivre de Laurette, qui s'affichait sans gêne avec son amoureux, m'a incitée à la suivre.

Quand nous sommes entrées dans cette grande salle, éclairée par un toit de verre, une foule nombreuse emplissait les loges et les banquettes de l'amphithéâtre. Le parterre était rempli de dames, portant de fraîches et riantes toilettes. On aurait dit une corbeille de fleurs.

Les membres de la hiérarchie saint-simonienne sont venus tour à tour se placer sur une estrade en face du public. Ils se sont levés quand les deux Pères suprêmes, Prosper Enfantin et Armand Bazard, sont arrivés, encadrant le prédicateur. On les appelle, en effet, les Pères suprêmes. Cela peut paraître grandiloquent, mais je t'assure que le rayonnement et la ferveur qui les entourent font oublier ce vocabulaire.

Les orateurs ont parlé de la condition des prolétaires et de celle des femmes. Je croyais entendre l'écho de mes propres pensées ! Pour la première fois, des gens mettaient des mots sur ce qui me tourmente depuis si longtemps ! J'avais du mal à retenir mes larmes. Près de moi, plusieurs dames pleuraient aussi.

Et je pleure de joie en t'écrivant ces lignes.

Je t'embrasse très très fort.

Clarisse

Paris, le 31 juillet 1831

Ma douce Adèle,

Je me rends compte que dans ma lettre, postée hier, je ne t'ai même pas demandé de tes nouvelles. J'étais trop émue, trop bouleversée par ce que je venais de vivre. Vas-tu bien, ma chérie ? N'oublie pas de m'écrire.

Ah, comme j'aurais aimé te conduire à la salle Taitbout dimanche prochain pour que tu découvres les saint-simoniens ! Tu verrais ces soldats du progrès : ils sont ingénieurs, médecins, avocats, officiers, artistes... Ces vrais amis du peuple, qui ont compris nos souffrances, consacrent une partie de leur fortune à leurs idées. Pour aider les prolétaires, ils se font prolétaires. Ces hommes d'élite sont convaincus que la liberté ne peut être interdite à la moitié du genre humain ; que la femme a droit à l'indépendance et, d'abord, à l'instruction ; que sa libération va de pair avec celle du prolétaire. Oui, Adèle, le saint-simonien donne la liberté à la femme et n'a plus la prétention de la diriger. Il ne veut plus être son maître ni son patron, mais son égal, son époux, son ami.

Les saint-simoniens sont une vraie famille. Tu ne peux pas imaginer l'affection qui les lie, les regards attendris qu'ils échangent... Autour d'eux se dégage une chaleur d'âme qui enivre. C'est une lueur dans les ténèbres, un rayon de soleil qui m'éblouit. Jusqu'à présent, j'étais ballottée sur une mer orageuse, je dérivais sans boussole au milieu de l'océan. J'ai trouvé des guides qui me conduiront là où je ne savais aller. J'ai trouvé des frères et des sœurs marchant vers le même but : LE BONHEUR DE L'HUMANITÉ.

Mille baisers.

Clarisse

Paris, le 10 septembre 1831

Adèle chérie,

Depuis deux mois, je nage dans le bonheur. Je travaille à l'œuvre la plus grande et la plus belle du monde.

En me faisant saint-simonienne, j'ai pris l'engagement d'améliorer le sort de ceux qui sont plus pauvres, plus faibles que moi, sans négliger les riches pour autant : c'est à nous de réveiller dans leurs cœurs les bons sentiments qui y dorment.

Le saint-simonisme, c'est une nouvelle religion, supérieure à toutes les autres, parce qu'elle tire le meilleur de chacune d'elles. L'Église catholique a jeté l'anathème sur les jouissances matérielles, elle a sacrifié le corps à l'esprit. La religion nouvelle entend réaliser ici-bas la paix et la liberté. Nous, saint-simoniens, sommes, tout à la fois, les héritiers du catholicisme et les continuateurs de la révolution : nous voulons reconstruire la société.

Non, Adèle, ce ne sont pas que des mots ! À Paris, les saint-simoniens ont créé un service sanitaire pour les ouvriers et ouvert un dispensaire dans chacun des douze arrondissements. On y soigne et vaccine gratuitement les enfants. Par ailleurs, des familles indigentes sont hébergées dans deux foyers d'accueil qui organisent des tables fraternelles. J'y vais chaque dimanche pour servir des repas frugaux à des pauvres du quartier. Puis je cours jusqu'au dispensaire de mon arrondissement pour enseigner l'alphabet à de petits orphelins. Le lundi, à 8 heures du soir, en quittant l'atelier, je me précipite à une séance d'instruction saint-simonienne. Je suis débordée, et heureuse de l'être. De tout mon cœur, je t'en souhaite autant.

Il ne faut pas prendre les saint-simoniens pour des moines ! Nous avons eu droit cette semaine à une soirée musicale. Plusieurs artistes qui partagent nos idées étaient présents. Adolphe Nourrit, premier ténor à l'Opéra, nous a chanté du Rossini. Hector Berlioz et Franz Liszt se sont succédé au piano. Puis des quadrilles ont été organisés au son des violons. C'était la première fois que je dansais !

Hier, le Père Enfantin en personne est venu nous dire quelques mots. J'ai pu enfin l'approcher. Quel choc ! J'aurais du mal à te décrire sa lumineuse et noble beauté. C'est un homme grand, bâti comme un colosse, dont la chevelure noire tombe en boucles arrondies sur les épaules. Il a un regard profond, des yeux bleus, une voix douce aux inflexions caressantes. Cet homme merveilleux, qui s'est donné le titre de Père de l'humanité avec une religieuse audace, a eu une attention délicate pour chacun et chacune d'entre nous. Un jour, je l'espère, tu auras l'occasion de le rencontrer. Tu l'écouteras parler et ton âme s'assoupira, magnétisée par sa voix ; et toutes tes douleurs s'endormiront l'une après l'autre pour laisser place à l'espérance.

Clarisse

13

Je ne savais rien de Clarisse Tallec en dehors de ce qu'elle m'avait dit lors de notre rencontre. N'attendant plus de réponse à ma lettre, j'aurais dû l'oublier, mais elle était au contraire de plus en plus présente dans mes rêves éveillés. Je revoyais son visage, ses boucles blondes, ses mains, son air méfiant, les brefs sourires qui faisaient pétiller ses yeux…

Depuis quelque temps me revenait régulièrement sa remarque quand je lui avais parlé de l'expédition à laquelle j'allais participer : « Est-il nécessaire de consacrer autant de moyens, de dépenser autant d'argent pour aller chercher une pierre taillée ? » À Paris, j'aurais été incapable d'en expliquer l'intérêt, mais cela ne m'importait guère. Alors qu'à Louqsor, au fil des semaines, l'entreprise me paraissait de plus en plus contestable. Les deux obélisques, dépouillés des masures qui emprisonnaient leurs bases, se dressaient avec majesté. Pourquoi priver le temple de ces gardiens de granit qui en contrôlaient l'entrée depuis plus de trente siècles ?

Il m'arrivait de quitter mon lit au milieu de la nuit et de sortir du temple après avoir décliné mon identité aux sentinelles pour aller observer les monuments à la lueur de la pleine lune. Leur place me semblait être ici et non ailleurs. J'avais le sentiment de prendre part à une mauvaise action.

Aucun membre de l'expédition ne m'aurait prêté une oreille attentive. Même Wilkinson approuvait le transfert des obélisques en Europe, réclamé par Champollion. Lors d'un précédent dîner, le commandant Verninac nous avait lu religieusement les propos du déchiffreur des hiéroglyphes : « L'étranger parcourt notre capitale sans y rencontrer quelque part un seul monument qui rappelle, même indirectement, notre étonnante campagne d'Égypte. Aucun genre de monument n'est plus propre à perpétuer la mémoire de cette grande expédition qu'un ou plusieurs obélisques égyptiens, transportés dans la capitale de la France. » À cet argument patriotique, susceptible de flatter l'orgueil national et le bonapartisme renaissant, Champollion ajoutait un argument esthétique. Selon lui, mettre les obélisques de Louqsor « sous les yeux de la France » permettrait « d'éclairer le goût du public » qui n'est habitué à voir, dans les villes françaises, que « des décorations de boudoir ». Car « une seule colonne de Karnak est plus monument à elle seule que les quatre façades de la cour du Louvre ».

Aucun de ces arguments ne me convainquait. Avait-on besoin d'un monument supplémentaire, fût-il égyptien, pour commémorer l'expédition de Bonaparte dont on nous rebattait les oreilles depuis l'enfance ? Par ailleurs, si l'obélisque était aussi beau que cela, ne fallait-il pas le laisser à sa place ?

– Mais vous êtes devenu fou, Le Guillou ! Fou à lier !

Après avoir poussé des hurlements, Apollinaire Lebas répétait cette phrase à voix basse, comme s'il perdait lui-même la raison. Ce que je venais de lui dire le stupéfiait absolument.

– Selon Wilkinson, avais-je lancé, le temple de Louqsor est le seul en Égypte à compter deux obélisques encore debout.

– Je le sais bien. Et alors ?

– Et alors, ne trouvez-vous pas malheureux, monsieur, de les abattre ?

– Je n'ai pas le temps de badiner, Le Guillou. Nous devons encore nous assurer que la dernière partie du dispositif a été correctement installée.

– Je ne badine pas, monsieur. Je suis sérieux.

Mon air préoccupé l'intrigua. Dix minutes plus tard, après un échange de plus en plus tendu, il dut se rendre à l'évidence et se mit à hurler :

– Mais vous avez perdu la raison ? Vous imaginez qu'on va entendre vos sornettes ? Vous croyez qu'après des mois de négociations, des mois de préparation, après être arrivés jusqu'ici, nous allons renoncer à notre entreprise parce que môssieur Le Guillou a eu subitement un doute ? Vous êtes fou, Le Guillou, vous êtes fou. On va vous interner.

Les jours précédents, j'avais envisagé tous les moyens, y compris les plus extravagants, pour empêcher l'abattage du monument. Irais-je, par quelque manœuvre, jusqu'à la faire échouer ? C'était matériellement très difficile, car Lebas avait étudié l'opération dans les moindres détails. Et si mon improbable sabotage réussissait, il risquait de conduire à une double catastrophe : l'aiguille de granit se briserait certainement et, dans sa chute, causerait de nombreuses victimes.

Conscient de mon impuissance, j'aurais mieux fait de ne pas soulever cette question. Je balbutiai une excuse d'une voix blanche.

Lebas se mit à bougonner pendant une bonne minute en fouillant dans ses papiers. Puis, comme si rien ne s'était passé :

– Ne perdons pas de temps, Le Guillou. Prenez de quoi écrire et suivez-moi.

Désormais, chaque soir au dîner, il n'était question que de l'abattage du monument pour lequel Apollinaire Lebas avait, depuis des mois, noirci des dizaines de pages de formules algébriques et de dessins en s'inspirant des techniques en vigueur dans la marine.

L'obélisque n'avait pas besoin d'être scié puisqu'il reposait simplement sur son socle. Mais, pour abattre cette pierre de deux cent vingt tonnes, il fallait à la fois l'incliner vers le sol et l'empêcher de s'écraser sous son poids. L'ingénieur pensait pouvoir l'amener ainsi, lentement et sans secousses, dans une position horizontale.

– J'imagine qu'il faut beaucoup plus de bras pour retenir le monument que pour l'incliner ? dit le chirurgien major.

– Non, docteur, c'est le contraire. Pour l'inclinaison, l'obélisque sera pris en cravate par trois câbles, tirés chacun par soixante-quatre hommes. Mais il suffira de huit hommes pour le retenir.

Lebas exposa en détail le dispositif qu'il avait mis au point.

– Oh ! là, là ! C'est trop compliqué pour un disciple d'Hippocrate, s'exclama le médecin. Je connais un peu les problèmes d'abattement, mais rien sur l'abattage. Pour l'érection, en revanche…

Il déclencha des rires et quelques plaisanteries.

– C'est pourtant simple, docteur. Comme vous avez pu le voir, pour protéger l'obélisque, je l'ai fait envelopper d'épaisses planches de bois, pressées par des boulons à écrou. Seuls le pyramidion et l'une de ses arêtes inférieures sont dégagés : c'est sur cette arête que le monolithe pivotera, grâce à une grosse rotule en chêne.

– Une rotule ? Décidément, vous empiétez sur mes plates-bandes !

– Tout est prêt pour abaisser la tête orgueilleuse du monolithe ! déclara le commandant Verninac, qui masquait son inquiétude par de l'emphase. Je ne doute pas que, demain, avant de se coucher, le soleil de Louqsor aura éclairé un triomphe.

Je passai une mauvaise nuit, peuplée d'images confuses. Je rêvai que l'opération échouait : résistant aux biceps de cent quatre-vingt-douze hommes, l'obélisque refusait obstinément de s'incliner. Lebas demandait alors des renforts, et les obtenait, mais le sommet du monument ne bougeait toujours pas d'un pouce. Au bout d'une douzaine d'heures de vains efforts, le commandant Verninac ordonnait l'arrêt de la manœuvre et le retour de l'expédition en France…

Ce 31 octobre 1831, à la première heure du jour, une foule nombreuse était massée devant le temple. Le spectacle annoncé avait attiré les notables des villages voisins, arrivés dès l'aube à cheval ou à dos d'âne. Ils en profitaient pour exposer leurs doléances à l'intendant de la région, également présent. Wilkinson, très excité, assistait à la décoration des mâts, que l'on garnissait de drapeaux tricolores, de guirlandes de fleurs et de branches de palmier.

Chacun était à son poste. Cent quatre-vingt-douze ouvriers, répartis sur les barres des cabestans, attendaient le signal convenu, tandis que huit matelots français tenaient les cordes de retenue. Apollinaire Lebas allait d'un groupe à l'autre, pour ajuster les positions. L'esprit embrumé, je le suivais comme une ombre. Je n'étais chargé d'aucune tâche précise, mais devais être prêt à répondre au moindre des souhaits de l'ingénieur. Pour le moment, mon rôle se limitait à tenir le porte-voix dont il aurait besoin de se servir.

À 8 heures pile, le commandant Verninac donna l'ordre attendu. Aussitôt, le système se mit en branle. L'assistance était silencieuse. On n'entendait que les craquements du bois et les frottements des câbles sur les poulies. Pour la première fois depuis près de trente siècles, l'obélisque se détachait de sa base et s'inclinait lentement.

Les yeux rivés sur la partie haute du monument, je fus pris d'une angoisse croissante. J'étais persuadé que l'action de huit hommes ne suffirait jamais à retenir une telle masse. Pourtant, tout semblait se dérouler normalement. L'ingénieur affichait un visage impassible qui me rassura un peu. L'obélisque continuait tout doucement sa descente. Mais, soudain, le système s'immobilisa. L'officier chargé de diriger les treuils faisait de grands gestes à Lebas : les ancres commençaient à s'arracher de terre. Verninac, très inquiet, vint aux nouvelles.

– Rien de grave, lui dit l'ingénieur. Les retenues étaient simplement trop tendues. Il faut les filer plus vite.

On s'exécuta, et la manœuvre reprit un quart d'heure plus tard.

– Vire toujours ! Vire toujours ! ordonnait Lebas dans son porte-voix.

La rotation s'effectuait très lentement. Le centre de gravité finit par être atteint. Maintenant, il ne s'agissait plus d'incliner l'obélisque, mais de le retenir. Sur un ordre de l'ingénieur, les huit matelots entrèrent en action.

À chaque coup de sifflet, le système s'immobilisait et une forte secousse le faisait trembler. Deux minutes plus tard, l'ordre de repartir était donné. Le monolithe reprenait alors son mouvement, dans un concert de grincements et de craquements. Je retenais mon souffle.

Les hourras éclatèrent dès que l'obélisque atteignit le sol. La charnière de chêne avait résisté à l'écrasement. Nous nous approchâmes pour observer la base du monument : elle était recouverte d'une légère couche de limon, qui avait été cachée à la vue des humains depuis le XIIIe siècle avant notre ère. Lebas la dégagea à l'aide de son couteau. On vit alors apparaître une inscription, sculptée sur la semelle de l'obélisque.

– C'est le cartouche de Ramsès II, murmura Wilkinson.

Pendant une bonne minute, aucun de nous n'osa ajouter un mot. Cependant, l'œil de Lebas était attiré par une sorte de mastic dans la fente de la pierre. Et cela le réjouissait au plus haut point :

– Vous voyez cette poussière jaunâtre qui remplit les cavités ? C'est le reste du dispositif qui avait été utilisé pour empêcher la fissure de s'agrandir. Le défaut de la pierre existait donc dès l'origine. Le monument n'a pas bougé, et il n'y a aucune raison pour qu'il bouge à l'avenir. Nous n'aurons qu'à mettre de nouvelles clés, en bronze par exemple, et la fissure ne nous inquiétera plus.

Il était 9 heures du matin. Après toutes ces émotions, je mourais de faim. Un déjeuner fut servi, en présence des notables locaux, mais Verninac me laissa à peine le temps de dévorer un bol de fèves cuites.

– Puis-je vous emprunter Le Guillou ? demanda-t-il à l'ingénieur. J'ai une lettre importante à rédiger.

Dix minutes plus tard, assis devant une petite table, dans le bureau du commandant, j'écrivais sous sa dictée une lettre pleine d'emphase, destinée à Jean-François Champollion :

« Monsieur et illustre compatriote, réjouissez-vous avec nous : le choléra nous a quittés, et l'obélisque occidental de Louqsor est tombé sous les plus simples moyens de la mécanique moderne. Nous le tenons enfin, et nous porterons certainement en France ce monument qui doit fournir le texte de quelques-unes de vos intéressantes leçons, et faire l'ornement de la capitale. Paris verra ce qu'a pu produire une civilisation antique pour la conservation de l'histoire, à défaut d'imprimerie. Il verra que si nos arts sont admirables, d'autres peuples en eurent, bien longtemps avant nous, dont les résultats surprenants sont faits pour étonner encore. » Emporté par l'enthousiasme, le chef de la mission évoqua le despotisme des pharaons, les dieux de l'ancienne Égypte, la révolution opérée par le christianisme, la fraternité entre les hommes…

14

L'obélisque était donc à terre. Son frère jumeau avait assisté sans broncher à cette exécution. Il devait, en principe, subir le même sort, mais le *Luxor* n'était pas en mesure de transporter simultanément deux pierres d'un tel poids. Et personne n'envisageait pour le moment une seconde expédition.

Étendu sur le sol, rendu plus épais encore par les madriers qui le protégeaient, l'obélisque avait quelque chose d'effrayant. Il me faisait l'effet d'un animal blessé à mort par des chasseurs. Ne disait-on pas d'ailleurs qu'il avait été « abattu » ? Son museau, resté à l'air libre, avait un caractère irrégulier, qui contrastait avec la perfection du fût. Fallait-il attribuer cette dégradation à l'action lente du temps ?

Lebas ne le croyait pas :

– Sous nos ciels peut-être, mais pas ici. Pas avec le climat de la Haute-Égypte qui a même permis de conserver des couleurs en plein air pendant des milliers d'années. Non, je ne vois qu'une seule explication : des difficultés rencontrées par les artisans de Ramsès II lors de la taille du monument.

– C'était une imperfection sans gravité, ajouta Wilkinson, dans la mesure où le pyramidion pouvait être recouvert d'un capuchon en or. Sur certains bas-reliefs, les obélisques sont représentés avec une sorte de coiffe étincelante qui leur donne une forme régulière et pointue.

Une discussion s'engagea alors pour savoir s'il ne serait pas opportun d'habiller ainsi le sommet du monument. De toute manière, ce revêtement métallique ne pourrait être fabriqué qu'à Paris, le moment venu, avec l'accord de Champollion et des autorités.

L'obélisque avait été abattu. Encore fallait-il l'introduire dans le *Luxor*. Il était impossible de traîner un tel poids jusqu'au navire, sur le sol nu. Seule une rampe de bois graissée aurait permis de le faire, mais comment construire une chaussée de quatre cents mètres de longueur dans cette Haute-Égypte qui manquait cruellement de bois dur ?

Lebas y avait naturellement pensé, témoignant, une fois de plus, de son ingéniosité :

– Nous allons construire une chaussée en pièces détachables, annonça-t-il.

– Vous avez dit « détachables » ? s'étonna Verninac.

– Je ne vois pas d'autre solution. Cette chaussée sera faite de quatre tréteaux mis bout à bout, qu'on déplacera au fur et à mesure. Chaque fois que l'obélisque arrivera à l'extrémité du glissoir, on retirera la portion arrière et on viendra l'ajuster à l'avant pour que le monolithe puisse continuer à avancer.

Ce travail de fourmi demanda un mois, à raison de quinze heures par jour. Le terrain était nivelé à mesure que l'obélisque progressait en direction du navire. Le monolithe avait une fâcheuse tendance à dévier de sa route, se jetant tantôt sur la droite, tantôt sur la gauche. On devait continuellement le remettre au centre du chemin de halage, ce qui pouvait prendre des heures.

Le *Luxor,* à sec, reposait sur un lit de sable. Pour y introduire l'obélisque, on démonta le faux pont et on scia l'avant du navire. Lors du voyage en mer, le monstre de deux cent vingt tonnes ne devait en aucun cas se déplacer dans la cale sous des coups de roulis. Son revêtement de bois fut fixé à la membrure par de grosses chevilles en fer, de telle sorte qu'il faisait complètement corps avec le bâtiment.

Remis dans son état primitif après le rétablissement de la partie sciée, le *Luxor* n'avait plus qu'à attendre la montée des eaux, au printemps. Dématé, protégé par un double rang de nattes et couvert de sable, il ressemblait à une ruine au milieu des ruines. Nul n'aurait pu imaginer que ce navire échoué sur une plage portait dans ses entrailles un monument colossal qui serait transporté jusqu'à Paris à travers la Méditerranée et l'océan.

Champollion avait demandé que l'on emporte le socle sur lequel l'obélisque était posé. Mais l'ingénieur estimait que le dé en question, qui faisait plus de cinq mètres de hauteur, avait subi des dégradations trop importantes pour mériter d'être transporté jusqu'à Paris. En revanche, il avait fait prélever les babouins sculptés de l'obélisque voisin, également offert à la France, pour les intégrer à un futur piédestal.

Pendant ces travaux, le village de Louqsor connaissait l'enfer. Un nouveau responsable turc venait d'y être affecté et avait marqué son arrivée par des brutalités inouïes. Il fit d'abord administrer la bastonnade à des paysans qui n'avaient pas été en mesure de cultiver toute la portion de terrain qui leur était assignée, puis il ordonna de leur couper le nez et les oreilles. Une douzaine de malheureux en furent victimes, quasiment sous mes yeux, car je me trouvais par hasard non loin de la place centrale du village au moment où des soldats se livraient à ces mutilations. Révolté, je courus jusqu'au temple et fis irruption dans le bureau de Verninac, en hurlant.

– Qu'est-ce qui vous prend, Le Guillou ? me demanda-t-il d'un ton sévère.

Je lui racontai ce que j'avais vu, le conjurant d'agir sur-le-champ.

– Calmez-vous, mon vieux, calmez-vous ! me lança-t-il.

Mais je criai de plus belle. Le commandant me dispensa de ses commentaires habituels sur « les mœurs de ces Turcs qui ne sont pas les nôtres ». Il me dicta une protestation solennelle au gouverneur de la Haute-Égypte, qui partit le jour même.

Pour toute sanction, le despote fut muté dans un autre village une semaine plus tard. En l'apprenant, Verninac exprima ses sentiments par des phrases grandiloquentes qui ne faisaient que souligner son impuissance :

– Peuple infortuné, supporte tes malheurs en silence, étouffe tes douleurs ! Le Turc insensible t'écoute, et nous ne sommes pas tes libérateurs. Crains qu'il n'entende ta plainte, et que stupidement barbare il ne la fasse expier sous le sabre et le fouet. Sache attendre le jour de la vengeance. Tes maîtres ont mis leur sort et le tien aux mains de tes enfants.

Écœuré, je me demandais ce que je faisais en Égypte, loin de Clarisse Tallec dont le souvenir m'obsédait.

Le 3 avril 1832, en ouvrant le courrier qui venait d'arriver d'Alexandrie, le commandant Verninac blêmit. On lui annonçait la mort de Jean-François Champollion, survenue un mois plus tôt à Paris. Le déchiffreur des hiéroglyphes, épuisé, avait dû renoncer à poursuivre ses cours au Collège de France. Souffrant du foie, des poumons, de diabète et de la goutte, il s'était éteint en plein travail, sans avoir pu finir sa grammaire égyptienne. Le commandant du *Luxor,* qui le portait aux nues, nous communiqua la nouvelle d'une voix sinistre, au début du déjeuner, avant de demander une minute de silence « à la mémoire de l'homme de génie que nous pleurons ».

– Il est capable de proclamer une semaine de deuil officiel, me murmura Fouchard, que la grandiloquence de son chef ne laissait pas d'énerver.

Le lendemain, Verninac nous lut avec émotion la lettre que Wilkinson lui avait adressée. À sa tristesse, l'Anglais y ajoutait la crainte que l'égyptologie, fondée par Champollion, ne disparaisse avec lui : une science mort-née, en quelque sorte. « Voici, écrivait-il, la fin des lumières que son savoir a pu jeter sur les hiéroglyphes. La torche est tombée à terre et personne n'est capable de la ramasser. »

À moitié inconscient, Champollion n'avait pas reconnu le président du Conseil, Casimir Perier, venu lui rendre visite. Mais ce dernier n'allait pas tarder à le rejoindre dans la tombe, succombant à une terrible épidémie de choléra qui s'était déclarée à Paris. Nous n'en étions informés que par bribes, avec beaucoup de retard. J'imaginais les cafés désertés du Quartier latin, le *Paris de la Mode* fermé, Clarisse au chômage, peut-être même victime de la maladie… J'en faisais des cauchemars.

15

En attendant la crue, prévue dans les premiers jours de juin, nous n'avions plus grand-chose à faire à Louqsor. Plusieurs petites expéditions furent organisées pour découvrir la partie la plus méridionale de la vallée du Nil. Je serais bien parti avec Fouchard et quelques officiers, mais Apollinaire Lebas ne voulait pas se séparer de moi. Il tenait à aller jusqu'aux temples d'Abou Simbel qui avaient ébloui Champollion.

Nous embarquâmes en compagnie d'un jeune domestique et de cinq marins indigènes. Le voilier naviguait au gré de nos humeurs. Deux ou trois fois par jour, armés de fusils, nous accostions pour explorer les environs, chasser lièvres, perdrix et tourterelles. Je me baignais dans le fleuve matin et après-midi. Le soir, pour souper, les marins s'accroupissaient autour d'une marmite de lentilles qu'ils avaient cuites sur un brasero. Ils mangeaient sans cuillère ni fourchette, en y plongeant les doigts. Après s'être lavés, ils se passaient l'unique pipe à eau qui servait à tout l'équipage. Puis ils se racontaient des histoires, riaient à perdre haleine, chantaient en frappant des mains et dansaient sur le pont jusqu'à ce que Lebas leur ordonne de se taire.

Quelques jours après notre départ, vers 2 heures du matin, nous fûmes réveillés par les cris de *« Harami !*

Harami ! » (Au voleur ! Au voleur !). Les quatre marins et leur chef paraissaient très inquiets. Ils avaient repéré des bandits qui s'approchaient du bateau. Nus, les membres huilés, des poignards attachés aux pieds et aux jambes, c'étaient d'excellents nageurs. Dès qu'on les mettait en joue avec nos fusils, ils disparaissaient dans les eaux noires du fleuve.

Le jeune domestique était au bord de la crise de nerfs. Il se jeta à mes pieds, me suppliant de tirer. Je cédais à sa demande, pour le rassurer.

– *Kamane, kamane !* (Encore, encore !) criait-il.

Je fis feu une seconde fois, l'ingénieur tira de son côté, et l'écho de nos détonations résonna dans la nuit.

La sauvegarde des vestiges antiques était le dernier souci des habitants de la Haute-Égypte, comme d'ailleurs de leurs dirigeants. Le petit temple d'Esna venait d'être détruit, pour renforcer le quai, menacé par les eaux du fleuve. Quant au grand temple, il servait de magasin général pour le coton. De hauts murs de boue séchée avaient été dressés derrière le premier rang des colonnes dont on ne voyait que la partie la plus élevée, le reste étant enfoui sous le sable. Pour pénétrer dans le temple, il fallait emprunter un tronc de palmier fendu qui faisait office d'escalier. L'intérieur était plongé dans l'obscurité. On ne pouvait admirer les bas-reliefs qu'une bougie à la main.

Le temple d'Edfou, que nous voulûmes visiter le surlendemain, était également encombré de sable et entouré d'habitations. Seuls émergeaient les sommets de son pylône gigantesque qui dominait la ville comme une falaise. Quelques officiers ou savants de Bonaparte y avaient gravé leur nom. « Boulingrier, maréchal des logis au 8e dragons » avait accompagné le sien d'une exclamation : « Ô Charlotte ! » J'en fus bouleversé. Les jours suivants, je ne cessais de me répéter intérieurement : « Ô Clarisse ! »

À mesure qu'on naviguait vers le sud, la double chaîne des montagnes, libyque et arabique, se rapprochait de plus en plus du fleuve, serrant les berges, comme pour marquer la fin de la vallée. Mais, brusquement, le paysage s'entrouvrit. Le Nil ressemblait à un lac, divisé en deux par l'île Éléphantine. De gros rochers noirs, polis par le courant, surgissaient des eaux. Nous arrivions à Assouan.

Le lendemain, un guide local nous emmena dans les carrières de granit, situées à plus d'un kilomètre du fleuve. Les entailles faites dans la roche par les anciens Égyptiens paraissaient aussi fraîches que si elles avaient été exécutées la veille. On aurait dit que la pointe d'un outil venait à peine d'y passer. Un mètre à la main, Lebas resta près de deux heures devant un immense obélisque inachevé. Trois de ses faces étaient dégrossies, la quatrième adhérait encore à la falaise. Ce bloc avait sans doute été abandonné par les artisans de l'époque après l'apparition de profondes fissures. Il faisait 41,75 mètres de long. L'ingénieur calcula qu'un tel obélisque aurait pesé plus d'un millier de tonnes.

Pour poursuivre notre périple vers le sud, nous devions franchir la première cataracte : un passage dangereux et difficile, où des écueils déchirent les eaux du Nil. L'ingénieur possédait un ordre signé par le *maamour* d'Esna, qui lui avait dit :

– Avec ce papier, on te fera remonter la cataracte plus vite que l'eau ne la descend.

En effet, un pilote local, coiffé d'un turban rouge, prit la direction des opérations. Notre bateau fut allégé de tous les objets pesants qu'il contenait. Des chameaux devaient conduire nos bagages, sous la surveillance de Lebas, jusqu'à un village, en amont du fleuve. Moi, j'avais choisi de rester à bord de la cange.

Celle-ci fut aussitôt envahie par une vingtaine de marins d'Assouan, rompus à ce genre d'exercice, qui se mirent aux avirons. Ils chantèrent en ramant, jusqu'à l'approche des récifs à fleur d'eau. Plusieurs carcasses de barques, évoquant des naufrages, gisaient sur des lits de sable.

Le bateau s'arrêta à la première chute, où d'autres hommes qui nous attendaient attachèrent des cordes aux rochers et passèrent une amarre autour du grand mât. Tandis que les uns halaient, d'autres, armés de perches, empêchaient la cange de heurter des récifs. D'autres encore, tout nus, étaient prêts à se jeter à l'eau pour leur prêter main-forte. Au signal du *raïs,* le bateau avança, se balançant à gauche et à droite, frôlant par moments les rochers pointus qui éraillaient ses parois. Pas très rassuré, je me tenais solidement au bastingage. Un peu plus loin, sans que personne ne leur prête attention, des enfants, à califourchon sur des troncs de palmier, sautaient dans les tourbillons d'écume pour s'amuser.

Les marins attachaient les cordes de rocher en rocher, encouragés par les cris du pilote. Quelques coups de fouet, dispensés par un homme en turban, les relançaient. Par moments, la cange reculait, semblait hésiter, puis reprenait sa route. Il lui fallut près de deux heures pour traverser une demi-douzaine de rapides et se retrouver enfin, voile déployée, sur un fleuve paisible qui serpentait à l'horizon.

L'île de Philae, proche de la cataracte, était habitée par deux ou trois familles de pêcheurs. Verdoyante, peuplée de monuments antiques, elle contrastait étrangement avec le paysage lunaire des alentours. Des temples, de diverses tailles et de styles différents, semblaient y avoir été disposés dans tous les sens, un peu au hasard. C'était tout le charme de ce lieu.

Nous passâmes deux jours entiers à Philae. Lebas s'attardait devant chaque pierre. Dans la grande salle hypostyle, très ému, il me fit recopier un texte gravé trente ans plus tôt par des officiers de Bonaparte.

Philae marque la limite de la Haute-Égypte. Après, on s'enfonce dans la Nubie. Le lendemain de notre départ, sur la rive droite du Nil, un grand bateau était amarré aux abords d'un village. On nous invita à y monter. C'était celui d'un marchand d'esclaves, qui conduisait au Caire sa cargaison d'hommes, de femmes et d'enfants, arrachés au cœur de l'Afrique. Un acheteur s'étant présenté, plusieurs de ces malheureux avaient été sortis de la pièce où ils étaient entassés. Quand nous arrivâmes dans cette prison flottante, le marchand les faisait marcher sur le pont, les tournant et les retournant. Le client s'approcha pour les examiner. D'un geste sans douceur, il leur ouvrait la bouche, appuyait sur leurs dents, s'assurait que leurs yeux ne cachaient pas quelque rougeur, tâtait les seins des femmes, soupesait les testicules des hommes…

C'était insupportable. Je bousculai le client d'un coup d'épaule et me jetai sur le trafiquant, qui tomba à terre. Aussitôt, deux gardes se ruèrent sur moi. Je saisis un tabouret pour me défendre. Tout le monde criait. Les esclaves, eux, observaient la scène sans comprendre. Le marchand, qui s'était relevé, calma ses hommes : il ne voulait sans doute pas d'ennuis avec des Européens. Lebas me poussa dehors en fulminant :

– Félicitations, Le Guillou ! Vous étiez sur le point de réformer la société africaine. Un peu plus, et ces bandits nous faisaient la peau.

Ma colère se dissipa peu à peu au cours de cette croisière en Nubie. Le Nil était à nous. Nous passions parfois une matinée entière sans apercevoir une seule voile. Je me baignais dans une eau limpide. Aux heures les moins chaudes de la journée, coiffé de mon bonnet bleu, je restais de longs moments à rêvasser.

La vue des temples d'Abou Simbel nous laissa muets d'admiration.

– On dirait que, lassés de transporter des blocs de pierre, les Égyptiens avaient choisi de creuser des monuments dans la montagne, murmura Lebas.

Quatre colosses de Ramsès II, faisant une vingtaine de mètres de hauteur, étaient assis devant l'entrée du grand temple. Il s'en dégageait une impression de force et de sérénité. Seul celui d'extrême gauche était entièrement découvert. Deux autres avaient du sable jusqu'à la taille, et le quatrième était à moitié écroulé.

Pourquoi avoir construit ces temples ici, dans une région absolument déserte, où l'on ne rencontrait pas une âme, pas un arbre ?

– Le grand Ramsès, multiplié par quatre, s'était fait sentinelle à l'entrée de l'Égypte, suggéra l'ingénieur. Sans doute voulait-il impressionner d'éventuels envahisseurs.

Nous pénétrâmes dans le temple plongé dans l'obscurité en nous laissant glisser du haut des monticules qui en obstruaient l'accès. Les bougies que portaient nos matelots affolèrent les chauves-souris. Trois ans plus tôt, à moitié malade, Champollion s'était déshabillé presque entièrement pour s'introduire dans cette fournaise, soutenu par deux domestiques, et aller y copier de magnifiques bas-reliefs célébrant les victoires militaires du pharaon.

Aux abords d'Abou Simbel, nous eûmes la surprise de retrouver un groupe d'officiers du *Luxor* qui nous avaient précédés.

– Hier, me dit Fouchard, nous avons pu converser avec de fort jolies jeunes femmes du village voisin. Assises au bord du fleuve, elles nous ont accueillis par des rires. Pas du tout farouches, ces Nubiennes ! Pour mieux les connaître, nous avons voulu examiner diverses parties de leurs ajustements : leurs colliers, leurs bracelets… Je dois dire qu'elles s'y sont prêtées avec beaucoup de complaisance.

16

De retour à Louqsor, j'occupais mes journées en allant chasser dans les environs avec quelques officiers. Certains jours, nous franchissions le fleuve pour nous rendre sur l'autre rive, celle des morts, dans l'espoir d'y découvrir quelque objet précieux. Ces fouilles ne donnaient pas grand-chose. Jusqu'au jour où une cavité dans la montagne nous conduisit à une salle souterraine pleine de débris. Elle débouchait sur une autre pièce qui contenait un magnifique sarcophage en basalte vert, couvert de milliers de hiéroglyphes, dans lequel on distinguait les restes d'une momie. Le couvercle, à moitié soulevé, était maintenu dans cette position par une grosse bûche de sycomore. Il nous fallut une peine infinie pour ramener ce chef-d'œuvre à la surface, le transporter sur l'autre rive puis l'embarquer à bord du *Luxor*. Et, cette fois, sans les calculs de l'ingénieur… Nos fouilles n'eurent pas d'autre résultat, sinon de nous prémunir contre l'ennui pendant de longues semaines.

Le lieutenant Joannis, commandant en second, partageait son temps entre la peinture à l'aquarelle et l'histoire naturelle. Il ne manquait pas d'animaux à empailler pour enrichir ses collections : des chasseurs lui apportaient des oiseaux, et un vieux pêcheur copte des poissons, tandis que Hamed et d'autres enfants du village capturaient pour lui toutes sortes d'insectes. Il fut néanmoins appelé à une tâche moins ludique : remplacer Verninac qui devait se rendre en Basse-Égypte pour préparer notre voyage de retour.

Depuis près d'un an, le commandant du *Luxor* réclamait la construction à Toulon de deux péniches de trente avirons chacune, qui seraient armées par des gens du pays, infatigables rameurs, en vue de la descente du Nil : elles permettraient de maintenir le navire dans la bonne direction et au besoin d'élonger ses ancres. Verninac exigeait aussi un bateau à vapeur pour nous remorquer ensuite en Méditerranée.

Il revint à Louqsor bredouille, sans avoir vu paraître ni les péniches ni le bateau, et avec des préoccupations supplémentaires.

– J'espérais trouver à Alexandrie les péniches promises pour le mois de juin, dit-il à l'ingénieur. On m'a informé qu'elles viendraient par la corvette à vapeur qui doit nous remorquer jusqu'à Toulon. Or, cette corvette n'arrivera à Alexandrie, dans le meilleur des cas, que le 1er août. Le temps d'armer ces péniches et de leur faire remonter le Nil, nous aurons déjà quitté Louqsor, en profitant de la crue. Nous serons également privés des grelins et des avirons que j'avais commandés. La descente du fleuve n'en sera que plus difficile.

Verninac n'était pas rassurant non plus sur la sortie du navire en mer :

– Je suis allé examiner les deux embouchures du Nil. La barre de Damiette n'est pas praticable, et, de plus, la branche qui y conduit est tortueuse et trop étroite. Le *Luxor* serait incapable d'y naviguer. Il faudra donc ressortir par Rosette. Mais tout laisse à penser que cette barre sera aussi difficile à franchir qu'à l'aller. Notre passage en Méditerranée ne sera pas une promenade !

Nous étions en pleine période de *khamsin,* ce vent du désert qui souffle par rafales et crée une atmosphère étouffante. Brusquement, le ciel se couvrait, il faisait de plus en plus chaud ; l'air transportait de fines poussières, et bientôt du sable, qui desséchait la peau, se déposait partout, s'incrustait entre les pages des livres, et croquait même sous la dent. L'influence énervante du *khamsin* ajoutait à la mélancolie ambiante.

Trois membres de l'expédition moururent de dysenterie au début de juin. Notre petit hôpital était débordé. À la demande du docteur Angelin, le commandant dut y faire une allocution pour remonter le moral des troupes. Mais le médecin lui-même n'allait pas tarder à être victime d'une congestion cérébrale, heureusement soignée avec efficacité par son adjoint.

Le limon, qui s'était déposé sur les terres lors de la crue précédente, avait perdu depuis longtemps sa couleur noire : sous l'action du soleil, il se confondait avec le sable. Cette sorte d'argile onctueuse, au grain très fin, était devenue dure comme la pierre. Le sol assoiffé était traversé de profondes gerçures, de véritables ornières.

Logiquement, la crue aurait dû commencer à apparaître. Pourquoi n'était-elle pas là ?

Notre Père qui êtes aux cieux
Donnez-nous notre eau du Nil
Que ce fleuve capricieux
S'ébranle enfin, ainsi soit-il

– On dirait que les dieux de l'ancienne Égypte veulent nous punir de leur avoir enlevé l'une de leurs merveilles, lança le docteur Angelin.

Mais personne n'avait le cœur à rire. La crue était devenue notre obsession. Nous n'arrêtions pas de nous interroger sur la montée des eaux. Des paris étaient même ouverts.

Un sinistre épisode survint pendant cette période d'attente fébrile. Méhémet-Ali avait décrété une levée générale pour compenser les pertes subies par son armée à la bataille de Saint-Jean-d'Acre. Cet ordre était exécuté à Louqsor, comme dans le reste de la Haute-Égypte, avec une extrême cruauté.

Le nombre d'hommes à fournir avait été fixé par les autorités. Des militaires allèrent chercher les conscrits et leur passèrent des espèces de menottes, avant de les entasser dans deux bateaux. Ceux qui avaient fui dans la montagne furent traqués comme des bêtes fauves, arrêtés, fouettés puis emmenés eux aussi. Leurs mères et leurs épouses s'étaient rassemblées sur la rive, poussant des cris de douleur et s'arrachant les cheveux.

Le petit Hamed vint me trouver, en pleurs. Le drogman me traduisit ses propos : il avait vu des soldats s'emparer de son père, pour le jeter dans un bateau avec d'autres conscrits, pieds et poings liés. Ne sachant comment le consoler, j'ôtai mon bonnet de coton bleu et le posai sur sa tête.

– Je le lui donne, dis-je au drogman.

Hamed s'arrêta de pleurer. Il me lança un regard interrogateur, sourit en séchant ses yeux d'un revers de la main, puis s'enfuit à toutes jambes.

J'étais impatient de regagner Paris, persuadé que je pourrais y retrouver Clarisse Tallec et poursuivre avec elle notre conversation commencée seize mois plus tôt. Impatient de quitter Louqsor au plus vite, avec le sentiment d'avoir participé à une mauvaise action.

La vue du temple mutilé m'était insupportable. J'avais l'impression de me trouver devant un unijambiste qu'on avait froidement amputé, sans même le consulter, dans le but d'emporter sa jambe pour la greffer ailleurs.

Notre butin était solidement enchaîné dans la cale du navire. Dans mes rêves éveillés, je nous voyais, repentants, en train de l'en extraire pour le remettre à sa place. On sciait de nouveau l'avant du *Luxor* et on traînait l'obélisque jusqu'au temple qu'il n'aurait jamais dû quitter. Grâce à l'expérience acquise, cette opération était réalisée deux fois plus vite que dans le sens inverse. Restait à ériger cette masse de deux cent vingt tonnes sur son piédestal, et je savais que c'était malheureusement impossible. Apollinaire Lebas, qui avait déjà ébauché les plans de l'érection du monument à Paris, prévoyait pour cela des moyens considérables, voire une machine à vapeur. Rien de tel n'était disponible dans cette Haute-Égypte qui manquait même de bois.

Était-ce vraiment le temple mutilé qui me désolait ? Ou les habitants de Louqsor ? On les avait déménagés, bousculés et dépouillés, même s'ils n'avaient que faire de l'obélisque. Mais qu'en savions-nous, après tout ? Peut-être étaient-ils profondément attachés à ce monument de granit, légué par leurs ancêtres et faisant intimement partie de leur univers.

Mon impuissance me désolait. À quoi bon ressasser ces pensées stériles ? J'orientais ailleurs mes rêveries, les commençant devant le *Paris de la Mode*, en fin de journée, guettant la sortie d'une brodeuse qui me cherchait des yeux…

La crue s'annonça enfin, par de petites oscillations dans le fleuve. À mesure qu'elle progressait, l'eau devenait de plus en plus verte.

– Cette couleur est de bon augure, l'inondation sera belle, nous assura le drogman.

Mais nous avions appris à nous méfier des affirmations de Sélim Touta… Une crue insuffisante retiendrait le navire une année de plus à Louqsor : un cauchemar que personne n'osait imaginer.

Toujours est-il que la montée des eaux se confirmait. Les femmes du village la célébraient le soir, sur les bords du fleuve, par des chants. Les quilles du *Luxor* commençaient à être baignées. J'avais cependant du mal à croire que ce navire, échoué sur une plage, pourrait flotter avec un monstre de deux cent vingt tonnes dans sa cale.

Pendant plusieurs jours, l'eau monta assez rapidement. Nous ne cessions de rendre visite à un puits creusé à proximité du Nil, sur les parois duquel des repères étaient gravés depuis des siècles pour mesurer le niveau du fleuve. Quelques marins avaient fabriqué leur propre nilomètre à l'aide de pieux plantés sur la rive : ils passaient des heures entières, accroupis sur la berge, examinant les progrès de la crue.

Des fossés avaient été creusés sous les flancs du *Luxor* pour lui permettre d'être à flot le plus vite possible. Le matériel à embarquer était entreposé sur le rivage.

Le 5 août à l'aube, on entendit des hourras : le navire ressemblait à une île. Il ne manquait plus qu'une trentaine de centimètres pour qu'il puisse flotter. Mais le lendemain, à la stupeur générale, le fleuve se mit à baisser, et ce mouvement continua les jours suivants.

Consulté, Wilkinson suggéra au commandant de demander conseil au plus ancien imam de Louqsor.

L'entrevue eut lieu dans une pièce crasseuse, attenante à la mosquée. Le vieillard multiplia les formules de politesse, que le drogman traduisait mot à mot, malgré l'impatience de son interlocuteur. Il finit par dire :

– Tel un cheval fougueux, après une longue course, le Nil est en train de souffler pour prendre haleine. Il reviendra en force, si Dieu le veut.

– Quand ? demanda Verninac, agacé.

– Seul Dieu le sait, mais on peut accélérer son retour.

– Et par quel moyen, s'il vous plaît ?

– Si deux moutons sont offerts à la mosquée, murmura l'imam en s'adressant au drogman. Trois, ce serait encore plus efficace.

La prédiction se réalisa le 18 août : le navire, chargé de l'obélisque, quitta le lit où il reposait depuis un an. Il mouillait désormais dans l'axe du courant, louvoyant de toute la longueur de son câble, comme s'il était impatient de retrouver la mer. Les péniches n'étaient toujours pas arrivées. Verninac décida de s'en passer et fit transporter une partie du matériel à bord de bateaux locaux.

Le 26 août, à la pointe du jour, le *Luxor* s'apprêtait à lever l'ancre pour redescendre le Nil jusqu'à la Méditerranée. Dès l'aube, tous les habitants du village entouraient le navire. Leur état d'excitation était difficile à interpréter. Se réjouissaient-ils de nous voir libérer le temple après un an d'occupation ? Ou nous regrettaient-ils déjà, sachant qu'ils seraient seuls, de nouveau, face à leurs maîtres turcs ? Quant à notre butin… J'avais du mal à imaginer que l'enlèvement de l'obélisque les laissait indifférents.

J'aperçus le petit Hamed, au pied de la passerelle, portant le bonnet que je lui avais offert. Son regard était d'une infinie tristesse. Je descendis à sa rencontre et lui glissai discrètement quelques paras dans la main. Il les prit sans la moindre réaction. Désemparé, je restai en face de lui, les bras ballants. J'eus alors l'une de ces pulsions subites qui me valaient tant de problèmes. Ne pouvais-je pas emmener l'enfant, le soustraire à la misère dont il souffrait et à l'oppression dont il ne manquerait pas d'être victime dès qu'il serait en âge d'être enrôlé ? Déjà, dans ma tête en feu, j'échafaudais un plan pour le faire monter à bord, puis le cacher… Mais il me lança comme un regard d'adieu et disparut parmi la foule, mettant fin à mon bref embrasement. Je regagnai le navire, l'esprit perdu, avec le sentiment d'abandonner une partie de moi à Louqsor.

Remonter le Nil n'avait pas été une mince affaire. Le descendre apparaissait encore plus compliqué. Le *Luxor* devait se laisser porter par le courant, mais en modérant sa vitesse pour que l'équipage n'en perde pas le contrôle. Il présentait alternativement ses deux côtés au vent, se rapprochant tantôt d'une rive, tantôt de l'autre, en évitant les îles et les bancs de sable. Cette technique montrait cependant ses limites quand le Nil était trop sinueux.

Le fameux coude de Gamouleh, où le navire avait tant peiné à l'aller, fut l'occasion d'une manœuvre audacieuse : voiles gonflées, le *Luxor* descendit le fleuve à toute allure. Les palmiers des deux rives défilaient sous nos yeux à une vitesse affolante. Si un obstacle s'était présenté, qui sait ce qui serait advenu ! Verninac jugea prudent de ne pas recommencer l'expérience : désormais, pour freiner le bâtiment avant un changement de direction, on laisserait traîner une ancre incomplète au fond de l'eau.

À Assiout où nous n'arrivâmes que le 7 septembre, le gouverneur de la Haute-Égypte donna un grand dîner en notre honneur. Il nous fit savoir qu'Ibrahim Pacha avait remporté plusieurs victoires sur l'armée ottomane et pourrait même marcher sur Constantinople. L'événement fut abondamment fêté au champagne et au malaga. Ce somptueux festin se termina par des chants, accompagnés d'un petit orchestre local. Cependant *La Marseillaise* fut interprétée de manière si grotesque que Verninac, blême, demanda aux musiciens de l'interrompre.

Les fatigues occasionnées par la navigation avaient ramené la dysenterie à bord. Le commandant décida de faire évacuer les malades : un bateau les conduirait à Rosette, où ils pourraient être soignés dans de meilleures conditions.

À plusieurs reprises, entre Assiout et Le Caire, le *Luxor* heurta les rives ou s'échoua sur des bancs de sable. Une fois, il fallut plus de trente heures d'efforts pour le dégager. Le 22 septembre enfin, la capitale fut en vue. On mouilla à l'écart, entre Guizeh et l'île de Roda, pour se soustraire aux curiosités de la foule. Cela n'empêcha pas diverses embarcations de venir à notre rencontre. L'une d'elles, prise en travers par le courant, sombra non loin du navire. Trois Européennes se débattaient dans l'eau. Plusieurs matelots plongèrent aussitôt pour les secourir. Je me joignis à eux sans réfléchir, oubliant de me déchausser. J'en fus quitte pour la perte d'un soulier et des griffures au bras droit, occasionnées par les ongles de la plus agitée de ces dames. Très choquées par ce qui leur était arrivé, elles n'eurent même pas un mot de remerciement pour leurs sauveteurs.

17

Le *Luxor* arriva à Rosette le 2 octobre 1832, trente-huit jours après avoir quitté son port d'attache. Une mauvaise nouvelle nous attendait : le niveau de l'eau avait beaucoup baissé à l'embouchure du fleuve qui n'était plus praticable. Verninac, très contrarié, décida d'aller mouiller non loin de là, pour être prêt à gagner la mer dès qu'une occasion se présenterait. Il enrageait :

– Même déchargé au maximum, le *Luxor* toucherait le fond. Ce navire a été mal conçu. Il n'est adapté ni au Nil ni au poids de l'obélisque.

Des sondages quotidiens se révélaient aussi décevants les uns que les autres. Et les jours passaient… Rien ne nous obligeait à attendre sur place, loin de tout. Il était même dangereux de demeurer près de l'embouchure du fleuve par cette saison. Le navire remonta donc à Rosette pour y prendre ses quartiers d'hiver.

J'appris à fumer le narguileh et à fréquenter les bains turcs. Cette ville prospère comptait plus d'une dame accueillante, sensible au charme des Français ou à leur argent. Fouchard se mit en ménage avec une chrétienne de petite vertu, qui lui vola la moitié de sa solde.

Fin décembre, on annonça au commandant du *Luxor* que l'embouchure du fleuve avait peut-être assez d'eau pour permettre au navire de passer en Méditerranée. Verninac et ses adjoints se rendirent aussitôt sur place et, avec l'aide de marins locaux, installèrent des sondes. Tout le monde allait être mis à contribution. Impatient de quitter Rosette, je ne me fis pas prier pour prêter mes bras à cette manœuvre. En trente-six heures, le vaisseau fut remâté, regréé et délesté de tout chargement inutile.

Le 1er janvier 1833, à midi, le *Luxor* parvint près de la barre, dont le fond n'avait pas changé. Une corvette à vapeur, le *Sphinx,* que Verninac avait fait appeler, mouillait au large. Pouvions-nous être remorqués par un bateau mieux nommé ? Mis à l'eau quatre ans plus tôt, c'était le premier navire motorisé de la marine française capable de naviguer convenablement en haute mer. Avec ses six canons, on l'aurait pris pour un quelconque voilier militaire s'il n'était flanqué de deux grandes roues à aubes et d'une imposante cheminée noire qui formait comme un quatrième mât. La machine faisait un bruit épouvantable. Quand elle se mettait en branle, tout le bâtiment était saisi de tremblements.

Par une brise légère, le *Luxor* largua ses premières amarres. Il s'avança dans l'étroit passage, d'où le vent et le courant allaient constamment tenter de le faire sortir. Le temps avait un peu fraîchi et la mer était plus creuse. À plusieurs reprises, le bâtiment toucha le fond. L'équipage ne disposait que de trois amarres à jets, qu'il devait déplacer sans cesse. Une opération fastidieuse, surtout dans des eaux aussi remuantes.

La nuit commençait à tomber. Aux marins exténués, on distribua du vin et des biscuits.

– Il faut absolument passer, nous n'avons pas d'autre choix, déclara Verninac. C'est une question de vie ou de mort.

La manœuvre reprit. Porté de secousse en secousse, le navire parvint enfin à la limite des petits fonds. Les amarres furent lâchées. Il était 10 heures du soir. Entraîné par le vent et le courant, le *Luxor* reprenait contact avec l'eau salée pour la première fois depuis dix-huit mois.

– *Barra, khalass !* (Dehors, c'est fini !) criait le pilote égyptien.

Le navire appareilla son petit hunier et alla mouiller derrière le *Sphinx.* Avec appréhension, dans l'obscurité, nous vîmes s'approcher cette corvette bruyante dont la cheminée crachait de la fumée. Les marins des deux bâtiments réussirent la jonction avec une facilité surprenante. On aurait dit qu'ils avaient une longue expérience de ce mariage entre voile et vapeur.

Le 2 janvier au matin, par un temps magnifique, nous fîmes notre entrée dans le port d'Alexandrie, un an et demi après l'avoir quitté. Nombre d'Européens qui avaient prédit l'échec de notre entreprise se trouvaient sur le quai pour saluer « les vainqueurs de l'obélisque ». Les flancs du *Luxor* étaient couverts de mousses vertes et blanches que le Nil y avait incrustées comme des hiéroglyphes.

Dans le courrier de France qui nous fut remis figurait une lettre de ma mère, mais aussi une enveloppe sur laquelle je découvris avec étonnement ma propre écriture. C'était la lettre que je pensais avoir envoyée à Clarisse Tallec dix-neuf mois plus tôt ! Pour une raison incompréhensible, elle n'avait jamais quitté Alexandrie !

Le sentiment de fureur que j'éprouvai laissa place assez vite à de la joie : si Clarisse ne m'avait pas répondu, c'était tout simplement parce que ma lettre ne lui était pas parvenue. Il s'agissait en réalité d'une excellente nouvelle. J'avais hâte maintenant de rentrer en France, de la retrouver, de lui raconter mon voyage…

Hélas, il n'en serait rien ! Dès le lendemain de notre arrivée, le commandant me dicta une lettre au ministre de la Marine, dans laquelle il lui annonçait que le *Luxor* devait subir des réparations et ne partirait qu'au printemps. De toute façon, il lui paraissait risqué de tenter la traversée de la Méditerranée en cette saison. Verninac insistait pour que le *Sphinx* ne soit pas chargé d'une autre mission dans l'intervalle et reste à Alexandrie. Pour obtenir satisfaction, il mettait en œuvre tous ses talents oratoires : « Amiral, une tâche glorieuse vient d'être accomplie. Une masse de cinq mille quintaux a été déposée de sa base en vingt-cinq minutes, embarquée en deux heures, et portée à cent quatre-vingts lieues en moins de quarante jours. Ce résultat est grand, de quelque manière qu'on l'envisage ; il grandira encore si l'on tente un second transport. Arrivés à Rosette, nous avions égalé les Égyptiens ; nous les avons surpassés en sortant du Nil, et livrant au caprice de la mer et des vents ce débris fastueux de leur gloire… »

Alexandrie ne manquait pas d'attraits. Le quartier franc avait un petit air européen qui s'accentuait au fil des mois, avec l'arrivée de nouveaux résidents étrangers. On y rencontrait des négociants anglais de passage qui, pour se rendre dans les Indes, boudaient la route du cap de Bonne-Espérance : plutôt que de contourner l'Afrique, ils préféraient débarquer à Alexandrie et rejoindre Suez par le désert, quitte à transborder plusieurs fois leurs marchandises. Dans les salons, on commentait l'exploit du lieutenant Waghorn, qui venait de réussir le trajet de Londres à Bombay en soixante-treize jours, alors que les voiliers mettaient habituellement quatre ou cinq mois en passant par le cap de Bonne-Espérance.

L'idée de creuser un canal entre la Méditerranée et la mer Rouge commençait à agiter les esprits. Le vice-consul de France, Ferdinand de Lesseps, arrivé en Égypte pendant que nous séjournions à Louqsor, était particulièrement intéressé par cet audacieux projet auquel s'opposaient mille obstacles techniques ou politiques. Bon cavalier, brillant causeur, le jeune diplomate faisait merveille dans les salons d'Alexandrie. C'était aussi le cas de notre chirurgien major, le docteur Angelin, devenu en peu de temps le médecin à la mode pour avoir guéri deux malades, condamnés par un collègue anglais. Toutes les maîtresses de maison se le disputaient.

– Mon couvert est mis chaque soir sur trente tables différentes, constatait-il en riant.

Je ne pouvais en dire autant, mais le fait d'être parmi les « vainqueurs de l'obélisque » m'ouvrait plus d'une porte. Les bals se succédaient. De charmantes Alexandrines nous aidaient à tuer agréablement le temps.

Les victoires militaires de Méhémet-Ali faisaient les affaires des négociants européens. Le pacha avait envoyé son fils se battre contre les forces du sultan. Ibrahim s'était emparé tour à tour de Saint-Jean-d'Acre, de Damas, de Homs et de Smyrne. L'armée égyptienne menaçait maintenant Constantinople ! Un climat d'euphorie régnait en ville. On voyait déjà Méhémet-Ali à la tête de l'Empire ottoman.

La seule chose qui m'attirait chez ces Européens d'Alexandrie était leur côté aventureux. Ils avaient quitté leurs pantoufles pour venir s'établir dans un très vieux pays en plein renouvellement. Ici, tout paraissait possible. Il y avait une sorte de volupté dans l'air, une intensité en toutes choses : les couleurs semblaient plus vives qu'ailleurs, les bruits plus aigus, les odeurs plus puissantes, les fortunes et les amours plus rapides. Par moments, j'étais tenté de m'installer à Alexandrie. Je m'imaginais en armateur, en antiquaire ou en producteur de coton, vivant avec Clarisse, mon épouse, et entouré de serviteurs dans la plus belle maison du quartier franc.

Depuis qu'il avait vu et « vaincu » l'obélisque de Louqsor, l'ingénieur ne s'intéressait plus à l'aiguille de Cléopâtre. J'étais donc dispensé des fastidieuses visites quotidiennes qu'il m'avait imposées dans ce champ de ruines lors de notre premier séjour. Il avait cependant reporté son intérêt sur le seul autre vestige antique encore debout à Alexandrie : la colonne de Pompée.

Cette colonne cylindrique en granit d'Assouan, haute de trente mètres et surmontée d'un chapiteau corinthien, reposait sur un socle qui datait de l'époque pharaonique. Son origine était incertaine : on disait que César l'avait élevée en l'honneur de Pompée, mais aucun document ne le démontrait. Le nom, en tout cas, lui était resté.

Deux régiments égyptiens campaient près de cet étrange monument. Les familles des soldats s'étaient établies aux alentours, dans de misérables cabanes. Certaines avaient même élu domicile dans les fossés et les ravins du voisinage. On entendait des voix de femmes ou d'enfants sortir de sous la terre.

La colonne de Pompée est complètement lisse. Pour grimper jusqu'à son sommet, des savants qui accompagnaient Bonaparte avaient réussi à passer une corde au-dessus du chapiteau en se servant d'un cerf-volant. Un jeune mousse put alors se hisser sur le monument et y préparer un dispositif capable d'élever des personnes assises sur un banc suspendu. On s'était même amusé à y faire monter un âne.

Fouchard proposa d'organiser un déjeuner en haut de la colonne, avec des dames. Le projet l'occupa pendant trois jours, mais il dut y renoncer sur ordre de Verninac.

– Cette entreprise frivole, déclara le commandant du *Luxor,* ne peut que porter atteinte au prestige de la mission qui nous a été confiée et dont le résultat doit attester l'avancement des arts et de la navigation.

> Désolé, mesdames, c'est un ordre de César
> Protecteur de la Marine et des Beaux-arts
> Interdiction de jouer à la poupée
> À tous les étages de la colonne Pompée

L'hiver s'achevait et nous étions enfin en mesure de prendre la mer. Le commandant Verninac alla rendre une dernière visite à Méhémet-Ali, dont il nous rendit compte avec sa solennité coutumière :

– J'ai remercié le pacha de sa protection et du généreux abandon qu'il avait fait à la France d'un précieux monument, en le priant d'agréer nos adieux, avec les vœux que nous formions pour la prompte résurrection de l'Égypte. Il m'a répondu en substance : « Je n'ai rien fait pour la France que la France n'ait fait pour moi. Si je lui donne un débris d'une vieille civilisation, c'est en échange de la civilisation nouvelle dont elle a jeté les germes en Orient. »

– Ce Méhémet aurait quand même pu nous offrir la colonne de Pompée ! murmura Fouchard, sarcastique.

Nous eûmes droit à une visite commentée du *Sphinx,* le bateau qui devait nous remorquer successivement jusqu'à Toulon, Cherbourg et Paris. Très gourmand, il consommait neuf cent soixante kilos de charbon à l'heure. C'était le principal souci de son commandant, Jean Sarlat. De grandes voiles devaient pallier d'éventuelles avaries et, surtout, permettre d'économiser le combustible lorsque le vent était favorable.

Le beau temps nous autorisa à quitter Alexandrie le 1er avril 1833, au terme d'un séjour de vingt-trois mois en Égypte. Outre l'obélisque, le *Luxor* transportait le sarcophage en basalte vert que nous avions découvert dans une cavité de la montagne thébaine, un crocodile empaillé, deux vautours vivants et plusieurs caisses contenant des oiseaux, insectes et poissons du Nil.

Le *Sphinx* avait pour passager un artiste talentueux, Prosper Marilhat, qui venait de séjourner plusieurs mois dans la vallée du Nil. Il rapportait dix albums de croquis et dessins, dont un portrait de Méhémet-Ali, réalisé au palais de Choubra, au Caire. Le peintre racontait tout le mal qu'il avait eu à persuader son modèle de poser sans bouger. Visiblement, le pacha était aussi insensible aux exigences de l'art qu'à la défense du patrimoine antique…

La mer était splendide. On avançait à une vitesse moyenne de quatre nœuds. Le *Luxor* n'avait pas à lutter en permanence pour tenir le cap, comme à l'aller : il se laissait emporter par l'autre navire dont la cheminée crachait une rassurante fumée noire.

Tout changea dans la matinée du 3 avril. La brise laissa place à un vent violent d'ouest, qui soulevait la mer. Les roulis furent bientôt d'une longueur effrayante ; sur chaque bord, le navire entrait dans l'eau jusqu'au bastingage, et menaçait de sombrer. L'ingénieur, très pâle, était sur le point de vomir, mais il ne pensait qu'à son obélisque :

– Allez voir dans la cale, me dit-il d'une voix mourante.

Je m'y rendis en compagnie de Fouchard. Le monolithe, solidement fixé, n'avait pas bougé d'un pouce.

Verninac ordonna de déployer les voiles, au risque de perdre la mâture. Cette manœuvre eut pour effet de stabiliser un peu le *Luxor,* qui gardait cependant une allure inquiétante. À midi, les deux bateaux n'avançaient plus : la force du remorqueur suffisait tout juste à les tenir dans la perpendiculaire des vagues. Pour éviter de consommer du charbon en pure perte, le commandant Sarlat décida de mettre le cap sur Rhodes, quitte à affronter la mer de travers.

Nous passâmes encore plusieurs heures dans des transes pénibles, subissant grains et lames. Les officiers affichaient un visage inquiet. Fouchard lui-même avait un air grave qui ne lui ressemblait pas. Je sentais ma dernière heure venue.

Rhodes fut enfin en vue. Cette grande île nous abrita progressivement de la mer et du vent. Le *Luxor* retrouva sa stabilité, et le *Sphinx* sa force de traction. Il faisait déjà nuit quand les deux navires, à bout de forces, jetèrent l'ancre dans la rade.

– J'ai bien cru que nous y resterions ! me dit Fouchard, en maudissant Champollion, les constructeurs du *Luxor* et les gouvernements de Charles X et Louis-Philippe réunis.

Une demi-heure après le mouillage, impeccables dans leurs uniformes blancs, les commandants Verninac et Sarlat se présentaient chez le gouverneur de Rhodes. Ce Turc, désireux de leur exposer ses vues sur les entreprises militaires de Méhémet-Ali, les retint un long moment.

Le lendemain matin, le *Sphinx* et le *Luxor* allèrent se réfugier dans la baie fermée de Marmaris, à une dizaine de kilomètres de là, où le mauvais temps les immobiliserait plusieurs jours. Entre deux orages, nous partions chasser dans les montagnes environnantes. Le gibier foisonnait, et on festoyait tous les soirs. Nous pouvions laver notre linge, lire, jouer aux cartes, échanger avec les officiers du *Sphinx* et comprendre un peu mieux le fonctionnement de leur étonnant navire. Prosper Marilhat nous montra ses albums, remplis de palmiers, de dromadaires, de minarets et de coupoles, admirablement dessinés. Lebas trouvait au peintre « une précision d'ingénieur » et me suggérait d'en prendre de la graine. Chaque jour, il allait visiter l'obélisque dans la cale, comme s'il craignait de le voir disparaître.

Le ciel retrouva sa pureté au bout d'une semaine. Le 14 avril, les ancres furent levées. Attaché de nouveau à son remorqueur, le *Luxor* reprit sa route dans de bonnes conditions. Lebas, remis de ses ennuis gastriques, épargné désormais par le mal de mer, était plongé dans de nouveaux calculs, cette fois pour l'érection du monument à Paris.

18

À Toulon, où nous arrivâmes enfin le 10 mai 1833, une mauvaise surprise nous attendait : on nous imposait vingt-cinq jours de quarantaine. Les marins provençaux, impatients de revoir leurs proches, venus les accueillir après deux ans d'absence, étaient furieux. Verninac lui-même ne décolérait pas contre les membres du conseil sanitaire :

– Cet illustre aréopage, réuni en séance extraordinaire pour délibérer sur la durée de notre quarantaine, s'est montré insensible aux cris des mères qui lui redemandaient leurs fils. Il nous a appliqué le maximum de la peine, alors que nous ne transportions qu'une pierre incorruptible.

Aucun des deux vaisseaux n'avait besoin de grandes réparations. En huit jours, ils pouvaient être prêts à parcourir de concert les trois mille kilomètres qu'il leur restait. Le *Luxor* reposait à sec dans le bassin de l'arsenal pour être débarrassé des algues qui avaient germé sur sa carène. Les nombreux échouages dans le Nil et les violentes secousses reçues à l'embouchure du fleuve n'y avaient laissé que des traces sans gravité. Quant aux chaudières du *Sphinx,* un rapide examen montra qu'elles étaient parfaitement capables d'assurer la suite du voyage. Bref, aucune raison sanitaire ou technique ne justifiait une telle détention.

Marilhat, le peintre, s'indignait :

– J'étais parti avec le *Sphinx* dans l'espoir que la traversée serait moins longue et moins fatigante qu'avec un bâtiment marchand. Tu parles ! Enfin, nous voici arrivés, comme Ulysse, après avoir visité toute la Grèce antique. Mais à quoi bon être arrivé quand on est condamné à voir cette France chérie de près sans pouvoir y mettre les pieds, sans pouvoir serrer la main à un compatriote, sans ne pouvoir aller même au lazaret qu'avec un garde de santé grognant qui a toujours peur que vous ne communiquiez avec des gens qui se portent peut-être moins bien que vous !

Le peintre finit toutefois par prendre son parti de cette quarantaine et nouer d'amicales relations avec tout le monde.

– Rassurez-vous, disait-il. D'ici à Cherbourg, l'obélisque n'aura pas plus le mal de mer qu'il ne l'a eu jusqu'à Toulon. Mais vous me permettrez de ne pas vous accompagner dans cette nouvelle traversée. Paris m'attend.

Il ne serait pas le seul à abandonner le *Luxor* au bout des vingt-cinq jours : à la demande du ministre des Travaux publics, Apollinaire Lebas devait se rendre dès que possible dans la capitale afin d'aménager une cale d'échouage pour le navire. Et, pour ma chance, j'étais tenu de l'assister. Moi aussi, Paris m'attendait…

Nous fîmes nos adieux au reste de l'expédition. Pour la première fois depuis deux ans, l'ingénieur était séparé de son obélisque. Il le confia à l'équipage du *Luxor* comme une mère confie son nouveau-né à une nourrice. L'océan était-il moins dangereux que la Méditerranée ?

J'eus moi-même un pincement au cœur en partant : je m'étais attaché à cette pierre. La question de savoir si nous n'aurions pas mieux fait de la laisser à sa place restait intacte, mais j'y pensais moins, tout entier tourné vers ce qui m'attendait à Paris.

Nous prîmes, avec Marilhat, la diligence qui reliait Toulon à la capitale. Tout au long du trajet, la France me parut incroyablement riche et ordonnée. Je la voyais avec de tout autres yeux.

Apollinaire Lebas s'était endormi sur l'épaule du peintre. Il était touchant. J'avais un peu honte de l'avoir piégé lors du départ pour l'Égypte. Avait-il vraiment cru à l'accident de Gatignol ? Nous n'en avions plus jamais reparlé.

– Maintenant que nous sommes rentrés en France, j'espère que vous n'allez pas me lâcher ! m'avait-il dit au lazaret de Toulon. Je compte sur vous jusqu'à l'érection de l'obélisque.

Nous arrivâmes à Paris huit jours plus tard, en fin d'après-midi. L'ingénieur proposa de m'héberger chez lui, pour me laisser le temps de retrouver un logement. Je le remerciai, en l'assurant qu'un ami m'attendait.

Désiré Gatignol, à qui j'avais écrit du lazaret, n'aurait pas dû être étonné de me voir frapper chez lui. Il faillit pourtant s'évanouir, en m'apercevant avec mes bagages, sur le palier de son appartement :

– Toi, Justin !

– Tu attendais peut-être Ramsès II ? lui lançai-je gaiement.

– Je pensais…

– Tu penses trop, Gatignol. Mais je constate avec plaisir que tes jambes ont repoussé. Allez, embrasse-moi ! Embrasse un Égyptien !

Sa défection ne l'avait pas pénalisé professionnellement, Apollinaire Lebas s'étant contenté de signaler à l'Administration un changement d'assistant. Mais Gatignol ne voulait surtout pas revoir l'ingénieur, et il me fit promettre de ne rien faire en ce sens.

Il était près de 7 heures du soir. Je remis à plus tard mon récit de voyage et, après avoir posé mes affaires dans une chambre mal aérée, remplie de livres, je sautai dans un fiacre pour me rendre à la chaussée d'Antin. Vingt minutes plus tard, très ému, j'étais posté sur le trottoir, en face du *Paris de la Mode,* avec un peu d'avance sur la fermeture.

Pendant l'extinction des vitrines, les employées commencèrent à sortir du magasin. Elles avançaient d'un pas rapide, impatientes de rentrer chez elles. Le cœur battant, j'attendais de voir apparaître Clarisse, à qui j'avais écrit dès mon arrivée à Toulon. Le gros du personnel était parti. Quelques retardataires se montrèrent, puis les dernières lampes des vitrines furent soufflées, et les portes furent refermées. Je courus rattraper une jeune femme et lui demandai où était Clarisse Tallec. Elle s'étonna :

– Mais Clarisse a quitté le *Paris de la Mode* depuis trois ou quatre mois ! Et, à ce qu'on dit, ce n'était pas pour travailler dans un autre établissement… Excusez-moi, je suis pressée.

J'allai tambouriner à la porte du magasin. Un homme muni d'une lampe à huile vint m'ouvrir, l'œil mauvais.

– Qu'est-ce que c'est ?

À peine avais-je prononcé le nom de Clarisse Tallec qu'il me répondit d'un air agacé :

– Elle ne travaille plus ici. D'ailleurs, il paraît qu'elle a quitté la France.

– Quitté la France ! m'exclamai-je, sidéré.

– Oui, elle est partie en Égypte. Bonsoir, monsieur.

Et la porte se referma sans ménagement. J'étais bouleversé. En Égypte ! Pourquoi en Égypte ? Cela avait-il un quelconque rapport avec moi ?

Je ne savais que faire. Qui d'autre pouvait me renseigner sur Clarisse Tallec ? Ses voisins ? Mais je ne connaissais même pas son adresse. Elle avait refusé que je la raccompagne chez elle le soir de notre rencontre…

Dans un état second, je me dirigeai vers le petit restaurant où je l'avais emmenée, comme si j'aurais pu y trouver un indice, une piste. Arrivé devant la porte de l'établissement, je me rendis compte du ridicule de mon attitude. Il ne me restait plus qu'à regagner l'appartement du triste Gatignol, qui avait déjà dû enfiler son bonnet de nuit.

19

Clarisse ne m'avait-elle pas dit qu'elle correspondait avec une ancienne élève de l'école mutuelle de Landerneau : une certaine Adèle Guégan, devenue l'épouse d'un pharmacien de Ploudaniel ? Il fallait absolument que je joigne cette personne. L'ingénieur m'avait accordé un congé d'une semaine pour me permettre de retrouver ma famille. Ploudaniel n'était pas très loin de Landerneau.

Depuis mon départ pour l'Égypte, mon père n'avait daigné m'écrire qu'une seule fois, et encore était-ce pour me sommer de revenir. Apparemment, son fils aîné n'existait plus pour lui. C'est en cachette que ma mère m'adressait de temps en temps des lettres gémissantes, pleines de conseils inutiles.

Notre diligence dut affronter vent et pluie pendant les quatre jours de voyage, marqués par plusieurs étapes, mais à partir de Guingamp un ciel bleu d'été illuminait la campagne bretonne. J'étais de plus en plus ému en approchant de Landerneau, malgré les moments pénibles que je prévoyais.

Les chevaux s'engagèrent au pas sur le pont de Rohan, bordé par ses maisons sur pilotis. J'avais oublié qu'elles étaient aussi pittoresques. Mon père et mes frères m'attendaient au terminus, sur le quai de Léon.

À ma grande surprise, maître Le Guillou m'accueillit les bras ouverts et le sourire aux lèvres : il avait lu dans le journal un récit de l'arrivée du *Luxor* à Toulon, faisant mention de « l'enfant de Landerneau, qui a assisté l'ingénieur Apollinaire Lebas dans l'abattage de l'obélisque de Thèbes ». Et cela l'avait, sinon rempli de fierté, du moins posé un peu plus aux yeux des autres notables locaux.

À l'intérieur de notre maison, meubles, tapis et tentures n'avaient absolument pas bougé. Je me rendis compte que le papier peint de l'entrée était décoré de petites pyramides et de palmiers. Cela ne m'avait jamais frappé.

Quelques heures après mon arrivée, maître Le Guillou ne tarda pas à m'exaspérer. Il tenait à me faire rencontrer la fille d'un riche fabricant d'huile, en vue d'un mariage dont il avait défini les modalités. Le ton monta assez vite. Ma mère, qui assistait à la scène, pleurait déjà dans l'un des mouchoirs brodés à ses initiales. Brodés sans doute par Clarisse… J'en fus ému et ma voix s'adoucit. Maître Le Guillou prit cela pour un retour à la raison et me précisa de manière beaucoup plus aimable que la visite était fixée au lendemain, en début d'après-midi. Je m'y résignai, bien décidé à faire avorter ce projet matrimonial.

Ma belle-famille pressentie occupait une belle propriété, non loin du presbytère. L'escalier qui conduisait à la maison était encadré de deux sphinx. On ne les avait quand même pas installés en mon honneur ! Ils devaient monter la garde depuis des années, comme l'indiquait l'usure de la pierre… Le marchand d'huile nous présenta son épouse et ses enfants, après nous avoir introduits dans un salon encombré de meubles et de bibelots.

Comme par hasard, je me retrouvai assis sur une petite causeuse, à côté de la candidate au mariage. Un corsage bouffant et des manches à gigot dissimulaient mal la maigreur de Mlle Berthe Kervarec. Elle portait un fichu de dentelle noué en marmotte sous le menton, un chignon tressé et des bandeaux plats qui recouvraient ses oreilles. Elle me débita en minaudant des propos sans intérêt. Je n'avais rien à lui dire.

Un domestique servit des sirops et des gâteaux. Après quelques manières, ma voisine consentit à se mettre au piano, pour nous infliger l'inévitable *Dernière Pensée* de Weber que toute demoiselle de bonne famille se devait de connaître. Cela lui attira les regards attendris de ses parents, et de vifs compliments de la part des miens.

Je sentais la colère me gagner. Aucune rime ne me venait à l'esprit. Kervarec, pète-sec, salamalecs... Mariage, persiflage, anthropophage... « Respirez, prenez une grande inspiration », disait M. Tourrette pour m'apprendre à contrôler mes émotions. Un jour, il avait allumé une bougie devant moi en m'ordonnant d'expirer l'air doucement, pour faire danser la flamme sans l'éteindre. Il avait dû la rallumer quatre ou cinq fois.

Le marchand d'huile m'entreprit sur les cours de la Bourse et les avantages de la vie à Landerneau. Je réussis à me rendre désagréable en le contredisant à plusieurs reprises. Ce qui me valut des froncements de sourcils, puis des regards de plus en plus noirs de mon père.

C'est au retour à la maison qu'il explosa, me reprochant tout à la fois mon impolitesse et mon inconscience :

– Tu as été odieux. Et tu as laissé échapper une dot de cinquante mille francs ! Te rends-tu compte ? Cinquante mille francs… J'espère au moins que ton frère cadet pourra rattraper l'affaire.

Le lendemain, je louai un cheval, avec l'intention de rendre visite à M. et Mme Tourrette, qui venaient de prendre leur retraite, puis de me rendre à Ploudaniel chez Adèle Guégan. Mais je me dirigeai d'abord vers la sortie du bourg pour voir la maison où Clarisse avait grandi.

Une pancarte à demi effacée portait en lettres grossières : « Tallec, maréchal-ferrant. » L'atelier était fermé, et la maison, couverte de lierre, apparemment abandonnée. J'allai me renseigner dans une ferme voisine, où je fus accueilli par de furieux aboiements. Un vieux paysan fit taire ses chiens et, ayant entendu mon nom, m'invita à entrer.

– Que devient la famille Tallec ? demandai-je.

Il me regarda avec des yeux ronds :

– Mais ils sont tous morts, voyons ! L'incendie…

– Quel incendie ?

Il me dévisagea de la tête aux pieds, comme si je débarquais d'une autre planète.

– Tous morts dans la nuit, les pauvres. C'était un 3 novembre, le surlendemain de la Toussaint. Le 3 novembre 28. Quand nous sommes arrivés avec des seaux d'eau, les uns et les autres, la maison n'était plus qu'un brasier. Le poêle, probablement…

– Tous morts, dites-vous ?

– Oui, sauf l'épouse du maréchal, décédée un an plus tôt. Et la fille aînée, Clarisse, qui était en pension, à Lorient ou à Quimperlé, je ne sais plus. Pauvres gens !

En quittant le paysan, je m'approchai de la maison des Tallec, ou ce qu'il en restait. À travers le lierre, on apercevait des murs calcinés. Dans le jardin une vieille balançoire pendait de guingois. J'imaginais Clarisse, enfant, assise sur cette planche, le regard dans les nuages, tandis que résonnaient les coups de marteau du maréchal-ferrant.

Les Tourrette habitaient à l'autre entrée du bourg. Je n'eus même pas à toquer au portail. Un arrosoir à la main, mon ancien maître d'école, en tablier, coiffé d'un chapeau de paille, s'affairait dans son jardin. Il avait pris un coup de vieux.

Mon visage lui disait quelque chose. Quand je prononçai mon nom, des souvenirs lui revinrent.

– Ah oui, Le Guillou ! Celui qui n'attendait pas la fin de la question pour répondre…

Il m'invita à entrer dans la maison, après avoir posé son arrosoir et retiré son tablier. Mme Tourrette était assise dans la cuisine, un livre à la main. Elle le referma pour me saluer.

– J'ai passé deux ans en Égypte, dis-je à l'ancien officier, dont l'œil s'alluma. Vous m'y aviez précédé, n'est-ce pas ?

La conversation était lancée, elle m'évitait d'aborder des souvenirs d'école. M. Tourrette évoqua la bataille des Pyramides à laquelle il avait participé. Je lui parlai de la Haute-Égypte qu'il ne connaissait pas. Puis je m'adressai à son épouse pour lui indiquer qu'une de ses anciennes élèves, Clarisse Tallec, était elle-même partie en Égypte.

– En Égypte ! fit-elle, étonnée, avec un voile d'inquiétude dans le regard.

Je ne pouvais lui en apprendre davantage.

– Clarisse était une élève brillante, dit Mme Tourrette. À la fin de l'école primaire, j'avais réussi à la faire admettre dans un pensionnat de jeunes filles à Quimperlé, après en avoir convaincu difficilement ses parents. Elle n'était pas à Landerneau le jour où sa malheureuse famille a péri, en pleine nuit, dans un incendie. Elle avait seize ans... En Égypte, dites-vous ? Je me rappelle lui avoir offert une petite croix ansée que mon mari avait rapportée de là-bas avec d'autres menus objets. De toutes les élèves que j'ai eues, elle était indiscutablement la meilleure.

– Elle se trouvait donc à Quimperlé quand ce drame a eu lieu ?

– Oui. Revenue pour les funérailles, elle a réglé un certain nombre de formalités puis est allée se procurer un bon d'assistance à la mairie. C'est là, je crois, qu'elle a été abordée par le fils d'un notable local, l'un des bienfaiteurs de notre école mutuelle. De passage à Landerneau, ce jeune homme vivait à Paris... Mais je ne sais pas pourquoi je vous raconte tout cela.

– Si, si, je vous en prie, continuez ! lui demandai-je.

– Après tout, ce n'est pas un secret. Beaucoup de personnes le savent ici... Ce jeune homme lui a fait une cour effrénée lors des semaines suivantes, lui promettant de l'épouser. Mais il devait en convaincre sa propre famille, et cela, avait-il dit, prendrait quelque temps. Il l'a persuadée de le rejoindre dans la capitale où il lui trouverait du travail dans un atelier de modiste. Il l'a installée, paraît-il, dans un petit appartement qui lui appartenait. Elle le voyait plusieurs fois par semaine, mais ignorait ce qu'il faisait le reste du temps. Il ne lui avait présenté aucun de ses amis. Quant au travail de modiste... C'est en tant que trotteuse qu'elle a été acceptée dans un atelier de confection : elle payait son apprentissage en faisant les commissions. Au moins a-t-elle appris à coudre, à festonner, à broder. La suite a été moins gaie, apparemment... Mais je n'en sais rien, après tout. Je ne veux pas colporter des rumeurs. Ce dont je suis sûre, c'est que Clarisse aurait mérité de poursuivre ses études. Elle aurait fait une brillante enseignante.

M. Tourrette nous interrompit pour me demander si j'avais vu en Haute-Égypte beaucoup de fleurs de lotus. Cette digression horticole, suivie d'autres questions de même nature, m'empêcha de reprendre la conversation avec son épouse. De toute façon, j'étais impatient maintenant d'interroger Adèle Guégan.

Il devait être 3 heures de l'après-midi quand j'arrivai au domicile du pharmacien de Ploudaniel. Une bonne vint m'ouvrir, avant de m'annoncer à la maîtresse de maison. Celle-ci ne tarda pas à se montrer, avec un nouveu-né dans les bras et une fillette accrochée à sa robe.

– Ah, c'est vous qui êtes allé chercher l'obélisque ? me lança-t-elle après que j'eus décliné mon nom.

Visiblement, Adèle Guégan était au courant de ma rencontre avec Clarisse à Paris. Elle me dévisageait d'un œil curieux, mais non hostile. Cette irruption chez elle, sans un mot pour la prévenir, semblait plutôt la réjouir malgré son air réservé.

Elle confia ses enfants à la bonne et me fit entrer au salon. Je mentionnai brièvement la visite que je venais de faire à M. et Mme Tourrette, avant de lui demander si elle avait des nouvelles de son ancienne camarade de classe.

– Pas très récentes malheureusement, murmura-t-elle.

La dernière lettre qu'elle avait reçue de Clarisse était datée de Marseille, où son amie devait embarquer pour l'Égypte. Et, comme je m'étonnai de ce voyage, elle hocha la tête :

– C'est une longue histoire…

Elle hésitait à en parler, craignant probablement de trahir son amie.

– J'ai passé près de deux ans en Égypte, lui dis-je. Des personnes que je connais là-bas pourraient peut-être aider Clarisse.

Cet argument sembla la toucher. Elle me proposa une tasse de thé. Puis, tout en s'affairant, m'interrogea sur ma scolarité à l'école de Landerneau, comme pour gagner du temps.

Elle se décida enfin à me raconter un certain nombre de faits survenus depuis l'installation de Clarisse à Paris, s'interrompant parfois, les yeux humides. Elle évitait d'être trop précise, mais c'était suffisant pour me mettre la tête en feu. Elle me parla ensuite avec quelque hésitation de l'adhésion de son amie au saint-simonisme, comme si elle s'aventurait en terre inconnue.

La Clarisse qui apparaissait par petites touches dans le récit désordonné d'Adèle Guégan était bien différente de la jeune fille assez froide, retenue, sur ses gardes, que j'avais rencontrée à Paris. Qu'était-elle allée faire dans cette secte dont j'avais vaguement entendu parler ?

– C'est une lingère, une certaine Laurette Leblanc, qui a fait connaître le saint-simonisme à Clarisse, me dit Adèle Guégan. Cette femme vit actuellement à Dijon. Sans doute pourrait-elle mieux vous l'expliquer que moi. Mais je sais qu'après un grand moment d'enthousiasme Clarisse a été déçue par la manière dont les choses ont tourné.

Dans la pièce à côté, la fillette s'était mise à pleurer. Je pris congé d'Adèle Guégan après l'avoir remerciée de son accueil. Je lui laissai une adresse à Paris où elle pourrait éventuellement me joindre.

20

Lettres à Laurette Leblanc

Paris, le 22 novembre 1831

Ma petite Laurette,

J'espère que tu es convenablement installée à Dijon, que tu es toujours heureuse avec ton compagnon et que votre apostolat en Bourgogne commence bien. C'est grâce à toi que j'ai découvert le saint-simonisme il y a cinq mois, et je ne l'oublie pas.

Comme tu m'as manqué ces derniers jours à la salle Taitbout ! Comme j'ai souffert ! Je n'avais pas pris conscience que la Famille était aussi divisée. Bien sûr, les désaccords entre nos deux Pères suprêmes ne m'avaient pas échappé, mais de là à imaginer un schisme…

« Chers enfants, nous a dit le Père Enfantin en ouverture de la première séance, le dogme a été posé, Bazard l'a combattu. Il était préoccupé de politique, alors qu'à mon avis nous n'avons pas à résister au monde, mais à le pacifier. Et, pour le pacifier, il faut rendre la femme égale de l'homme dans l'État comme dans la famille. »

Comment n'aurais-je pas approuvé cette dernière affirmation ! Mais le Père Enfantin a abordé ensuite un sujet plus délicat (« la réconciliation de la chair et de l'esprit ») qui allait profondément diviser l'assistance, et me troubler aussi. Il a défendu, en effet, le droit d'avoir des amours passagères, avant de déclarer, de manière plus obscure, que « le prêtre peut contribuer à développer les appétits des sens ». On ne doit pas, selon lui, réprimer les besoins de la chair, condamner les satisfactions sensuelles, ou les renfermer dans les limites étroites du mariage. Car il y a deux sortes de gens : les mobiles et les immobiles. Les uns ont constamment besoin de changement, de variété, et ne sauraient rester longtemps unis au même homme ou à la même femme. Les autres, attirés par des affections profondes et durables, éprouvent, au contraire, le besoin de fixité et d'unité : pour eux, le mariage est définitif. Le prêtre saint-simonien, lui, qu'il soit homme ou femme, est à la fois mobile et immobile. Immobile au titre d'époux ou d'épouse, mais mobile dans ses rapports avec ceux qu'il dirige. En se faisant aimer de ses inférieurs, en se liant charnellement à eux, il les dirige plus facilement sur la voie du progrès. Aussi doit-il se montrer sous des dehors attrayants, voluptueux même.

Ce discours a été interrompu par certains, qui ont accusé le Père Enfantin de détourner la doctrine et de réglementer l'adultère. La plus vive agitation régnait dans la salle. Quelques-uns ont pris la décision de partir.

J'ai mal dormi la nuit qui a suivi. Je ne cessais de penser à ce qui avait été dit. L'idée de mobilité n'est pas loin de me séduire, tant les chaînes du mariage me rebutent. Encore que... Je rêve aussi d'un amour éternel. Pour tout te dire, j'ai fait l'erreur d'y croire il y a quelque temps en me laissant piéger par un homme ignoble. Mais l'idée que le prêtre saint-simonien pourrait avoir des relations charnelles avec ceux qu'il dirige me déplaît souverainement. Jamais je ne me donnerais à un homme que je n'aurais pas choisi ! Pourquoi, d'ailleurs, me « donnerais »-je ? On devrait bannir cette expression, toujours appliquée à une femme, jamais à un homme. Il ne devrait y avoir de don que réciproque.

Parle de tout cela avec ton compagnon, ma petite Laurette, et dis-moi ce que tu en penses. J'ai hâte de connaître ton avis.

Saint-simoniennement,

Clarisse

Paris, le 5 décembre 1831

Ma bonne Laurette,

Je comprends parfaitement ton désarroi. Moi-même, je n'ai pas entièrement compris ce qu'a voulu dire le Père Enfantin. Après le départ de plusieurs opposants, il a déclaré : « La femme est encore esclave, nous devons l'affranchir. Mais avant de devenir les égales des hommes, les femmes doivent être égales entre elles. En attendant, elles ne seront plus dans la hiérarchie. Elles n'apparaîtront plus sur l'estrade, à la prédication. » Montrant le fauteuil vide à côté de lui, il a ajouté : « Voici le symbole de cette attente. La femme est encore à l'état d'esclavage, elle doit en sortir... »

Ces nouvelles dispositions ont du mal à être acceptées par toutes nos sœurs. J'en ai eu la preuve hier quand Mlle Aglaé Saint-Hilaire nous a réunies dans le salon Monsigny. Ses qualités d'organisatrice sont indéniables. Elle a eu cependant la fâcheuse idée de réclamer le nom de Mère. Je me suis aussitôt élevée contre cette prétention, rappelant ce que nous avait dit le Père Enfantin.

Plusieurs personnes de l'assistance m'ont donné raison. D'autres m'approuvaient certainement, mais n'ont pas osé répliquer à Mlle Saint-Hilaire, qui les impressionne par son air d'aristocrate et le luxe de sa toilette.

Le lendemain, j'ai été convoquée par le Père Enfantin. Il a voulu me confesser. J'ai refusé. « Pardonnez-moi, mon père, lui ai-je dit, mais je réclame le droit à l'intimité. Je ne peux me confesser que seule, devant ma conscience. »

Il n'a pas insisté et, pour toute réponse, m'a offert son beau sourire.

Ma petite Laurette, je ne voulais pas affliger ton âme sensible en te faisant part des divisions de la Famille, mais pouvais-je te cacher la vérité ?

Saint-simoniennement.

Clarisse

Paris, le 5 janvier 1832

J'ose à peine te raconter, Laurette, ce qui m'est arrivé hier. Mais il faut que tu le saches.

Jules Evrard m'avait donné rendez-vous à son domicile pour m'exposer certains aspects de la doctrine. J'y suis allée à la sortie de l'atelier. Son épouse était absente, partie au chevet d'une parente à Melun. Il m'a offert un verre de vin. Puis, très vite, a orienté la conversation sur les appétits des sens et ce qu'il a appelé « les dangers de la chasteté ». À mesure qu'il parlait, je me sentais de plus en plus mal à l'aise. J'ai fini par comprendre que, se prévalant de sa position dans la hiérarchie, il voulait avoir des relations intimes avec moi.

Furieuse, je l'ai interrompu au milieu d'une phrase et suis partie en claquant la porte. Les hommes seraient-ils tous les mêmes ?

Paris, le 25 mars 1832

Chère Laurette,

Depuis une dizaine de jours, il n'est question que du choléra morbus qui s'est déclaré à Paris. C'est la panique. Hier, près du Châtelet, un passant, jugé coupable sur sa mauvaise mine de propager le fléau, a été lynché et jeté dans la Seine. Beaucoup refusent encore de croire à l'épidémie et sont persuadés que le pouvoir a fait empoisonner des fontaines pour exterminer les combattants de Juillet. Il est impossible de les raisonner.

À l'atelier, j'ai vu mourir en quelques jours notre malheureux laveur de carreaux. Il souffrait d'étourdissements, de bourdonnements d'oreilles, de vomissements répétés. Puis ce furent des crampes violentes dans les membres. Il respirait péniblement, sa peau était glacée. Transporté dans le taudis qu'il partageait avec un autre ouvrier, il a eu une fin affreuse. On le voyait bondir, se pelotonner sur son grabat ou se coucher à plat sur le ventre et pousser des gémissements déchirants. Il maigrissait à vue d'œil. On comptait les muscles sous sa peau, devenue subitement noire, bleuâtre. Pauvre homme !

Les pompes funèbres sont débordées. On manque de cercueils et de corbillards. Les autorités ont tenté de faire transporter des cadavres par les fourgons d'artillerie, mais le bruit sinistre des chaînes dans les ténèbres affolait les gens ou les empêchait de dormir ; d'ailleurs, les secousses imprimées à ces voitures non suspendues déclouaient les planches des cercueils, et les corps s'en échappaient sur le pavé. C'était horrible.

Les médecins ne sont pas d'accord entre eux. Toutes sortes de remèdes sont expérimentés, avec plus ou moins de succès. Certains prescrivent des compresses glacées, d'autres des bains de vapeur. Les plus radicaux appliquent un fer à repasser brûlant sur le dos de leurs patients.

Le Conseil de la salubrité a publié une « instruction populaire » pour inciter les Parisiens à éviter le froid, manger sainement, aérer leurs logements, ne pas coucher trop nombreux dans une chambre et vider souvent les vases de nuit. Comme si les pauvres pouvaient se le permettre ! Certains journaux les accusent même d'être responsables de leur malheur ! Les saint-simoniens ont demandé à Louis-Philippe de réaliser un coup d'État industriel pour assainir Paris.

La presse annonce que « l'atelier de madame la baronne de..., composé de mesdames les marquises de..., de mesdames les duchesses de..., et de mesdemoiselles de... », a envoyé à la mairie de son arrondissement plusieurs douzaines de paires de bas, de gilets et de chaussons de laine. C'est pitoyable ! Ces dames devraient aller voir ce qu'est un véritable atelier, ce que sont les malheureux et les malheureuses qui y sont entassés et s'y épuisent. C'est insulter les travailleurs que d'appeler atelier un boudoir doré où l'on vient coudre en papotant !

Je n'ai pas le cœur de parler d'autre chose aujourd'hui.

Je t'embrasse.

Clarisse

Paris, le 24 avril 1832

Ma petite Laurette,

Je t'annonce sans plus tarder cette importante nouvelle : le Père Enfantin va se retirer dans sa maison natale de Ménilmontant, avec un certain nombre de nos frères, pour y écrire le livre nouveau du saint-simonisme. Il n'y aura pas de domestiques : les travaux ménagers seront assurés par les saint-simoniens eux-mêmes. Il n'y aura pas de femmes non plus : les hommes mariés abandonneront leur épouse pendant cette retraite dont la durée n'a pas été précisée.

Paris, le 12 mai 1832

Chère Laurette,

Dimanche soir, nous avons organisé un repas fraternel à Paris. Deux jeunes filles violonistes nous ont fait danser jusqu'à 10 heures. Tu aurais beaucoup apprécié cette fête de famille.

Nous avons eu des nouvelles des retraitants de Ménilmontant. Ils habitent une spacieuse demeure, entourée d'un parc de quatre arpents. Ils se lèvent à 5 heures du matin au son du cor. Leur journée est occupée par des travaux manuels, des lectures, des discussions et des exercices de gymnastique. Un jeune musicien talentueux, Félicien David, a composé, paraît-il, de fort beaux morceaux qui sont chantés en chœur. On lui doit aussi une Danse des astres, qui est exécutée par plusieurs apôtres, portant des flambeaux.

Les retraitants ont eux-mêmes ratissé le jardin, dégagé les allées et entrepris des réparations dans la maison. Desloges est sommelier, Rigaud mécanicien ;

Ollivier et Pennekère vont acheter des légumes à la halle tous les matins à l'aube et les trimballent sur leur dos ; Charles Rodolphe, ingénieur polytechnicien, cire et frotte les chaussures de ses compagnons ; Bruneau et Terson lavent les pantalons. Un médecin naval breton, le docteur Pellarin, qui a donné ses biens à la Famille, a tout quitté pour aller à Ménilmontant ; il est chargé du nettoyage des chandeliers et des bougeoirs.

Paris, le 7 juin 1832

Hier, pour la première fois, la maison de Ménilmontant a été ouverte à la famille extérieure. Tu imagines notre émotion, ma petite Laurette !

À midi, nous avons franchi le portail. Les quarante retraitants étaient réunis en cercle dans le jardin. Autour d'eux nous avons formé un second cercle. De nombreux curieux, bourgeois ou prolétaires, nous entouraient.

Le Père, qui s'était retiré depuis trois jours – une retraite dans la retraite, en quelque sorte – a fait son entrée à 2 heures. Il s'est avancé d'un pas lent et majestueux, la tête nue, la face rayonnante. Le soleil était dans tout son éclat. La famille l'a accueilli en chantant : « Salut, Père, salut ; salut et gloire à Dieu ! »

Les retraitants ont été alors autorisés à porter l'habit apostolique qui doit les distinguer de la société. Cet uniforme très original se compose d'un justaucorps bleu, d'un pantalon blanc et d'une toque rouge. Le bleu est la couleur de la foi, le blanc celle de l'amour et le rouge celle du travail. Dans un souci de transparence, chacun de nos frères a son nom brodé sur la poitrine. Le Père a demandé à Auguste de l'aider à porter le gilet, qui se lace et se boutonne dans le dos : c'est le symbole de la fraternité ; on ne peut le revêtir qu'avec l'assistance de l'un de ses frères. Il a lui-même lacé et boutonné le gilet d'Auguste.

La pluie a commencé à tomber. Le bruit du tonnerre s'est confondu avec celui du canon de Saint-Merry, mais pour laisser place ensuite à un ciel dégagé. Le Père a commandé à la famille de rompre le cercle et de prendre les rangs de marche. Après cette procession destinée à consacrer le jardin, les retraitants ont quitté leur habit et pris les pelles, bêches et brouettes qu'on leur distribuait.

Le travail a continué jusqu'à 5 heures, puis le cor a annoncé le dîner. Une grande table était dressée. On a chanté la prière d'avant le repas. Dans le jardin, une foule de près de deux mille personnes, attentive et silencieuse, nous observait.

Quand le cor a sonné la retraite, la foule s'est écoulée paisiblement. Comme tu peux l'imaginer, ma petite Laurette, cette journée a laissé une trace profonde dans le cœur de tous les hommes et de toutes les femmes qui étaient là. Mais je n'ai pas manqué de t'y associer dans mes prières.

Saint-simoniennement.

Clarisse

Paris, le 20 juin 1832

Depuis deux jours, Laurette, je ne décolère pas. Et je m'en voudrais de te cacher les pensées qui m'assaillent.

Finalement, à quoi rimait cette retraite de Ménilmontant, exclusivement masculine ? Jusqu'à quand prendra-t-on les femmes pour des êtres immatures ? L'homme n'a ni le droit de nous opprimer ni celui de nous affranchir. Les femmes ne devront qu'à elles-mêmes leur émancipation. Nous devons être des sujets libres, pas des objets libérés. Émancipées et non affranchies selon des règles décrétées par des hommes.

Dans la Famille, on ne cesse de dire que c'est de nous, les femmes, que dépend l'avènement d'un monde nouveau. On nous exclut pourtant de la hiérarchie. Mais, après tout, cette exclusion va peut-être nous obliger, nous, les femmes saint-simoniennes, à inventer d'autres façons d'agir.

Paris, le 15 juillet 1832

Chère Laurette,

Je t'annonce une grande nouvelle : avec quelques amies saint-simoniennes, nous allons lancer un journal pour les femmes ! Oui, un journal, ou une revue si tu préfères, une petite brochure qui paraîtra plusieurs fois par mois à des dates indéterminées. Nous avons rassemblé nos modestes économies pour faire imprimer cette publication appelée La Femme libre, Apostolat des femmes. Ne pourront y écrire que des personnes de notre sexe, car seules les femmes peuvent comprendre et expliquer ce qui est bon pour les femmes.

Nous parlerons morale, politique, industrie, littérature, modes, selon notre cœur. Nous nous attacherons moins à l'élégance du style qu'à la franchise des pensées, loin de la rhétorique virile de ces journalistes parisiens qui montent à la tribune de leur journal pour haranguer leur lectorat. Ce que nous voulons avant tout, c'est que les femmes se débarrassent de l'état de gêne et de contrainte où les tient la société, et qu'elles osent dire en toute sincérité ce qu'elles veulent et attendent de l'avenir.

Les articles ne seront signés que par nos prénoms : ce n'est ni par crainte ni par honte que nous tairons les noms de nos pères ou de nos maris, mais pour répondre nous-mêmes de nos paroles et de nos actes. Pourquoi la femme se retrancherait-elle derrière un nom qui n'est pas le sien ? Il lui appartient d'être reconnue par ses œuvres. Aujourd'hui, même son enfant lui échappe : à peine le fruit de ses entrailles a-t-il jeté son premier cri qu'un maître s'en empare et lui impose son nom.

Je t'embrasse.

Clarisse

Paris, le 15 août 1832

Ma chère Laurette,

Depuis la fermeture de la salle Taitbout par la police, nous avons trouvé un modeste refuge à la rue Cadet. Les affaires financières de la Famille ne permettent pas mieux. Accusés de vouloir supprimer l'héritage et détruire la propriété, nous ne sommes pas en odeur de sainteté parmi les propriétaires.

Prosper Enfantin, Michel Chevalier, Émile Barrault, Charles Duveyrier et Olinde Rodrigues sont appelés à comparaître le 27 août devant la cour d'assises de la Seine, pour avoir contrevenu au Code pénal qui interdit les réunions de plus de vingt personnes, mais aussi pour outrage à la morale publique et aux bonnes mœurs.

Nous vivons un apostolat de privations et de pauvreté. Nous avons plus d'ennemis que de pièces de deux sous. Mais, rassure-toi, cela ne nous empêche pas de nous réunir tous les mercredis pour chanter et danser.

Je t'embrasse très fort.

Clarisse

Paris, le 28 août 1832

Nous venons de vivre deux journées très éprouvantes, ma petite Laurette.

Hier, à 7 heures du matin, la Famille était réunie en grande tenue dans la cour de Ménilmontant. Chacun des quarante retraitants portait son nom brodé sur le plastron du gilet. On a fait sonner le départ, et nous nous sommes mis en marche, suivis d'un grand nombre d'hommes et de femmes qui nous aiment.

Arrivés à Paris devant le Palais de Justice, une foule curieuse nous entourait. Certains nous ont jeté des trognons de salade et des fruits pourris.

Interrogé par le président du tribunal, le Père Enfantin a déclaré d'une voix forte : « Je ne suis pas venu me défendre, mais enseigner. La loi ancienne est incompétente pour juger les apôtres de la loi nouvelle. »

Lorsque le président lui a demandé : « Ne vous qualifiez-vous pas de père de l'humanité ? Ne professez-vous pas que vous êtes la Loi vivante ? », il a répondu avec beaucoup d'assurance : « Oui, monsieur. »

Je t'avoue que la manière hautaine avec laquelle le Père a longuement regardé l'avocat général et les juges m'a laissée mal à l'aise. Et ses propos... Père, oui. Mais père de l'humanité ?

La cour d'assises a infligé un an de prison à Enfantin, Chevalier et Duveyrier pour publication d'écrits attentatoires à la morale publique. Rodrigues et Barrault ont été condamnés à cinquante francs d'amende. Par ce même arrêt, la dissolution de la société saint-simonienne a été ordonnée.

Cette profonde injustice a été accueillie sans un cri. Malgré le temps affreux qu'il faisait, chacun est venu reprendre son rang dans le même ordre que la veille, chantant à pleine voix les hymnes de Félicien David. La pluie tombait à torrents, mais n'arrêtait ni notre marche ni nos chants, jusqu'à Ménilmontant.

Il n'y a pas que la justice, ma petite Laurette : la Société de la morale chrétienne a créé un prix de cinq cents francs pour qui proposera la meilleure réfutation de notre doctrine. N'est-ce pas la preuve qu'elle inquiète et qu'elle est vraie ?

Bien à toi.

Clarisse

Paris, le 15 janvier 1833

1833 a été proclamée « année de la Mère ». Le Père Enfantin demande au mouvement de se mettre en attente de celle qui doit fonder avec lui le couple-prêtre.

Une nouvelle prière nous a été proposée : « Dieu de sagesse et de beauté, de force et de douceur, Dieu éternellement bon et bonne, tu nous as donné le Père, nous attendons la Mère. »

Une discussion s'est engagée entre les membres de la Famille : Enfantin a-t-il seulement pour vocation d'appeler la Femme, ou d'en être l'époux ?

Je supporte de moins en moins ces discussions oiseuses. Pour moi, la Mère, ce sont toutes les femmes. C'est à chacune d'elles de se manifester, d'exister, et c'est à toutes les femmes ensemble de s'affirmer.

20 janvier

Émile Barrault a annoncé la création des Compagnons de la femme. « Préparons-nous à aller au-devant d'elle, à la recevoir, à la servir, à la glorifier, a-t-il dit. Puisque la France nous rejette, nous devons aller prêcher ailleurs. La Femme ne peut apparaître dans cette Europe garrottée. »

Cécile Fournel, que je trouve très exaltée, m'a dit : « Cette femme manque au Père et nous manque à tous. Si je savais où elle est, j'irais la chercher pieds nus jusqu'en Chine si nécessaire, afin de voir naître cette Ève si belle qui nous est promise. »

Réunies ce soir pour préparer le prochain numéro du journal, nous avons eu une grande discussion : faut-il aller en Amérique, pays de la liberté, ou en Orient, où les femmes sont soumises ? Clorinde s'est prononcée pour l'Amérique, « là où les femmes n'ont eu besoin que d'elles-mêmes pour se libérer ». Selon elle, « le Nouveau Monde et l'ancien ne doivent en faire qu'un ». J'ai manifesté mon désaccord. Les femmes sont-elles humiliées en Orient ? Raison de plus pour que la femme s'y révèle : c'est sous un ciel de feu que peut être proclamée la loi nouvelle. Nos sœurs d'Orient nous appellent, elles tendent vers nous leurs bras suppliants, meurtris, écrasés sous le poids de leurs chaînes. Les laisserons-nous pleurer en vain ?

28 janvier

Barrault affirme avoir eu une vision hier matin, à l'aube : « Je sais où est la Mère, a-t-il dit : elle est en Orient. » Apparemment, le Père Enfantin a eu la même inspiration puisque, de sa prison, il a écrit à Barrault : « Le temps est venu. Tu peux m'annoncer à l'Orient et y appeler la Mère. L'Orient éclaira jadis l'Occident, renvoyons-lui la lumière... »

L'enthousiasme est à son comble. Ce soir, à la réunion, Barrault a dit : « Il faut aller vers le Levant parce que les Lumières se sont éteintes au Couchant. L'Orient nous tend ses bras, féconds et parfumés. Nous devons réaliser l'harmonie de la chair et de l'esprit, de l'Orient et de l'Occident, de la femme et de l'homme. »

Tout cela est bien joli, mais il a été décidé que, dans un premier temps, seuls des hommes partiront. Les Compagnons de la femme ne supporteraient-ils pas la compagnie des femmes ? ! J'ai posé la question, mais n'ai pas été soutenue par grand monde.

21

Lors de notre rencontre à Ploudaniel, Adèle Guégan m'avait montré le premier numéro d'une petite revue intitulée *La Femme libre,* que Clarisse lui avait envoyée. On y voyait en frontispice le dessin d'une femme marchant sur les nuées et tenant à la main un rameau d'olivier.

– Gardez-la, m'avait-elle dit. J'en ai un deuxième exemplaire.

Dans un « Appel aux femmes », les rédactrices affirmaient : « Lorsque tous les peuples s'agitent au nom de la liberté, et que le prolétaire réclame son affranchissement, nous, femmes, resterons-nous passives devant ce grand mouvement d'émancipation sociale qui s'opère sous nos yeux ? Notre sort est-il tellement heureux, que nous n'ayons rien aussi à réclamer ? La femme, jusqu'à présent, a été exploitée, tyrannisée. Cette tyrannie, cette exploitation, doit cesser. Nous naissons libres comme l'homme, et la moitié du genre humain ne peut être, sans injustice, asservie à l'autre. »

Un article se distinguait par sa clarté et sa virulence. Intitulé « Esclavage et prostitution », il était signé « Clarisse ». Ainsi, ma petite brodeuse était devenue journaliste ! Je n'en croyais pas mes yeux. Elle écrivait – et réfléchissait – bien mieux que moi. Je songeais avec émotion au léger cal qui s'était formé sur son majeur droit. Comme j'aurais aimé y poser mes lèvres !

Esclavage et prostitution

La France a connu deux révolutions. Pourtant, le peuple est toujours misérable, et la femme est esclave : vendue, marchandée, à un homme qu'elle n'a pas forcément choisi. Seule, elle n'est rien. Elle ne peut ni gérer librement ses propres biens ni diriger l'éducation de ses enfants, bien qu'elle ait souvent frôlé la mort pour leur donner le jour. « La femme doit obéissance à son mari », affirme le Code civil. Mais qui a rédigé cette loi, sinon des hommes ?

Nous sommes leurs mères, leurs sœurs, leurs épouses. Faut-il que nous soyons leurs humbles servantes ? Dieu aurait-il fait l'homme le plus fort pour opprimer les femmes ? Auraient-elles été créées pour être la propriété de l'homme, son jouet ? Pour suivre ses lois, ses volontés, ses fantaisies ? Pour être son esclave ?

Pauvre, elle risque de se vendre pour un morceau de pain. Riche, elle est éduquée dans un pensionnat, où tout est contrainte, hypocrisie et dissimulation. La prostitution n'est pas seulement au coin des rues, là où des malheureuses proposent aux passants leurs charmes flétris et dégradés. Elle est aussi dans les maisons bourgeoises, là où des jeunes femmes sont jetées dans les bras d'un homme qu'elles connaissent à peine, pour satisfaire à des raisons de convenance, d'intérêt ou de fortune. Les voilà livrées aux caresses d'un époux pour lequel elles n'ont aucune attirance, quand il ne les dégoûte pas. Que d'unions mal assorties ! Que d'existences malheureuses ! Que de femmes détruites, condamnées à des larmes sans fin !

Si encore elles avaient la possibilité de changer de route, de revenir sur leurs pas... Mais le législateur ne se résout pas à rétablir la loi sur le divorce. On s'obstine à maintenir « indissolubles » des mariages qui étaient dissous avant même d'exister ! Hommes ou femmes, les gens évoluent au fil des années. Leurs pensées, leurs goûts, se transforment. Faut-il demander à de pauvres humains de se garrotter par des chaînes éternelles, alors que l'éternité n'appartient qu'à Dieu ?

Refusons pour époux tout homme qui n'est pas assez généreux pour consentir à partager son pouvoir. Plutôt le célibat que l'esclavage !

Clarisse

J'étais sidéré. Jusqu'alors, je n'avais jamais vu les choses sous cet angle. Pourtant, tout ce qu'écrivait Clarisse me paraissait frappé au coin du bon sens. C'était comme une porte qui s'ouvrait, une lueur dans la grisaille où je baignais.

Dans ce numéro de *La Femme libre* il était indiqué : « S'adresser tous les jours (excepté le dimanche), de midi à 4 heures, rue du Caire, n° 17, à l'entresol. » Dès mon retour à Paris, je me précipitai dans cette rue au nom prédestiné. Mais, au 17, rien ne ressemblait à une revue. Personne n'avait l'air de connaître *La Femme libre*. Un sergent de ville, amusé, me conseilla de chercher cette femme-là à la nuit tombée, sur le trottoir... Je finis par comprendre qu'il s'agissait en réalité du domicile d'une certaine Jeanne-Désirée, présentée comme la fondatrice de la publication.

C'était un appartement assez modeste. La jeune femme qui m'ouvrit parut étonnée :

– Clarisse ? Mais elle est partie en Égypte.

– Je sais, répondis-je. Je suis un de ses amis. Je viens vous demander à quelle adresse je pourrais lui écrire.

Elle hésita un instant, puis me proposa d'entrer. Dans l'appartement se trouvait une autre femme, de trente ans environ, à la voix assurée, qui se présenta sans chichis :

– Suzanne Voilquin, saint-simonienne.

– Et brodeuse comme Clarisse, ajouta à mon intention Jeanne-Désirée Véret.

Je me présentai à mon tour et répondis à deux ou trois questions sur le transport de l'obélisque qui avait l'air de les intéresser.

– Clarisse est très courageuse, me dit Suzanne Voilquin après m'avoir proposé de m'asseoir. Elle a choisi de partir en Égypte contre l'avis de notre hiérarchie. Nous-mêmes lui avions fortement déconseillé d'entreprendre ce voyage, pour toutes sortes de raisons, mais elle n'a rien voulu entendre.

Je demandai des explications.

– C'est encore Clarisse qui vous l'expliquerait le mieux, dit Suzanne Voilquin.

Après avoir interrogé son amie du regard et obtenu un signe d'approbation, elle alla chercher des lettres qui étaient posées sur une étagère et me les tendit :

– Asseyez-vous. Prenez le temps de les lire. Nous avons des papiers à ranger dans la pièce d'à côté.

22

Marseille, le 23 mars 1833,
année de la Mère

Mes chères sœurs,

D'abord, je veux vous remercier du fond du cœur pour votre cadeau, qui m'a fait verser des larmes très douces. J'en suis d'autant plus touchée que vous désapprouviez mon entreprise. Cette magnifique trousse de couture me permettra peut-être de trouver en Égypte des travaux d'aiguille.

Un grand merci aussi à Suzanne de m'avoir mise en rapport à Marseille avec le docteur Bastiani. Ce médecin, acquis à nos idées, a insisté pour m'héberger chez lui, puis s'est personnellement occupé de mon passeport. Je ne saurais trop louer sa gentillesse et celle de son épouse.

Comme vous le savez sans doute, la Mission d'Orient a commencé par une tournée de propagande dans le Midi. Émile Barrault et son groupe sont partis de Lyon le 4 mars, descendant le Rhône, tandis que Hoart et ses amis entreprenaient un circuit pédestre en Provence à partir de Nîmes. Leurs différentes étapes, marquées par des séances publiques et des prédications, ont eu des fortunes diverses. Ovations à Arles, où des femmes avaient arrêté les aiguilles de la grande horloge dans le but de prolonger la réunion, mais insultes à Montpellier, jets de pierres à Sète... Heureusement, à Marseille, le terrain avait été bien préparé.

Je me suis présentée à l'hôtel des Quatre Nations, où logeait Barrault. Il n'a pas paru étonné de ma présence : on aurait dit qu'il était dans un autre monde, entièrement transporté par sa mission. Mais, quand je lui ai fait part de mon désir d'accompagner les Compagnons de la femme en Orient, il s'est écrié : « Ai-je bien entendu ? Vous avez perdu la raison ! Vous vous imaginez qu'il s'agit d'un voyage de plaisance, auquel les candidats s'inscrivent à leur guise ? Je pars avec douze hommes, douze apôtres, à la rencontre de la Femme. C'est lorsque nous l'aurons trouvée que nos sœurs pourront se rendre à leur tour en Orient. »

Puis il a regardé ailleurs. Je n'existais plus. Pétrifiée, je n'ai même pas eu la force de protester.

Fallait-il revenir à la charge ? Le lendemain, j'ai appris que la destination des Compagnons de la femme n'était pas Alexandrie, mais Constantinople : selon Barrault, la Mère doit se révéler à Stamboul, cette année, et elle est juive. Or, c'est en Égypte que je veux aller. Un deuxième groupe, dirigé par Cayol, doit s'y rendre, lui, un peu plus tard. J'ai décidé de tout faire pour l'accompagner.

La veille du départ, Barrault a invité ses compagnons à prendre un bain afin, a-t-il dit, de n'emporter sur leur corps aucune souillure de l'Occident. Un banquet saint-simonien a réuni ensuite plusieurs centaines de personnes, à quinze sous par tête. Une longue table de communion occupait le milieu de la salle, avec du pain, du vin, du jambon et du fromage. Les treize voyageurs portaient une nouvelle tenue, dite de la Mission d'Orient : tunique noire, écharpe, manteau et gants blancs, gilet écarlate, pantalon à demi collant et béret rouge.

Barrault a électrisé l'assistance. « Le jour est arrivé, a-t-il proclamé. Ce n'est plus seulement un voyage vers l'Orient, c'est un voyage vers la Femme. Je suis le saint Pierre de la Femme Messie ! »

Ces paroles m'ont paru bien étranges, pour ne pas dire ridicules, mais l'assistance était transportée. Barrault a présidé une confession générale, commençant par s'accuser lui-même de ses manquements avant d'inviter chacun de ses compagnons à l'imiter. On a chanté l'hymne à la femme, accompagné au piano par Félicien David, qui a eu droit à un tonnerre d'applaudissements. Il en pleurait d'émotion. À la fin de cette séance, son piano métallique a été transporté à bord de la Clorinde.

Les treize voyageurs ont traversé la Canebière sous les vivats. Une foule immense les a suivis jusqu'au brick. Il n'y avait pas assez de barques pour contenir tout ce monde. Des jeunes gens ont pris d'assaut la Clorinde, par les sabords, par les cordages, par tous les côtés à la fois. « Désormais ce navire est saint », a proclamé Barrault, en le bénissant « au nom de Dieu Père et Mère ». Puis il a invité ses compagnons à quitter leurs bottes pour prendre des chaussons de lisière, signe qu'ils renonçaient à la terre d'Occident jusqu'à l'arrivée de la Mère.

J'ai vu le bateau s'éloigner avec le sentiment d'être abandonnée. Dans ma tête, tout se brouillait.

Je vous donnerai d'autres nouvelles dès que possible. J'embrasse très fort chacune d'entre vous.

Saint-simoniennement,

Clarisse

Alexandrie, le 1er mai 1833,
année de la Mère

Mes chères amies,

Que de choses à vous raconter depuis ma dernière lettre !

Pour pouvoir les accompagner en Égypte, je m'étais bien gardée de solliciter Casimir Cayol et ses trois compagnons, ne voulant pas essuyer un nouveau refus. C'est en secret, avec l'aide du docteur Bastiani, que je suis entrée en contact avec le commandant du Polacco qui devait conduire cette deuxième mission à Alexandrie.

Ma traversée a été négociée cent quarante francs, couchette et nourriture comprises, mais non les couvertures. Celles-ci me seraient gracieusement fournies par l'épouse du bon médecin. Mes économies ne suffisant pas pour payer le voyage, j'ai dû vendre à contrecœur (trente francs) la montre que j'avais héritée de mon père, seul souvenir de lui.

Mon bagage a été porté sur le navire. Le lendemain matin, à 5 heures, le docteur Bastiani et son épouse ont tenu à m'accompagner jusqu'à la chaloupe. Je ne savais comment les remercier de toutes leurs gentillesses. Cayol ne m'avait jamais vue. Seul Germain me connaissait, mais mon chapeau et ma voilette cachaient bien mes traits.

Le Polacco a levé l'ancre à l'aube. Le temps était sombre et mélancolique. Une pluie fine tombait. On aurait dit que le ciel avait pris un vêtement de deuil. Sur le pont, la gorge nouée, regardant la ville s'éloigner, je me suis rendu compte qu'une page de ma vie se tournait.

Tout à coup, à la hauteur du château d'If, le vent s'est mis à souffler. On a entendu les voiles se gonfler, les cordages se tendre, les mâts craquer. La mer était striée de vagues blanches. Au loin, les crinières d'écume se brisaient sur les rochers.

J'ai attendu que la Corse ne soit plus en vue pour me manifester auprès de nos frères saint-simoniens. Germain est tombé des nues, me demandant où j'allais, comme si ce bateau faisait des stations entre Paris et Croissy... Il a aussitôt alerté ses compagnons. Casimir Cayol, un Marseillais à la taille impressionnante, apprenant que j'appartenais à la Famille, s'est montré furieux de ma présence. « Vous ne faites pas partie de notre expédition, et j'espère ne plus vous voir après notre débarquement à Alexandrie ! » m'a-t-il lancé d'une voix outrée. Germain ne savait que dire. Pannetier et Flichy approuvaient leur chef par des hochements de tête. Je suis allée me réfugier dans la minuscule cabine de l'entrepont que je partageais avec deux autres passagères, et j'ai pleuré sans pouvoir m'arrêter.

Les jours suivants, ils m'ont totalement ignorée. Le mauvais temps n'incitait d'ailleurs pas aux échanges. Les vagues qui frappaient le navire sur le côté provoquaient des roulis très désagréables. On ne voyait plus personne sur le pont. J'avais constaté qu'il valait mieux se tenir au milieu du bâtiment, au pied du mât principal, où les mouvements étaient moins prononcés. Le grand air me protégeait du mal de mer, mais celui-ci a fini par me rattraper. C'était bien pire que la sensation que j'avais éprouvée en montant pour la première fois dans une voiture suspendue, entre Landerneau et Paris. L'état de vertige et de dégoût nauséeux dans lequel je me trouvais annihilait toutes mes facultés. Gisant sur ma couchette, indifférente à tout, je n'aurais pas bougé le plus petit doigt pour éviter une menace mortelle...

La tempête a fini par prendre des proportions inquiétantes. Il a fallu relâcher à Rhodes où le mauvais temps nous a retenus pendant toute une semaine.

Nous avons repris la mer sous un ciel beaucoup plus clément. Le lendemain, invités à déjeuner par le capitaine, Cayol et ses compagnons ont revêtu leur nouvelle tenue. On ne peut pas dire qu'elle passe inaperçue, mais le but est justement de frapper les esprits. Plusieurs passagers riaient sous cape. D'autres, intéressés, voulaient connaître la signification de chaque chaînon du collier saint-simonien.

« Tu n'aurais pas dû venir », m'a murmuré Germain en me croisant sur le pont. J'étais contente qu'il m'adresse enfin la parole, mais son chuchotement m'a mise mal à l'aise : on aurait dit que ma participation à ce voyage l'émoustillait.

Le capitaine et tout l'équipage ont bu à la libération du Père et à la venue de la Mère, mais je crois qu'ils auraient bu à n'importe quoi. Après ce repas, je ne sais quel mauvais geste Cayol a pu faire, mais sa tunique, prise par un clou fiché dans le grand mât, s'est déchirée sur presque toute la longueur. Il a poussé un juron et semblait complètement désemparé. Je me suis approchée pour lui proposer mes services. Il a grommelé, puis a retiré son vêtement et me l'a tendu.

C'est là que votre trousse de couture, mes chères sœurs, m'a été très utile ! J'avais tout mon temps, je me suis appliquée, faisant en sorte que la déchirure ne se voie plus. À partir de ce moment, je ne dis pas que j'ai intégré le groupe, mais au moins avons-nous pu échanger quelques phrases polies. Je souffrais d'être rejetée ainsi par mes frères, tout en comprenant un peu leur embarras.

Après dix-neuf jours en mer, un grand mouvement s'est fait sur le navire. Tous les passagers se sont massés sur le pont. À la lunette, on distinguait la côte africaine. Alexandrie ! J'en tressaillais de joie. Mais un vent contraire allait nous empêcher d'avancer pendant quarante-huit heures.

Les salves d'artillerie qui ont marqué notre débarquement ne nous étaient pas destinées : elles célébraient la fête musulmane du Grand Baïram. Un marin français devait conduire Cayol, Germain, Flichy et Pannetier, revêtus de leur nouvel uniforme, chez le consul de France. J'ai demandé à les accompagner, et ils n'ont pas osé refuser. Nos bagages sont restés provisoirement à bord.

C'est à dos d'âne, à travers des ruelles poussiéreuses et encombrées, au milieu des cris des bourriquiers, que nous sommes allés remettre nos passeports au consul, M. Mimaut. Il n'y avait pas d'autres formalités administratives à accomplir.

Mes quatre compagnons de voyage se sont enquis d'une auberge bon marché. Je me suis aperçue qu'ils n'avaient pas plus d'argent que moi. Pannetier compte, semble-t-il, sur l'aide de son parrain, un banquier d'Alexandrie. Je m'apprêtai à me rendre dans cette auberge quand le vice-consul, M. de Lesseps, m'a prise à part : « Mademoiselle, je ne sais pas ce que vous venez faire en Égypte, mais vous auriez intérêt à loger plutôt dans une famille. Je peux vous aider. » Une heure plus tard, je me retrouvai dans une belle demeure occupée par des Français, les Marigny. Une chambre m'a été allouée dans l'entresol, en échange de divers travaux qui restent à définir.

Je ne saurais vous décrire Alexandrie, que j'ai à peine entrevue pour le moment. Cela n'a rien de commun avec ce que nous appelons une ville. Dans les rues, des femmes arabes, voilées de la tête aux pieds, vous saisissent de stupeur. Pauvres fantômes ambulants dont on ne peut distinguer les traits ! Elles portent souvent, à califourchon sur une épaule, un petit enfant au visage rongé de mouches. Il faudrait des pages pour les décrire. Combien de décennies pour les libérer ?

Je vous en dirai plus dans de prochaines lettres. En attendant, mes douces amies, je vous envoie mille baisers.

Saint-simoniennement,

Clarisse

Alexandrie, le 15 mai 1833,
année de la Mère

Ai-je besoin de vous dire, Suzanne, Jeanne, Marie-Reine, que depuis deux semaines je vis sur une autre planète ? Alexandrie passe pourtant pour la ville la plus européenne d'Égypte. Il est vrai que certains Européens donnent l'impression d'y être en pays conquis. C'est le cas de la famille où je suis logée, qui traite ses domestiques arabes comme des esclaves. Il faut voir ce qui est exigé de fillettes de neuf ou dix ans, ne baragouinant que quelques pauvres mots de français !

Pour ma part, je n'ai pas à me plaindre, même si ce que je vois et entends me met profondément mal à l'aise. Gîte et nourriture me sont assurés en échange de quelques travaux d'aiguille. La maîtresse de maison, qui recevait une vingtaine de personnes à souper hier soir, avait fait une scène terrible, la semaine dernière, aux deux laveuses indigènes qui avaient malencontreusement dégradé les broderies d'une belle nappe. J'ai proposé de reprendre les parties abîmées. On m'a confié cette tâche sans y croire. J'y ai passé trois jours, avec un résultat qui m'a valu l'étonnement de Mme Marigny et les compliments de plusieurs dames invitées, car la mésaventure de cette nappe était devenue l'un des sujets de conversation du souper.

Les premiers jours, Cayol et ses compagnons logeaient à quatre dans la même chambre et avaient à peine de quoi se nourrir. Un jeune homme est venu leur déposer une bourse, contenant une somme d'argent, et a disparu sans même laisser son nom. Il avait payé aussi la note de l'aubergiste ! Par ailleurs, un ancien capitaine de la marine, qui exerce l'archéologie en Égypte depuis plusieurs années, s'est mis en quatre pour aider les saint-simoniens, leur trouver une salle et dissiper les préventions dont ils sont l'objet.

À deux reprises, en grande tenue, Cayol et ses compagnons se sont présentés au palais pour demander une audience à Méhémet-Ali. La première fois, le pacha dormait ; la seconde fois, ses drogmans étaient absents. Le lendemain, l'ayant aperçu à cheval dans l'arsenal, ils l'ont salué, et il leur a courtoisement rendu leur salut. « Maintenant il sait qui nous sommes, a dit Cayol. Je ne me présenterai à lui qu'après avoir fait quelques séances. »

Une prédication organisée dans le quartier franc (européen) a fait salle comble. Des consuls étaient présents, ainsi que plusieurs hauts fonctionnaires égyptiens. De petits médaillons du Père ont été distribués aux dames.

Je ne vais pas remettre cette lettre à un navire en partance ce soir. Je la compléterai quand nous aurons des nouvelles plus précises du groupe de Barrault, qui semble avoir eu de grandes difficultés en Turquie.

9 juin 1833

Expulsés sans ménagement de Constantinople, Barrault et ses compagnons nous ont rejoints à Alexandrie depuis quelques jours. Je dis « nous », bien qu'étant toujours tenue à l'écart des membres de la Famille. Le seul avec qui je puisse échanger quelques mots est Germain, et encore me fuit-il comme une pestiférée, craignant les réactions de ses compagnons.

Barrault ne m'a même pas reconnue. Quand je lui ai rappelé que j'étais saint-simonienne, il a détourné la tête. Je ne savais pas à quel point il est douloureux d'être rejetée par ses frères !

Dès son arrivée à Alexandrie, Barrault a tenu deux séances publiques, très suivies, dans une salle qui avait appartenu aux francs-maçons. Son éloquence a fait beaucoup d'effet. « Dieu de sagesse et de beauté, de force et de douceur, Dieu éternellement bon et bonne, Tu nous as donné le Père, nous attendons la Mère... »

Il a également organisé une cérémonie devant la colonne de Pompée, à 6 heures du matin. Les personnes présentes ont communié avec du pain, des dattes et de l'eau. Flichy n'y était pas, en raison de ses désaccords avec Cayol, lequel envisage, paraît-il, de rentrer en France. Quant à Pannetier, il a trouvé un emploi auprès de son parrain banquier et a pris l'habit bourgeois.

Ma propre situation est incertaine. Je ne sais pas encore ce que je vais devenir.

Clarisse

Alexandrie, le 15 juin 1833

Chères amies,

Mme Marigny m'a fait une scène épouvantable : « On vient de m'expliquer ce qu'est votre secte. M. de Lesseps ne m'avait pas dit que j'hébergerais une représentante de la licence et de l'immoralité ! Faites votre balluchon et disparaissez ! D'ici là, je vous interdis d'approcher l'un de mes enfants ! »

Au moment de confier cette lettre à un navire en partance, j'apprends que Barrault et Toché ont regagné Smyrne. Il est question que Cognat, Ganal, Urbain et Decharmes embarquent, de leur côté, pour la Syrie. Que restera-t-il des Compagnons de la femme en Égypte ?

P.-S. – 26 juin. Je romps le cachet de cette lettre qui n'avait pas été postée pour vous dire, chères amies, que je suis arrivée au Caire. Vous pouvez m'écrire, si vous le souhaitez, chez le docteur Dussap, que tout le monde connaît ici.

Je vous embrasse très fort.

Clarisse

23

Ainsi, Clarisse partait pour l'Égypte au moment où je rentrais en France ! Je ne pouvais y croire. Il me fallut prendre un calendrier pour comparer nos deux périples. Sa deuxième lettre, datée du 1er mai, avait sans doute été écrite le lendemain de son arrivée à Alexandrie, après dix-neuf jours en mer comme elle le précisait. Or, à bord du *Luxor,* j'avais quitté Alexandrie le 1er avril pour débarquer à Toulon le 10 mai. Ce qui veut dire que nous nous étions croisés en Méditerranée !

Clarisse était partie clandestinement, comme moi d'une certaine façon. Je frémissais en pensant à toutes les difficultés qu'elle avait dû rencontrer. Son expédition en Égypte était bien moins confortable, bien plus aventureuse que la mienne. Mon poste avait peut-être été obtenu par une supercherie, mais il me donnait un statut, un revenu mensuel appréciable, une sécurité. J'appartenais à une mission du gouvernement français, appuyée par des firmans, couverte de compliments. Clarisse, elle, se trouvait seule : elle n'était même pas admise dans cette équipe de timbrés qui prétendaient dénicher un messie en jupons sous la grande pyramide… Que ferait-elle dans ce pays meurtri, dont la violence ne m'avait pas échappé : l'Égypte de la conscription, l'Égypte du commerce des corps et de l'esclavage, l'Égypte de l'injustice et du fouet ?

Sous le coup de l'émotion, laissant courir ma plume, je lui écrivis une longue lettre, dans laquelle je commençais par expliquer pourquoi elle n'avait pas eu de mes nouvelles. La raison pour laquelle mon courrier était resté en rade à Alexandrie demeurait incompréhensible : elle était certainement due à la négligence d'un employé du consulat de France. J'évoquais aussi la déception dans laquelle son silence m'avait plongé, sans aller jusqu'à lui avouer combien elle m'obsédait. Je lui racontais brièvement mon séjour en Égypte, la stupéfaction qui m'avait saisi à Paris en apprenant qu'elle était partie, mes rencontres avec Adèle Guégan et les Tourrette… Je lui suggérais enfin de contacter de ma part deux négociants français dont j'avais fait la connaissance, ainsi que Sélim Touta, le drogman.

J'adressais cette lettre au consul de France, qui saurait trouver le docteur Dussap et la lui remettre. Cette fois, j'étais bien décidé à rester en contact avec Clarisse, par tous les moyens, dussé-je abandonner mon travail à Paris et partir à sa recherche en Égypte.

24

Disposant d'un salaire convenable qui m'était garanti jusqu'à l'érection de l'obélisque, je louai un logement au Quartier latin. Un déjeuner chez Fricoteaux me fit retrouver quelques amis, qui étaient en stage dans des études de notaire ou d'avocat. En deux ans et demi, ils avaient pas mal changé, s'étaient assagis, presque notabilisés.

J'aurais aimé éviter cet imbécile de Triffot, mais, m'ayant aperçu, il quitta sa table, se précipita vers moi et me serra les mains avec effusion, comme si une indéfectible amitié nous liait depuis l'enfance.

– Comment va Violette ? lui demandai-je, n'ayant rien d'autrc à lui dire.

– Oh ! Violette... Elle n'est plus de ce monde, mon cher. Je veux dire qu'elle n'est plus de *notre* monde. Elle mène la grande vie depuis qu'un marquis sur le retour est tombé dans ses filets. Son bienfaiteur l'a installée dans un appartement près de l'Opéra. Elle mange de la brioche, et le dimanche se pavane à Longchamp.

L'ingénieur Lebas disposait d'un bureau au ministère de la Marine, mais pour l'érection de l'obélisque il dépendait du ministre des Travaux publics, Adolphe Thiers. Leur première rencontre fut étrange : j'imagine que chacun d'eux avait l'impression de se voir dans une glace. Provençaux, nés la même année, ils étaient aussi petits de taille l'un que l'autre. Cela valait à l'homme politique toutes sortes de railleries. « Il faudrait plus de deux Thiers pour former un député complet », disaient les plaisantins. Mais le parallèle s'arrêtait là. Si l'ingénieur avait une idée fixe depuis deux ans et demi – réussir l'abattage, le transport et l'érection de l'obélisque –, le politicien était dévoré d'ambition et passait pour un touche-à-tout. Ancien journaliste, écrivain, historien, membre de l'Académie française, impatient de s'emparer de la présidence du Conseil, Thiers avait un avis sur chaque chose, et naturellement sur le lieu où le monument égyptien devait être installé.

Un vif débat s'était engagé à ce propos dans la presse et les cercles du pouvoir. Les uns plaidaient pour la place de la Concorde, d'autres pour l'esplanade des Invalides ou le rond-point des Champs-Élysées. Le gouvernement avait même songé à faire de l'obélisque le monument commémoratif de la révolution de Juillet, place de la Bastille, avant d'y renoncer.

– Si vous voulez transformer en statue de la liberté une pierre célébrant un despote de l'Antiquité, il faudrait en effacer les hiéroglyphes ! s'était exclamé un parlementaire.

Louis-Philippe avait un avis sur la question et comptait bien l'imposer : pour lui, le monolithe devait être érigé au centre de la place de la Concorde. Une place où des torrents de sang venaient à peine de sécher : Louis XVI, Marie-Antoinette, Robespierre, Danton et plus de mille autres n'y avaient-ils pas été décapités ? On disait que, pendant la nuit, les charrettes de fruits et légumes devaient faire un détour pour se rendre aux halles, les bœufs refusant de traverser la place, comme s'ils ne supportaient pas l'odeur du sang. Chateaubriand réclamait la construction d'une fontaine en son centre, « indiquant assez ce que je veux laver ».

Le roi avait une raison personnelle d'y faire disparaître les traces de la Révolution : nul n'avait oublié que son père, le duc d'Orléans, élu député à la Convention, avait voté la mort de Louis XVI en 1793, avant d'être guillotiné à son tour sur cette même place quelques mois plus tard. La presse satirique s'amusait à rappeler ce vote régicide, sans ménager le souverain. Daumier et d'autres caricaturistes le représentaient en poire, et il faut dire que le visage royal, avec bajoues, rouflaquettes et toupet dominant un front pointu, correspondait assez bien à ce fruit. Juste avant notre arrivée à Paris, *Le Charivari* avait publié un obélisque en forme de poire, avec cette légende : « Obélisque élevé à la gloire d'une Révolution, et découvert en 1830, au milieu de l'Arabie heureuse, par une caravane d'épiciers doctrinaires. »

Louis-Philippe voulait donc purifier la place, lui enlever toute mémoire, en ne heurtant personne. Ériger à la Concorde une statue de Louis XVI, pour laquelle un piédestal avait été construit sous la Restauration, aurait fait hurler les républicains, tandis qu'une colonne de la liberté aurait souverainement déplu aux royalistes. Seul un monument pharaonique pouvait réconcilier tout le monde. Ce qu'un député sarcastique résumait ainsi :

– Sa Majesté a réussi à trouver la perle rare : un menhir inoffensif, couvert de signes hiéroglyphiques incompréhensibles, donc parfaitement insignifiant.

Où ériger l'obélisque ? Chez Fricoteaux, chacun de mes ex-condisciples avait son avis sur la question. Les idées les plus diverses étaient avancées, mais elles se heurtaient toutes à des objections. Cela m'inspira quelques rimes amusées.

Il est bien difficile, je vous l'accorde
De caser l'obélisque de la discorde
Si Paris n'a pas de place pour ce cadeau
Nous serons contraints de le mettre à Landerneau

Je me surprenais à débattre avec passion de l'emplacement futur du monument, comme si son transport en France ne me tourmentait plus. J'étais assez sensible aux arguments d'un chroniqueur qui avait publié une petite brochure sous le pseudonyme de Viator. L'obélisque de Louqsor, écrivait-il en substance, ne peut être mieux placé que dans la cour du Louvre. Il serait là comme dans un sanctuaire, à l'abri de la pluie, de la crotte et des vents qui soufflent à Paris plus de deux cents jours par an. Chacun pourrait l'admirer à son aise. Il trônerait au centre du palais des arts, parmi les plus belles œuvres de toutes les époques.

La place de la Concorde, en revanche, paraissait à Viator une mauvaise solution. Cette esplanade était beaucoup trop vaste pour un tel monument. L'on ne saurait, écrivait-il, « où se poser pour bien voir l'obélisque, le contempler à loisir, l'embrasser en entier, et ne pas courir le risque d'être troublé dans son examen, ou plutôt d'être écrasé par les voitures de tous les genres qui se croisent là par centaines ».

Faisant mienne l'opinion de Viator, j'eus un échange assez vif avec l'ingénieur Lebas, qui pensait le contraire.

– Érigé au milieu de la Concorde, lui fis-je remarquer, l'obélisque masquerait toutes les perspectives. Le passant qui viendrait de la Chambre des députés ne verrait plus une partie de la Madeleine. Celui qui viendrait des Tuileries ne verrait plus l'Arc de triomphe…

– Votre argument ne tient pas, répliqua l'ingénieur avec agacement. Il faudrait vraiment avoir le nez sur cette aiguille de pierre pour qu'elle masque des bâtiments de plusieurs dizaines de mètres de largeur !

– Elle ne les masquera peut-être pas, monsieur, mais les coupera en deux. Le piéton venant de la rive gauche verrait l'église de la Madeleine fendue en son milieu. Celui qui viendrait du côté opposé verrait le palais de la Chambre des députés séparé en deux blocs. Quant à celui qui déboucherait des Champs-Élysées, il croirait voir deux palais des Tuileries. Idem pour celui qui sortirait des Tuileries : il verrait deux moitiés d'Arc de triomphe… L'obélisque serait un couteau à quatre tranchants qui diviserait désagréablement quatre des plus beaux monuments de Paris.

Lebas s'énervait :

– Réfléchissez un peu, Le Guillou. Sur cent personnes gagnant la place de la Concorde, il n'y en a probablement pas une seule qui y arrive par la direction des axes. Si le piéton vient du pont ou de la Madeleine, il suit les trottoirs ; s'il vient des Champs-Élysées ou des Tuileries, il suit les contre-allées. Même les voitures qui se croisent dans ces différentes avenues sont forcées d'aller ou à droite ou à gauche, c'est-à-dire de dévier continuellement de la ligne des axes. Arrêtez donc de dire des bêtises ! La place de la Concorde exige quelque chose en son milieu, sans quoi elle paraît vide. L'obélisque, qui a quatre faces pareilles, est le meilleur moyen de la décorer. Grandi par un piédestal, il pourra être vu de près ou de loin, dans toutes les directions.

La décision d'ériger le monument à la Concorde était quasiment prise, mais il ne fallait pas donner l'impression de l'imposer aux Parisiens. Pour leur permettre de se faire une idée, sinon de voter, le pouvoir installa des simulacres d'obélisques – l'un sur la place de la Concorde, l'autre sur l'esplanade des Invalides – à l'occasion des fêtes de juillet 1833. Un célèbre décorateur de théâtre, Charles Ciceri, fut chargé de les réaliser.

– Avez-vous vu cette horreur ? me dit Lebas, scandalisé.

Le faux obélisque de la Concorde était grotesque. Fabriqué en bois et en toile peinte, petit et trapu, il cachait les restes du piédestal précédemment destiné à la statue de Louis XVI. On l'avait surmonté d'une étoile transparente à quatre faces pour ajouter l'effet d'une illumination.

– Quelle honte ! s'exclamait l'ingénieur. Regardez ces dessins grossiers. On n'a même pas fait appel à une main exercée pour reproduire correctement les hiéroglyphes.

Quelques semaines avant notre retour à Paris, l'aménagement de la place de la Concorde avait été confié à un brillant architecte, Jacques Ignace Hittorff, originaire de Cologne, qui s'était distingué par les décors de plusieurs cérémonies officielles, dont les funérailles de Louis XVIII et le sacre de Charles X. Disposerait-il de l'obélisque ? Le Conseil de Paris devait encore se prononcer, mais l'affaire semblait acquise. C'est d'ailleurs légèrement en aval du pont de la Concorde, sur la rive droite, que Lebas avait été invité à préparer une cale d'échouage pour le *Luxor*.

Il s'y mit sans tarder, et je retrouvai mon rôle d'homme à tout faire, à son service. Des ouvriers procédèrent à l'extraction des déblais qui encombraient cette partie de la berge, tandis que la cale en bois était fabriquée. Mais, à peine commencés, les travaux furent suspendus : la coalition des charpentiers de Paris réclamait une hausse de salaire. Il n'y avait pas ici de Turc pour régler l'affaire en quelques coups de fouet… Pendant que s'engageait une difficile négociation, la Seine monta de plusieurs pieds. L'ingénieur était furieux :

– Il est exclu de creuser un terrain inondé, déclara-t-il. Encore moins de poser la charpente à sec.

Je fus chargé de surveiller la reprise des travaux, selon un autre plan. Des ouvriers, plongés dans le fleuve jusqu'aux aisselles, devaient assembler toutes les parties de la cale sur un radeau de plat-bord, soutenu par des cordes fixées sur des pieux. Cette tâche accomplie, on leur demanda de transporter et de déverser des tonnes de cailloux pour pouvoir couler le système au fond de l'eau.

Lebas était d'une humeur massacrante. L'opération, très compliquée, dura une quinzaine de jours et me valut des remontrances à n'en plus finir. Comme si j'étais responsable de la hauteur des eaux ou de la solidité des pieux ! On réussit quand même par venir à bout de cette fichue cale. Il n'y avait plus qu'à attendre le *Luxor,* retenu à Cherbourg, et dont l'arrivée à Paris n'était pas prévue avant plusieurs semaines.

25

Un dimanche d'août, je flânais sur le boulevard des Italiens, devant le Café anglais, quand un cabriolet s'arrêta à ma hauteur. La portière s'ouvrit, et j'entendis une voix familière lancer d'un ton enjoué :

– Un revenant, ma parole !

Je mis quelques secondes à reconnaître Violette, sous un petit chapeau de paille d'Italie garni de rubans. Elle portait une robe de mousseline rose, et une écharpe de gaze flottait sur ses épaules nues. Dans cet équipage, avec son éventail de plumes à la main, on l'aurait prise pour une grande dame du faubourg Saint-Germain.

– Monte, me dit-elle. Je t'emmène à Longchamp.

La grisette que j'avais connue quatre ans plus tôt au bal Montesquieu était méconnaissable. Son coiffeur avait dû passer des heures à tresser ces jolies nattes, friser et bouillonner en grappes ces masses de bandeaux, étager ces coques étourdissantes… Elle donna deux petits coups sur la cloison qui la séparait de son cocher, et la voiture repartit.

– Je me demandais si tu étais rentré d'Égypte. Pas un mot de toi pendant tout ce temps ! Il faut dire que j'ai déménagé… As-tu vu des crocodiles ?

Ma brève réponse sembla la satisfaire. Sans s'intéresser davantage à mon séjour sur les bords du Nil, elle me raconta sa bonne fortune. Cela faisait plus d'un an qu'elle nageait dans l'aisance. Du marquis sexagénaire, à qui elle devait ses toilettes, ses bijoux, son appartement et son cabriolet, elle parlait comme d'un caniche tenu en laisse.

– Vous avez donc rapporté cette pyramide ? me lança-t-elle, alors que nous trottions vers Longchamp.

– Un obélisque, Violette, pas une pyramide…

Mais son attention était retenue par un élégant coupé vert, tiré par des chevaux fringants, qui venait de nous dépasser :

– La comtesse de Lussac !

Jusqu'à la porte Maillot, c'était une succession ininterrompue de berlines, landaus ou tilburys, dans les deux sens. Leurs passagers échangeaient quelques saluts par les vitres baissées. Des dandys souriants, lorgnon à l'œil et camélia à la boutonnière, participaient à ce défilé de mode. Au bord de la route, les badauds se poussaient du coude quand passait une amazone, suivie à distance par son écuyer ou accompagnée de deux ou trois chevaliers servants : portant jupon ou culotte de peau, chaussées de petites bottes, ces audacieuses étaient coiffées d'une casquette, d'une toque ou d'un feutre qui leur donnait l'allure d'un garçon. Même leur badine était assortie à leur tenue. De temps en temps, une brève cavalcade venait animer ce ballet mondain, ne laissant apercevoir, dans un nuage de poussière, qu'un uniforme rouge ou l'éclat d'un éperon.

Violette agitait son éventail en direction des occupants de certaines voitures. Elle connaissait tout Longchamp, et personne ne la connaissait.

– Il faut absolument que tu viennes visiter mon appartement, me dit-elle, en me donnant son adresse.

Je n'avais nulle envie de me retrouver nez à nez avec son protecteur, mais elle m'assura qu'il était parti vendre une propriété dans le Midi. En son absence, il lui laissait la libre disposition de sa loge à l'Opéra-Comique.

– En ce moment, on joue *La Vieille*. Si la pièce te tente…

Après trois allers-retours dans l'avenue de Longchamp, elle ordonna au cocher de regagner la ville et de me déposer au Café anglais.

– Je t'attends sans faute demain matin vers 10 heures, me dit-elle, avant de me lancer un baiser à travers la vitre.

Cette diablesse avait réussi à attiser ma curiosité. En me conviant dans le dos de son marquis, elle titillait chez moi un parfum d'aventure qui me manquait depuis mon retour d'Égypte.

Il était un peu plus de 10 heures quand je pénétrai dans un immeuble cossu de la rue de Provence.

– Madame vient de se réveiller, me dit une femme de chambre. Je vais voir si elle peut vous recevoir.

Violette était assise à sa table de toilette, les pieds nus dans de fines pantoufles brodées. Un chat angora était lové sur son ventre. Autour d'elle, il y avait une profusion de gaze, de mousseline, de dentelles et de rubans, suspendus à des patères. Un peu plus loin, une montagne de chapeaux, jaunes, roses, lilas ou citron. On aurait dit l'atelier d'une modiste.

– Ravie de t'accueillir dans mon petit nid ! me dit-elle en se tournant de trois quarts.

– Petit, petit… C'est du grand luxe, fis-je d'un ton badin. Et le signe d'un grand amour.

– Méchant ! Si tu savais combien il m'a fallu de soins pour conquérir mon marquis ! Une place de femme à la mode est bien difficile à garder. C'est une bataille de chaque instant. À Paris, la gloire est capricieuse.

Le chat avait filé. Violette portait un négligé transparent, qu'un peignoir de soie à moitié ouvert masquait à peine. Elle se leva, me tendit la main, m'entraînant vers son lit, encore tiède.

– Je croyais qu'on allait visiter l'appartement, lui dis-je.

– Un homme poli rend d'abord visite à la maîtresse de maison !

– Mais si tu veux garder ton marquis…

– Oh, pour ça, j'ai des principes !

– Oui, je sais, Violette, tu es une femme à principes : jamais plus de deux amants à la fois.

26

Je n'avais toujours pas de nouvelles de Clarisse. Au cours de cet été 1833, il était beaucoup question des saint-simoniens dans la presse parisienne. Leur chef, Prosper Enfantin, avait été gracié par le roi à l'occasion du troisième anniversaire de la révolution de Juillet. On lui prêtait l'intention de se rendre en Égypte, et c'était probablement l'une des raisons de sa libération : désorienté par ce personnage encombrant, le pouvoir préférait le savoir loin de France.

Un autre événement suscitait des commentaires indignés : le suicide à Paris d'une certaine Claire Démar, qui avait mis un terme à ses jours en compagnie d'un jeune homme, saint-simonien comme elle. Rien de tout cela ne me renseignait sur Clarisse. N'en pouvant plus d'attendre, je me rendis au siège de *La Femme libre,* rue du Caire.

– Ah, c'est vous ! me dit Jeanne-Désirée Véret en m'ouvrant la porte.

L'appartement bruissait d'éclats de voix. Visiblement, une réunion était en cours. Je m'excusai, proposant de repasser une autre fois, mais elle m'invita à entrer. Une demi-douzaine de jeunes femmes discutaient autour d'une table, en prenant des notes. Je reconnus Suzanne Voilquin, qui me fit un salut cordial de la main avant d'annoncer à l'assistance que j'étais un ami de Clarisse et que je revenais d'Égypte. Cette dernière précision suscita immédiatement l'intérêt.

– En principe, me dit-elle en souriant, les hommes ne sont pas admis à nos réunions. Il y a encore quelques mois, même un saint-simonien en aurait été exclu. Mais nous nous sommes assouplies. Et, d'ailleurs, nous n'avons rien à cacher.

Je pris place un peu en retrait. La discussion s'engagea à nouveau, avec vivacité. Il était question du suicide de Claire Démar. Au bout d'un moment, les participantes semblaient avoir oublié ma présence.

– Claire et Perret n'étaient pas amants, contrairement à ce qui a été écrit par des plumes haineuses ! dit Suzanne Voilquin. Simplement, ils souffraient tous les deux et partageaient les mêmes idées.

Les larmes aux yeux, elle cita le passage d'une lettre dans laquelle Claire Démar précisait : « Je ne pars pas seule… Mais ce n'est pas lui qui est venu me convier à cette dernière fête, et je n'ai pas hâté son propre voyage : depuis longtemps il était prêt. Nous nous sommes rencontrés à l'entrée d'une même route et nous nous sommes tendu la main. Voilà tout ! »

– Clarisse admirait beaucoup Claire Démar, me chuchota Jeanne-Désirée, en se retournant vers moi. Elle aura un choc, la pauvre, en apprenant son suicide.

Contrairement aux jeunes ouvrières présentes, Claire Démar, de son vrai nom Émilie d'Eymard, venait d'une famille aristocratique. Reprenant la parole, Suzanne Voilquin rappela avec quelle détermination cette féministe défendait l'égalité entre les sexes et la sensualité.

– Claire allait trop loin, je n'étais pas d'accord avec elle, dit Suzanne Voilquin. Mais je respectais son courage et ses convictions, et je pense que nous devrions publier l'un de ses textes. Celui-ci, par exemple…

Dans un silence religieux, elle lut un brûlot. Claire Démar réclamait le droit pour un homme et une femme de faire connaissance avant le mariage, « s'étudier, s'essayer plus ou moins longtemps ». Elle prônait « la réhabilitation de la chair flétrie, torturée depuis tant de siècles sous la loi chrétienne ». Dépassant Prosper Enfantin, qui estimait que certaines natures étaient faites pour la fidélité et d'autres pour « la mobilité », elle affirmait : « C'est par la proclamation de la loi d'inconstance que la femme sera affranchie. »

Je pensais à Clarisse, me demandant avec un mélange d'inquiétude et de jalousie si elle partageait ces idées et, surtout, si elle les mettait en application.

Une seule des jeunes femmes présentes s'opposa à la publication du texte de Claire Démar. La discussion dériva alors sur Prosper Enfantin, libéré de prison. Dans un curieux charabia, il avait annoncé à ses disciples qu'il partirait en Égypte pour marier l'Orient et l'Occident en réalisant le percement de l'isthme de Suez.

Enfantin n'était pas content de *La Femme libre,* publication née en dehors de lui et échappant à son contrôle. Il avait demandé à une saint-simonienne, Cécile Fournel, d'éditer une deuxième revue, *Le Livre des Actes,* destinée à rendre compte de l'activité des apôtres. Un exemplaire circulait de main en main autour de la table. On y lisait quelques témoignages exaltés. « Joie ! Joie ! Le Père se dirige vers l'Orient, il part vers sa bien-aimée. Nos vœux accompagnent le frêle navire qui porte les destinées du monde… »

Voilà que l'aventure de la femme-messie recommençait ! Cela ne me disait rien de bon. Clarisse allait-elle être reprise dans les filets de ce fou furieux ?

Quelques jours plus tard, je recevais enfin une lettre d'elle.

Le Caire,
le 15 octobre 1833

Cher Justin Le Guillou,

J'ai été heureuse d'avoir de vos nouvelles et de vous savoir en bonne santé après ce séjour en Égypte. Je marche sur vos pas, en quelque sorte…

Oui, j'avais été étonnée de ne pas recevoir de vos nouvelles. Pour ne rien vous cacher, j'en avais même été meurtrie.

Vous me demandez ce que je suis allée faire, seule, en Égypte. Je suis incapable de vous l'expliquer clairement, et sans doute ne le sais-je pas vraiment. Vous-même, saviez-vous exactement pourquoi vous aviez décidé de participer à l'enlèvement d'un obélisque ?

Me voilà installée au Caire. Je ne me suis pas encore habituée à cette ville bouillonnante, ou plutôt à ces cent villages réunis. Moins nombreux et beaucoup moins voyants qu'à Alexandrie, les Européens, ici, sont noyés dans la masse. Un concert de muezzins me rappelle cinq fois par jour que je suis en terre musulmane.

Vous étiez arrivé au Caire par la branche de Rosette. Moi, j'ai pris la route habituelle des voyageurs et des marchandises, le canal Mahmoudieh qui relie Alexandrie au Nil. En naviguant sur cette voie d'eau à bord d'une cange, je ne pouvais m'empêcher de penser que des milliers de pauvres paysans et paysannes, sans compter les enfants, réquisitionnés pour les travaux, avaient laissé leur vie sur ce chantier. Leurs cadavres ont contribué à exhausser les berges, affirme-t-on ici. Je frémis chaque fois que j'y pense.

J'ai la chance d'être logée par un médecin français, le docteur Dussap, venu au Caire il y a trente-six ans comme officier de santé avec l'Expédition de Bonaparte. Imaginez un homme maigre, au regard doux, portant une barbe pointue qui lui arrive presque jusqu'à la taille... Ce médecin admirable, proche des idées saint-simoniennes, a épousé une esclave abyssinienne, Halima, à qui il a rendu la liberté et qui est décédée. Ensemble, ils ont eu une fille et un garçon, âgés respectivement de quatorze et onze ans. Un cheikh vient leur donner des cours d'arabe littéral. Je prends des leçons avec eux.

Grâce au docteur Dussap, j'ai trouvé de petits travaux d'aiguille pour des familles levantines. C'est bien, mais je n'ai pas traversé la mer pour faire de la broderie ! Le médecin initie sa fille Hanem aux soins infirmiers. Il m'a invité à me joindre à elle, et j'ai accepté avec enthousiasme. Cela devrait me permettre de me rendre utile et de pénétrer dans les harems.

La domination masculine, ici, dépasse tout ce que j'avais imaginé. L'autre nuit, nous avons été réveillés par les cris poignants d'une jeune femme qu'un homme chassait hors de sa maison : elle venait de mettre au monde une fille, et il lui reprochait de n'avoir pas eu un garçon.

Je ne vous apprendrais rien en vous disant la place que les superstitions occupent dans cette société. Vêtue d'un costume local, j'ai eu l'occasion d'accompagner une voisine à la mosquée de Sayeda Zeinab, la seule où les femmes peuvent entrer et où elles trouvent un soi-disant remède contre la stérilité. Un cheikh est venu nous toucher le front avec un rameau de palmier en psalmodiant une prière. Puis, moyennant trois paras, on nous a servi un breuvage indéfinissable dans des bols de cuivre. Il a fallu ensuite monter dans la galerie de la mosquée et y faire sept fois le tour sans parler...

J'ai pu finalement rencontrer Sélim Touta dont vous m'aviez donné le nom, à son retour de Haute-Égypte où il accompagnait des voyageurs européens. Il m'est tombé, si je puis dire, dans les bras, me demandant de vos nouvelles et des nouvelles de « Son Excellence » (?). Il m'a même invitée à un déjeuner dominical dans sa famille. Beaucoup d'animation, de rires, de cris. Ces catholiques originaires de Syrie sont bavards, vantards, mais chaleureux et attachants. J'ai été gavée de mets succulents, qu'on insistait pour me resservir. Dans cette famille de négociants, le drogman fait un peu figure de raté, mais tous les enfants l'adorent. Après le déjeuner, il les a laissés jouer avec son sabre.

J'ai fait la connaissance de son cousin, le docteur Boutros Touta, qui travaille à l'hôpital d'Abou Zaabal. Cet établissement a été créé à la demande de Méhémet-Ali par un chirurgien français, Antoine Barthélémy Clot, que tout le monde appelle ici Clot bey. L'hôpital s'est adjoint une école qui a pour but de moderniser la médecine égyptienne, largement livrée depuis des siècles à des barbiers incompétents. Ce ne sera certainement pas facile. Il y a des montagnes à remuer dans ce plat pays !

Je vous salue.

Clarisse Tallec

Je découvrais avec émotion l'écriture de Clarisse : une calligraphie droite, harmonieuse, arrondie. J'étais déjà amoureux de cette écriture, comme je l'avais été du léger cal sur son doigt lors de notre unique rencontre. Je l'imaginais, assise à une petite table, rédigeant d'une plume alerte, directement, sans chichis. Je lisais et relisais sa lettre, le cœur battant.

L'Égypte dont elle parlait m'avait en grande partie échappé. Je regrettais de n'être passé au Caire que furtivement, pour voir tout juste la Citadelle, la grande pyramide et un spectacle de danses lascives dans la demeure d'un Arménien. Et je n'avais même pas eu le temps de déjeuner chez les Touta, comme Sélim me l'avait proposé.

Nous étions allés en Égypte chercher une pierre. Clarisse, elle, était partie à la rencontre des Égyptiens.

Je pris aussitôt la plume pour lui répondre. La sincérité de sa lettre m'incitait à me livrer encore davantage. Sans tenter d'embellir mon attitude, je lui révélai la supercherie qui m'avait permis de prendre la place de Gatignol, dans une expédition dont l'utilité m'échappait. « Avec le recul, écrivais-je, j'ai un peu honte d'avoir trompé l'ingénieur Lebas dont je n'ai cessé depuis lors d'admirer la droiture. »

27

Le *Luxor* arriva à Paris le 23 décembre 1833, après un périple de douze mille kilomètres. Il prit place sur la cale d'échouage que nous lui avions préparée, devant des centaines de badauds accourus au pont de la Concorde. J'étais aussi ému que Lebas en retrouvant l'obélisque dans la cale. Solidement fixé aux murailles, il n'avait pas bougé d'un pouce.

Les amis que nous avions quittés six mois plus tôt à Toulon paraissaient en pleine forme, malgré les difficultés de leur traversée. Remorqués par le *Sphinx,* ils n'avaient pas tardé à affronter une mer agitée et des vents impétueux. L'océan ne s'était pas montré plus clément que la Méditerranée.

À Cherbourg, Louis-Philippe, accompagné de la reine et des princes, était monté à bord du *Luxor* pour y dispenser décorations, compliments et discours de circonstance. Après la visite du souverain, le *Luxor* aurait pu prendre la route de Paris. Cependant, les eaux de la Seine ne se décidaient pas à grossir. L'équipage allait attendre la crue plusieurs semaines, comme à Louqsor.

Le lendemain de l'arrivée du navire à Paris, Louis-Philippe fut de nouveau accueilli par Verninac et ses officiers en grande tenue, cette fois en présence de l'ingénieur. Des laquais en livrée tricolore déroulèrent le marchepied d'un carrosse à impériale dont les portières portaient ses initiales couronnées. Quand le souverain monta sur le pont du *Luxor,* vêtu d'un habit marron sans décoration, d'un pantalon noir et d'escarpins luisants, je pus observer son visage d'assez près : il ressemblait beaucoup aux portraits de Louis XIV, mais sans la hauteur et la majesté du Roi-Soleil. En le voyant, on ne pouvait s'empêcher de penser aux dessins publiés dans la presse satirique, qui le représentaient en poire. *La Caricature* avait même fait de la face de Louis-Philippe le pyramidion d'un obélisque, dans une gravure intitulée « Projet d'un monument expia-poire à élever sur la place de la Révolution, précisément à la place où fut guillotiné Louis XVI ».

Le roi serra quelques mains, ce que ne faisait aucun de ses prédécesseurs. Désireux d'apparaître proche des gens, on l'avait vu, à plusieurs reprises, lors de ses visites en province les jours de pluie, jeter son manteau et venir se mouiller avec la foule.

À Cherbourg, quatre mois plus tôt, l'abattage de l'obélisque lui avait été présenté au moyen d'une petite maquette. Cette fois, c'est Apollinaire Lebas qui expliqua sommairement au souverain comment il comptait ériger le monument.

En cette veille de Noël, plusieurs personnalités accompagnaient Louis-Philippe sur le *Luxor*. Il y avait notamment Étienne Geoffroy Saint-Hilaire, président de l'Académie des sciences et doyen des professeurs du Muséum d'histoire naturelle. Sa présence tenait au fait qu'il avait été l'un des jeunes savants les plus brillants de l'Expédition d'Égypte en 1798. De retour en France, il s'était distingué par de nombreux travaux. Défendant la théorie de l'évolution des espèces, il s'était opposé à son ancien maître, Cuvier, résolument « fixiste », et ce débat avait occupé des pages entières dans les journaux. Mais je me souvenais surtout qu'en 1827, alors que j'étais encore en Bretagne, Geoffroy Saint-Hilaire avait accompagné, de Marseille à Paris, la girafe offerte par Méhémet-Ali à Charles X. L'animal continuait à attirer un public nombreux au jardin des Plantes.

Le roi remit à Verninac une prime de deux mille francs, à répartir entre les marins et les ouvriers. Puis il serra quelques mains et prit congé de l'équipage. Soudain retentit un cri : « Un homme à la mer ! » Deux matelots se précipitèrent pour repêcher un monsieur d'un certain âge, ruisselant d'eau : il avait raté une marche en montant dans la chaloupe qui devait le ramener à terre. C'était Geoffroy Saint-Hilaire !

L'illustre savant, qui avait perdu connaissance, fut aussitôt conduit dans une cabine pour être ranimé et frictionné par le docteur Angelin, assisté du médecin du roi.

– C'est la seconde fois qu'il tombe à l'eau pour une raison égyptienne, me murmura Lebas.

– La seconde fois ? m'étonnai-je.

– Eh oui ! Au cours de l'été 1798, en Méditerranée, voyageant à bord de l'*Alceste,* l'un des navires de l'Expédition d'Égypte, il avait échappé de peu à la noyade après un faux pas similaire.

Cela méritait bien quelques rimes…

Au secours ! Un homme à la mer
C'est encore Geoffroy Saint-Hilaire
Un savant aussi perspicace
Ne mérite pas de boire la tasse
À moins bien sûr qu'il n'ait très soif
Comme sa jolie sœur la girafe

Apollinaire Lebas et l'état-major du *Luxor* furent invités à dîner aux Tuileries. Je n'eus pas ce privilège. Quelques jours plus tard, l'équipage défila en tête de la parade dans la cour du Carrousel. Le roi fit un petit discours, puis remit la Légion d'honneur à trois membres de l'expédition, qui avaient été « oubliés » à Cherbourg. L'ingénieur, lui, fut promu officier. Il en était très fier, tout en déclarant ne rien mériter tant qu'il n'aurait pas mené sa mission jusqu'au bout, à savoir l'érection de l'obélisque.

28

Le Caire, 14 septembre 1833

Je suis heureuse d'ouvrir ce nouveau cahier de mon Journal par un exploit : aujourd'hui, j'ai refait toute seule le pansement d'une femme brûlée à la jambe. Ma main n'a pas tremblé !

19 septembre 1833

Pendant une semaine, Hanem n'a pas été en mesure de suivre les cours de soins infirmiers que nous donne le docteur Dussap. J'ai même cru qu'elle devenait aveugle, la pauvre !

Elle s'est réveillée l'autre matin avec une violente migraine, accompagnée de larmoiements. La lumière lui était insupportable. Son père a diagnostiqué une ophtalmie. « C'est une maladie locale, m'a-t-il dit en prenant son pouls. Pas étonnant, avec ce soleil et cette poussière nitreuse ! N'avez-vous pas été frappée par le nombre prodigieux de borgnes et d'aveugles que compte ce pays ? Même les ânes et les chameaux en sont affectés. »

Les paupières rouges et enflammées de Hanem s'ouvraient avec difficulté. Le médecin m'a demandé de lui poser un vésicatoire derrière la nuque, puis de la laisser toute la journée dans l'obscurité. Le lendemain, comme ses douleurs continuaient et que la fièvre n'avait pas baissé, nous lui avons fait une saignée à la tempe et administré un purgatif. Elle ne supportait toujours pas la lumière. On aurait dit que de petites pierres blessaient ses yeux d'où coulait une excrétion purulente. La crainte de devenir aveugle commença à la hanter. Heureusement, au bout de quelques jours, l'inflammation a diminué d'intensité et un collyre calmant, à base d'opium, a contribué à lui rendre la vue.

26 septembre 1833

Le docteur Dussap m'a présentée aujourd'hui au plus éminent de ses collègues, Antoine Barthélémy Clot, qui a fondé l'hôpital d'Abou Zaabal et préside le conseil de santé. Il paraît que ce médecin marseillais doit son titre de bey à l'attitude héroïque qu'il a eue pendant l'épidémie de choléra de 1831.

2 octobre 1833

Dans une lettre, Suzanne Voilquin m'apprend, avec beaucoup de ménagements, que Claire Démar s'est suicidée ! Je n'en ai pas dormi de la nuit. Pauvre Claire ! Elle plaidait pour l'inconstance. Je l'admire, mais comment aurais-je pu partager son combat, alors que j'ai tant souffert de l'infidélité ?

Au passage, Suzanne me fait savoir que Justin Le Guillou a assisté à une réunion du journal ! Deviendrait-il saint-simonien ? Il est douloureux de ne pouvoir communiquer que par des lettres qui mettent des semaines à parvenir à destination.

20 octobre 1833

Déjeuner dominical dans la famille Touta, aussi gai et animé que la première fois. Impossible de tenir une conversation suivie avec quiconque dans ce brouhaha. Mais quand le café a été servi dans le jardin, j'ai pu parler longuement avec le docteur Boutros, l'un des cousins de Sélim le drogman.

Il m'a expliqué qu'un système original avait été mis en place par Clot bey dès la fondation de l'École de médecine, car les professeurs étaient tous français ou italiens et aucun des étudiants musulmans ne connaissait un traître mot de ces deux langues. Le docteur Clot avait engagé huit jeunes chrétiens bilingues, dont Boutros Touta, qui n'avait alors que seize ans. Il lui avait dit : « Vous savez le français à peu près correctement. Pour l'arabe, c'est un uléma qui jugera. Mais je vous préviens : j'exigerai de mes interprètes qu'ils s'initient à la médecine. Êtes-vous capable d'apprendre l'anatomie ? Êtes-vous prêt à apprendre la chirurgie ? » C'est aux interprètes que la leçon était d'abord donnée, et on s'assurait qu'ils l'avaient bien assimilée. Puis ils la dictaient en arabe aux étudiants, sous la surveillance d'un uléma qui s'attachait surtout à la pureté de la langue. Les jeunes chrétiens ont fini par devenir eux-mêmes des médecins à part entière.

Boutros Touta m'a avoué être passé par des moments très difficiles.

13 novembre 1833

Le Père Enfantin est arrivé au Caire. Je suis allée lui rendre visite cet après-midi, m'attendant à de vifs reproches. Mais il m'a embrassée, m'affirmant que j'avais simplement devancé son appel. Il a autorisé les saint-simoniennes qui le désirent à se rendre en Égypte. « Je n'appelle aucune femme en particulier, a-t-il dit, mais je regarderai toutes celles qui viendront ici comme envoyées par Dieu même. » Cécile Fournel et Clorinde Rogé sont, paraît-il, déjà en mer, avec son accord.

Ne serais-je plus une paria ?

Le Père, qui a été dépassé ces derniers mois par Barrault, reprend les choses en main. Dans son intervention, aujourd'hui, il s'est dit « effrayé par les formes presque absolues que la quête de la Mère a prises chez quelques natures abstraites et a demandé un retour à la vie normale ». Redevenant ingénieur, il met désormais l'accent sur le travail. « L'industrie, dit-il, est le véritable appel de la femme. » Il fixe aux saint-simoniens en Égypte un objectif concret : relier la Méditerranée à la mer Rouge. « Quand on aura réalisé ce canal, affirme-t-il, le monde ne sera plus qu'un seul corps, parcouru par une circulation ininterrompue d'hommes et de marchandises. » Et, dans une lettre à Barrault, il demande à celui-ci d'aller l'attendre… à Panama.

Suez chasse la Mère. Ce n'est pas plus mal. Je n'ai jamais réussi à me faire à cette idée. Ce n'est pas La Femme qui m'intéresse, mais toutes les femmes. On nous a encensées, divinisées, sans chercher à nous écouter. En transformant la femme en objet d'adoration, n'en fait-on pas un objet, précisément ?

20 janvier 1834

Méhémet-Ali ne veut pas d'un canal reliant les deux mers. Il a l'intention, en revanche, de construire un barrage sur le Nil, à la pointe du delta. Sa réalisation a été confiée à Linant de Bellefonds, un ingénieur installé en

Égypte depuis plusieurs années, qui a de la sympathie pour nos idées. Plusieurs saint-simoniens l'assisteront.

Le Père, qui s'est résigné au barrage, a du mal à cacher sa déception. Il a néanmoins proposé aux autorités égyptiennes de transformer en « armée industrielle » les dizaines de milliers de fellahs qui seront réquisitionnés pour les travaux. Ces « soldats » devraient être nourris, payés, habillés, formés en régiments et commandés par des ingénieurs.

Cette grande œuvre ne suffit apparemment pas à absorber son infatigable énergie : il vient de suggérer au pacha – avec succès, semble-t-il – la création d'un conseil de l'instruction publique et de plusieurs écoles civiles ou militaires. Il s'est donné un nouveau costume, proche du *nizam* turc : coiffé d'un tarbouche, il porte un gilet collant à petits boutons, un burnous blanc en laine et des babouches rouges. Mais il ne se résout pas à couper ses cheveux longs.

20 avril 1834

J'ai fait mes adieux au docteur Dussap et à sa famille pour m'installer au barrage. Le poste d'aide-soignante qui m'est proposé reste à préciser.

Je partage une tente, au bord du Nil, avec une certaine Agarithe Caussidère, arrivée de Lyon. Les barques passent sous mes yeux, à vingt pas. De la petite table sur laquelle j'écris, j'aperçois les pyramides sur ma droite, et la citadelle du Caire à gauche.

Avec ses tenues affriolantes, Agarithe attire tous les regards. Hier, bien involontairement, je l'ai surprise vers midi dans notre tente, avec Marchal. Elle n'en a pas semblé affectée. C'est au moins sa troisième liaison depuis un mois. Il paraît que, dans les salons du Caire, on dénonce « les mœurs scandaleuses des demoiselles du barrage ». Je ne sais que faire.

Sur le chantier, bataillons et compagnies ont commencé à se former. On construit des ateliers, des logements, des fours et des moulins. De nombreux animaux de trait ont été acheminés sur place. Quatre saint-simoniens sont engagés à titre de médecins militaires. « C'est le plus beau champ de bataille qui ait été ouvert à l'industrie, dit le Père. Il est digne des pyramides qui le dominent. »

Le pacha a envoyé soixante jeunes Égyptiens camper sur le chantier du barrage, pour se former. Ce sera le noyau de la future École polytechnique que Charles Lambert est appelé à diriger.

La petite colonie saint-simonienne, qui compte près de quatre-vingts membres, est dispersée entre le barrage, les hôpitaux, les écoles, les fermes modèles…

15 août 1834

On a posé la première pierre de l'École de génie civil. Un mouton a été sacrifié pour la circonstance. Selon la tradition locale, Soliman bey a mouillé son doigt dans le sang de l'animal, qui servira de nourriture aux maçons. Puis, à l'aide de sa truelle, il a tracé sur la pierre les lettres N et M-A (Napoléon et Méhémet-Ali).

Pour fêter l'anniversaire de Napoléon et l'Assomption, le Père a accueilli Ferdinand de Lesseps et plusieurs autres personnalités dans sa tente de réception qui fait pas moins de quinze pieds de diamètre.

Nous étions assis sur des coussins et des tapis, autour de tables rondes, mangeant à la turque, avec nos doigts. Les murailles de la tente avaient été remontées pour ne pas gêner les Turcs qui allaient partager avec les autres convives une quantité incalculable de bouteilles de champagne. De nombreuses santés ont été portées, y compris aux femmes. Mal à l'aise, j'ai regagné ma tente avant la fin de la soirée.

17 novembre 1834

Ce que le Père appelle « l'armée pacifique des travailleurs » est en triste état. Ce sont surtout des vieillards et des enfants qui figurent parmi les douze mille premiers hommes réquisitionnés. Ils manquent de pain et ne savent pas se servir des brouettes, d'ailleurs trop rares. Les désertions sont nombreuses.

Je n'ai pas ma place ici, où l'on ne me laisse rien faire. Je vais regagner la maison du docteur Dussap au Caire.

15 décembre 1834

Suzanne Voilquin est arrivée au Caire. Nous sommes tombées dans les bras l'une de l'autre. « Petite sœur, m'a-t-elle dit, tu nous avais fait très peur ! Comme je suis heureuse de te revoir ! » Mais est-ce la même Clarisse qu'elle revoit ? Depuis mon arrivée en Égypte il y a dix-neuf mois, j'ai découvert tant de choses, révisé tant de convictions… Et retrouvé Justin Le Guillou !

Le Caire, 2 janvier 1835

Pour pouvoir vivre, Suzanne n'aura plus besoin d'être la blanchisseuse des saint-simoniens : elle a été engagée par le docteur Dussap pour se charger de l'éducation de ses enfants. J'ai moi-même regagné la chambre que j'occupais dans sa maison avant de déménager au barrage. Nous assisterons ensemble aux consultations gratuites que le bon médecin donne un jour sur deux.

4 janvier 1835

Longue discussion avec Suzanne le soir sur la terrasse. Nous ne sommes plus exactement sur la même longueur d'onde. Le Père, la Mère… Plus j'y réfléchis, moins j'adhère à cette manière de vouloir marier Occident et Orient. A-t-on demandé son avis à l'épouse présumée ? « C'est un mariage forcé ou alors un viol conjugal », ai-je dit à Suzanne qui a été choquée par mes propos.

29

De passage à Paris avec ses adjoints pour inspecter le *Luxor,* le commandant Verninac nous avait invités à partager quelques bouteilles de bourgogne sur le pont principal du navire. Nous retrouvâmes avec plaisir les officiers, mais aussi le docteur Angelin, qui s'était joint à eux.

– Excellence, où en est notre obélisque ? lança Verninac, plus espiègle que de coutume, rappelant le surnom d'Apollinaire Lebas en Égypte.

L'ingénieur entreprit d'expliquer comment il envisageait de transporter le monolithe jusqu'au milieu de la place de la Concorde, puis de l'ériger sur un nouveau piédestal. À peine avait-il commencé son exposé que le matelot de faction sur le quai fut interpellé par un étrange personnage portant une longue barbe, un gilet cerise et un chapeau pointu, à la manière des conventionnels de 1792 :

– Je cherche l'obélisque.

M. Lepage, inspecteur des travaux, qui l'avait reconnu, s'exclama :

– Mais c'est Pétrus Borel, le poète !

J'avais vaguement entendu parler de ce provocateur, qui s'était donné pour surnom le Lycanthrope (l'homme-loup). M. Lepage nous précisa que Borel avait d'abord exercé le métier d'architecte, mais que ses constructions peu orthodoxes lui avaient valu des ennuis et des procès. Converti à la poésie, le Lycanthrope s'était établi avec quelques amis en haut de la rue Rochechouart, dans une maison un peu à l'écart, où ils vivaient nus, couchés sur des peaux de bêtes. Le voisinage s'était plaint, et il avait fallu mettre fin à cette expérience naturiste. Le poète habitait maintenant rue d'Enfer, la bien nommée, où il organisait des soirées bruyantes avec de jeunes écrivains, comme Alexandre Dumas ou Théophile Gautier.

– Laissez passer ce monsieur ! cria Verninac au matelot de faction.

Monté à bord, Pétrus Borel jeta des regards amusés autour de lui. Il souhaita voir l'obélisque, et un officier l'emmena dans la cale. Mais le monument, encore emmailloté de bois, ne dévoilait que son pyramidion.

À la demande de M. Lepage, le poète, farouche républicain, nous déclama l'une de ses odes à la mémoire des martyrs des Trois Glorieuses :

> Ô vous qui sur le front avez une auréole,
> Vous qu'à regret la mort cueillait,
> Salut Farcy ! Salut Arcole !
> Salut aux héros de Juillet !

« Ça, c'est de la poésie ! me dis-je. Justin, tu peux aller te rhabiller. »

Ayant sifflé d'une traite deux ou trois verres de vin, Pétrus Borel déclara :

– Je ne comprends pas pourquoi la France est allée dérober cet obélisque à une civilisation éteinte. Pourquoi cette manie de prendre et de transporter ? Ne peut-on donc laisser à chaque contrée sa gloire et ses ornements ? Ne peut-on donc rien contempler sur une plage lointaine sans le convoiter et vouloir le soustraire ?

Ces propos jetèrent un froid, mais il poursuivit en haussant le ton :

– N'était-ce donc pas assez d'avoir laissé détruire en France les monuments que nous ont légués nos ancêtres ? Nos cathédrales tombent en ruine, nos châteaux se démantèlent. L'abbaye de Royaumont, à moitié détruite, est dévastée par une blanchisserie. N'était-ce donc pas assez d'avoir démoli la Sainte-Chapelle de Vincennes et rapetassé les Tuileries ? Fallait-il encore que la dévastation étendît ses ravages jusqu'aux rives du Nil ?

Verninac lui répliqua d'une voix pincée :

– Monsieur, vous n'avez pas le droit de parler de dévastation, et encore moins de pillage. Ne confondez pas l'obélisque de Louqsor avec la pierre de Rosette, qui se trouve au British Museum depuis qu'elle nous a été dérobée par les Anglais. Je vous rappelle que l'obélisque est un cadeau de Méhémet-Ali à la France.

– Méhémet-Ali n'est pas habilité à faire de tels cadeaux, répondit le poète. Aucun souverain ne possède le patrimoine de son pays. Je dis « son pays », mais ce monsieur n'a, de plus, rien à voir avec les pharaons, d'après ce qu'on m'a dit : c'est un Turc de Macédoine, arrivé en Égypte dans les wagons de l'armée ottomane. Votre ami Ali se fiche de l'obélisque comme de sa première babouche.

Verninac s'appuya sur l'argument de son adversaire pour le retourner :

– En effet, monsieur le poète, Méhémet-Ali ne s'intéresse guère aux antiquités pharaoniques. J'irais même plus loin que vous en disant qu'il ne fait rien pour les défendre, quand il n'y porte pas atteinte lui-même. Les Égyptiens se moquent totalement de leur patrimoine antique. Ce n'est pour eux qu'une réserve minière : des temples servent de carrières aux chaufourniers et aux maçons ; des colonnes et des statues de pierre dure sont débitées pour être transformées en outils. En allant chercher cet obélisque, nous l'avons sauvé de leur profonde ignorance. Thèbes, couchée dans la poussière, ne pouvait garder ses obélisques ; il fallait qu'ils tombassent en d'autres mains.

– Eh oui ! fit Pétrus Borel en s'échauffant, c'est au nom de la science et du progrès que la plupart de ces crimes sont commis ! C'est la science qui parcourt l'univers une pioche ou une hache à la main. C'est la science qui a dépouillé et qui dépouille. Les Vandales, eux, ne faisaient pas la guerre aux monuments : l'ignorance est respectueuse.

Verninac balaya cette affirmation pseudo-historique :

– Allons, allons ! Vous oubliez les Perses de Cambyse brisant les statues, renversant les temples et les palais. Vous oubliez les Ptolémées achevant la ruine de Thèbes pour donner à Alexandrie une suprématie qu'elle ne pouvait atteindre. Vous oubliez les premiers chrétiens, puis les Arabes, martelant et anéantissant ce qu'ils considéraient comme du paganisme. Voilà les vrais barbares !

Le poète remplit son verre, cherchant sans doute une parade. Verninac, sûr de lui, enchaîna sur le même ton :

– La France, elle, n'a acquis que des droits aux remerciements de l'Europe savante. C'est à l'Europe savante qu'appartiennent tous les monuments de l'Antiquité, parce qu'elle seule sait les apprécier. L'Antiquité appartient à celui qui la cultive pour en recueillir les fruits.

Pétrus Borel préféra déplacer le débat :

– J'ai le cœur navré en songeant aux sommes considérables qui ont été dépensées pour l'importation de cette pierre, alors qu'on refuse un peu de marbre à de jeunes et grands artistes. Pouvez-vous me dire à quoi servira cet obélisque ?

Le docteur Angelin prit alors la parole pour lancer, avec une solennité toute verninacienne :

– Notre capitale, monsieur, va être enrichie d'un nouveau monument. L'obélisque de Ramsès II apporte des inspirations pour les arts et des souvenirs pour l'Histoire. Il a assisté aux premiers triomphes connus, a survécu au grand désastre de la puissance égyptienne. Il a vu s'écouler des siècles sans fin qui ont semé la destruction autour de lui. Dérobé par nos soins aux menaces du temps, il vient se naturaliser chez nous, et renouveler pour ainsi dire dans nos murs son brevet d'immortalité. Érigé sur une de nos places, il sera là comme l'héritage d'une ville déchue, recueilli par une ville florissante. À la vue de cette illustre pyramide, qui vient associer sa gloire à toutes les nôtres, le Français croira reconnaître en elle un monument national.

– Un monument national ? Vous plaisantez ! fit Pétrus Borel. Cette cheminée d'usine, plantée au cœur de la plus belle de nos places publiques, ne peut rien rappeler à nos compatriotes. Même l'horrible colonne de la place Vendôme aurait mieux fait l'affaire, car au moins la langue qu'elle parle est française. Sera-t-il fier d'être français, le promeneur, en regardant l'obélisque ? Il lui faudra une énorme science et une prodigieuse lunette pour essayer de comprendre la nationalité de cette pierre aux parois gravées de signes incompréhensibles !

Le docteur Angelin répliqua d'un ton courroucé :

– Notre obélisque est beau comme le génie antique et vieux comme le monde civilisé.

– Comme vous y allez, monsieur, comme vous y allez ! fit Pétrus Borel, très gai. Que trouvez-vous de si beau à un obélisque ? C'est un monument laid et nul. Une simple borne. Pour donner une idée avantageuse des Égyptiens et de leur génie, il fallait choisir autre chose. Mais je ne doute pas que cette borne attire les regards de la foule et suscite son admiration. Elle est comme ça, la foule : ce n'est jamais le beau qui l'impressionne, mais l'insolite. Qu'on amène à Paris un superbe cheval arabe, la plus belle créature de Dieu, nul ne détournera la tête pour le voir. Qu'on amène une girafe, ridicule animal, la multitude se lève aussitôt, accourt en masse sur son passage, et son entrée est un triomphe. Un obélisque, c'est une girafe de pierre. Votre obélisque aura beaucoup de succès. Quelque cent mille niais feront Ho ! en l'apercevant pour la première fois. Quelques centaines de paysans de la banlieue, venant vendre leurs légumes, s'arrêteront devant, bouche béante, et demanderont ce que c'est que « ce machin orné de canards et de zigzags ». On leur répondra en grec : c'est un obélisque monolithe. « Jarnidieu ! sauf votre respect, répliqueront ces braves gens, je prenions ça pour une cheminée de pompe à feu. »

Je ne pus m'empêcher de rire. Cela me valut un regard désapprobateur du commandant Verninac, qui répondit d'une voix grave au poète :

– Cet obélisque dont vous vous moquez, monsieur, va fournir aux sciences et aux arts un sujet nouveau de méditation. Car le monument d'une antique civilisation doit servir à l'avancement d'une civilisation nouvelle. La raison des peuples n'a-t-elle pas besoin de comparer les arts de toutes les époques et de tous les pays ?

Eh bien, l'obélisque de Ramsès II produira plus d'effet sur l'esprit des peuples que tous les livres. La place de la Concorde deviendra une immense salle d'étude, où il se fera en un mois plus de réflexions utiles et fructueuses qu'en un siècle au milieu des ouvrages de tous les voyageurs.

– Une salle d'étude ! s'exclama Pétrus Borel, parfaitement lucide malgré tout le bourgogne qu'il avait ingurgité. Une salle d'étude ? Laissez-moi rire. Qui pourrait étudier les textes gravés sur l'obélisque à l'endroit – et à la hauteur – où ils vont se trouver ? De toute façon, c'est dans leur propre pays qu'on étudie les monuments, et non en les déplaçant. Vous parliez de Bonaparte, mais ses savants et ses artistes sont allés étudier l'Égypte sur les bords du Nil, pas sur la place de la Concorde. Chaque chose n'a de valeur que sur son sol natal. Il y a une harmonie intime entre les monuments et le pays qui les a érigés. Il faut à la pyramide ou à l'obélisque un ciel bleu, un sol chauve, l'horizontalité monotone du désert, et la caravane qui passe à leur pied. Posés au cœur de nos villes, ces monuments deviennent mornes, muets, stupides comme elles. Le bel effet que celui d'un obélisque se profilant sur un hôtel garni, entre un corps de garde et une marchande de tisane !

Puis, sur le même ton :

– À propos de tisane, j'en prendrais bien une petite dernière, pour la route.

Ayant rempli puis sifflé son verre, il se leva, faillit tomber en faisant la révérence avec un grand geste, remit son chapeau pointu sur la tête et se dirigea en titubant vers l'échelle de bord. Un matelot l'aida à regagner le quai, où il disparut dans la nuit.

– Quel sinistre bonhomme ! fit le docteur Angelin.

– On ne devrait pas tolérer de tels propos, ajouta Verninac.

Je tournai les talons à mon tour, n'ayant nulle envie de m'associer à la condamnation du poète. Pétrus Borel venait de réveiller chez moi le malaise, les doutes et le sentiment de culpabilité que j'avais ressentis à Louqsor avant l'abattage de l'obélisque. Non seulement il mettait des mots sur les questions que je m'étais posées, mais il y apportait des réponses convaincantes.

Le lendemain, dans une lettre, je fis part de mes doutes à Clarisse, et cela me soulagea. Mais, dans les heures qui suivirent le départ de ce courrier, je me demandai jusqu'à quel point l'amour de la provocation n'avait pas amené Pétrus Borel à faire son numéro. Se souciait-il vraiment du patrimoine égyptien, ce poète maudit ? Mes propres sentiments à l'égard de l'obélisque me paraissaient suspects. Ne devais-je pas à cette pierre ma rencontre avec Clarisse ? N'était-ce pas à cause de l'obélisque – ou plutôt grâce à lui – que j'étais entré au *Paris de la Mode* pour commander des mouchoirs ?

Je regrettais d'avoir écrit à Clarisse quelques heures plus tôt, de lui avoir donné de moi une image aussi indécise. Plus j'y pensais, plus je m'en voulais de m'être livré ainsi. Il fallait absolument récupérer cette lettre, l'empêcher d'arriver à destination.

Il faisait déjà nuit quand je courus au bureau de poste, qui était évidemment fermé. Le gardien m'invita à repasser le lendemain pour déposer une réclamation. J'aurais bien forcé la porte et fouillé moi-même dans les sacs en instance, mais il me précisa que le courrier pour Marseille et Toulon était parti depuis le début de l'après-midi. Je rentrai chez moi, furieux et désemparé.

30

Dépouillé de ses mâts, le *Luxor* n'était plus qu'un énorme bateau plat, protégé de la pluie par une tente. Les badauds postés sur le pont de la Concorde ou derrière le parapet du quai ne pouvaient rien voir de l'obélisque, qui reposait toujours dans la cale. Ils se contentaient d'observer les activités de l'équipage, réduit à trente hommes. De temps en temps, une tête mousseuse et blanchie de savon apparaissait sur l'un des ponts : c'était un marin qui se faisait paisiblement raser par le barbier du bord.

Pour aider à transporter l'obélisque jusqu'au centre de la place de la Concorde, Lebas songeait à une machine à vapeur.

– Plusieurs raisons militent en ce sens, nous expliqua-t-il. En premier lieu, un tel engin nous ferait gagner du temps. Selon mes calculs, il suffirait de cinq à six jours, au lieu d'un mois, pour conduire l'obélisque à destination, et une heure, au lieu de seize, pour le dresser sur son piédestal. Cela réduirait considérablement la gêne occasionnée à la circulation. Par ailleurs, une machine à vapeur permettrait de disposer d'une force unique, que l'on pourrait augmenter ou diminuer à volonté. Elle nous mettrait à l'abri d'accidents pouvant résulter de l'emploi d'une masse d'hommes toujours turbulents, difficiles à diriger, qui peuvent, soit volontairement, soit par inadvertance ou par inexpérience, compromettre le succès des manœuvres.

L'ingénieur ajoutait un argument didactique, susceptible de séduire la Direction des bâtiments civils :

– Une machine montrera aux hommes de l'art, aux navigateurs et aux industriels tout le parti que l'on peut tirer de la vapeur. C'est l'occasion de faire éclater aux yeux des Français la puissance de ce merveilleux agent. On verra un fardeau de deux cent vingt tonnes s'élever majestueusement dans l'espace, sans le secours d'aucune force animale, et se dresser sur sa base à l'aide d'une des plus grandes inventions des temps modernes.

Nous nous rendîmes rue du Faubourg-Saint-Denis, dans l'atelier d'un certain M. Cavé, ingénieur-mécanicien. À Paris, il passait pour l'une des rares personnes susceptibles de pouvoir fabriquer une telle machine. Un concierge aimable comme une porte de prison nous fit patienter dans une salle d'attente mal éclairée. Au bout d'un quart d'heure apparut un homme couvert de suie qu'on aurait pris pour un ramoneur. Il eut le bon goût de ne pas nous serrer la main. C'était le fameux Cavé.

Pour étaler ses plans, Apollinaire Lebas dut se contenter d'une table étroite, à la propreté douteuse. Je ne compris pas grand-chose à la discussion très technique qui s'engagea entre les deux ingénieurs, mais visiblement ce M. Cavé connaissait son affaire. On ne tarda pas à s'apercevoir que c'était aussi un solide esprit commercial : après trois jours d'intenses marchandages avec notre directeur des travaux, un engin de quarante chevaux lui fut commandé pour quatre-vingt mille francs. Le ministère de la Marine acceptait de prendre à sa charge la moitié de la dépense.

L'obélisque avait besoin d'un piédestal. Il n'était pas question de le poser sur le socle précédemment destiné à la statue de Louis XVI, dont la forme massive était inadaptée à une aiguille de pierre.

Un médecin de Belleville avait fait savoir aux autorités qu'il possédait, dans une propriété de sa famille, « cinq blocs de granit rouge, d'une rare beauté, datant des Romains ». Mais Hittorff, l'architecte de la place de la Concorde, ne voulait pas d'un matériel de seconde main : le socle de l'obélisque devait être une œuvre originale.

C'était également l'avis d'Adolphe Thiers, devenu ministre de l'Intérieur, mais qui continuait à s'intéresser de près au monument, comme s'il détenait toujours le portefeuille des Travaux publics. Selon lui, le piédestal devait être agrémenté de lions et de sphinx.

Hittorff s'arrachait les cheveux. Il était partisan, lui, d'un socle monolithique, aussi simple que possible, mais ne savait comment résister au redoutable M. Thiers, que l'on disait inflexible.

– Et si vous alliez plus loin que lui ? suggérai-je à l'architecte, à qui je m'adressai pour la première fois.

Il me lança un regard étonné.

– Que voulez-vous dire, jeune homme ?

– Je me demande, monsieur, si vous ne devriez pas proposer au ministre un piédestal parfaitement ridicule, comprenant des lions, des sphinx, des babouins, ou même un éléphant…

Un sourire éclaira le visage de l'architecte.

– Peut-être bien, murmura-t-il.

Je peux affirmer, sans vantardise excessive, que ma suggestion modifia le cours de l'histoire. Hittorff élabora successivement plusieurs projets animaliers, d'un tel mauvais goût que le ministre changea d'avis. Le 29 décembre 1833, dans une lettre au directeur des Travaux publics, Thiers se prononça pour un socle « réduit à sa plus simple expression quant à la forme et aux ornements », mais s'imposant par « la grandeur, la qualité et la beauté du granit ».

Hittorff, soulagé, dit à Lebas :

– Nous allons pouvoir rivaliser avec les anciens Égyptiens. Aucun obélisque d'Europe n'aura un plus beau piédestal que le nôtre.

De grands blocs d'un matériau splendide étaient disponibles en Bretagne, à condition d'y mettre le prix. Pour les extraire et les tailler, l'exploitant de la carrière réclamait la somme considérable de cent quatre-vingt-dix mille francs. L'Administration rechigna, mais finit par céder, et le contrat fut signé. Le granit sélectionné était de même composition que celui de l'obélisque, quoiqu'un peu plus foncé et un peu moins dur.

– Les carrières choisies se trouvent au fin fond de la Bretagne, à l'embouchure de l'Aber-Ildut, me dit Lebas.

Il en parlait comme du bout du monde, mais c'était à une quarantaine de kilomètres de Landerneau.

Cinq blocs, d'un poids total de deux cent quarante tonnes, soit davantage que l'obélisque lui-même, devaient être acheminés vers Paris, sous la direction technique de l'ingénieur. Il se rendrait donc sur place, et moi avec lui.

Pour le transport des blocs, Hittorff estimait nécessaire de faire construire un ou deux navires. Vous oubliez le *Luxor,* lui fit-on remarquer. Après avoir transporté l'obélisque, ce bâtiment n'était-il pas tout désigné pour aller chercher le granit breton ? L'Administration, qui ne reculait devant aucune économie, en approuva aussitôt l'idée, et le commandant Verninac fut invité à diriger une nouvelle expédition. Fouchard serait du voyage. Il se documentait déjà sur les Bretonnes, voulant savoir si elles étaient beaucoup plus farouches que les Parisiennes.

Pour se rendre en Bretagne, le *Luxor* devait être libéré de son précieux chargement. Au début du mois d'août 1834, les eaux de la Seine ayant baissé et le navire étant à sec, on put procéder à cette opération. L'avant du bâtiment fut scié, comme en Haute-Égypte, mais cette fois pour en extraire le monolithe. On devait le glisser jusqu'à la hauteur du quai sur une cale en chêne construite par nos charpentiers. Le parapet fut démoli pour en permettre le passage.

Le 9 août, deux cent quarante artilleurs prirent position pour cette manœuvre. Sur un ordre de Lebas, le dispositif fut mis en activité. L'obélisque, toujours revêtu de sa protection en bois, avança par petits bonds sur la rampe et vint se placer sur la cale de glissement. Mais ce n'est que le lendemain après-midi, après plusieurs ajustements, qu'il atteignit sa destination.

Les badauds affluaient. J'imaginais leurs commentaires.

Mais quelle drôle d'érection !
L'obélisque de Louqsor
Est couché de tout son long
Comme un matelot qui dort

31

Dans une lettre, Clarisse me remercia de lui avoir confié mes doutes à propos de l'obélisque. Elle les comprenait, mais pensait que j'avais sans doute mieux à faire que de me tourmenter pour une opération déjà bien avancée et sur laquelle je n'avais aucune prise. « Moi-même, écrivait-elle, je me pose de plus en plus de questions sur le saint-simonisme, ou plus exactement sur la manière dont le mouvement a évolué. »

Nos relations épistolaires prenaient une autre dimension, qui m'enchantait. En réponse à sa lettre, je fis état de mon impulsivité, de mon goût pour la versification, de la charge de notaire que j'avais fuie… Je me confiais à elle comme je ne l'avais fait avec personne.

Chaque matin, Apollinaire Lebas parcourait le *Journal des débats,* en attendant de le lire calmement chez lui, dans la soirée.

– Tiens, une épidémie de peste s'est déclarée en Égypte, lança-t-il un jeudi d'un ton neutre.

– Quoi ! criai-je. Une épidémie de peste ?

L'effroi qui devait envahir mon visage l'amusa :

– On dirait que vous craignez la contagion, Le Guillou. Rassurez-vous, mon vieux, l'Égypte n'a pas bougé sur la carte : elle est toujours à trois mille kilomètres d'ici. Vous ne risquez pas d'être atteint par la peste.

Sans avoir le cœur de répondre, je pris le journal qu'il avait reposé sur la table. Un simple entrefilet indiquait que la plupart des résidents européens avaient déserté Alexandrie. Rien de précis n'était dit sur la capitale où régnait, semble-t-il, la plus grande confusion.

Dans la soirée, je me rendis chez Jeanne-Désirée Véret, la saint-simonienne de la rue du Caire, mais elle n'était même pas au courant de la survenue d'une épidémie. Elle promit de m'avertir si des informations lui parvenaient.

Les jours passaient. Je cherchais fébrilement à en savoir davantage à travers la presse, mais les communications avec l'Égypte étaient coupées.

Clarisse a la chance d'habiter chez un médecin, me disais-je pour me rassurer. Les épidémies atteignent les personnes les plus mal loties, celles qui vivent dans de mauvaises conditions sanitaires. À Louqsor, où le choléra avait tué sous nos yeux un sixième de la population locale, un seul membre de notre expédition en avait été victime. Je m'accrochais à cet argument, sans vraiment y croire. Le souvenir d'Ibrahim Pacha, fils de Méhémet-Ali, fuyant en Haute-Égypte, me revenait à l'esprit : même les hommes les plus puissants et les mieux protégés n'étaient pas à l'abri d'une épidémie. À Paris, au printemps 1832, le président du Conseil, Casimir Perier, n'avait-il pas été emporté par le choléra ?

J'étais effondré, et mon travail s'en ressentait. Apollinaire Lebas commença par me le reprocher vertement, mais la tension qui devait se lire sur mon visage l'alerta :

– On dirait que quelque chose vous tourmente, Le Guillou. Rassurez-moi : vous n'en êtes quand même pas à vous interroger encore sur la transplantation de l'obélisque ?

Je faillis lui répondre que l'obélisque était désormais le dernier de mes soucis, mais je me contentai de murmurer :

– Non, non… Je suis un peu fatigué en ce moment, mais cela va s'arranger.

32

Le Caire, 7 janvier 1835

En entendant le mot « peste », j'ai failli m'évanouir. Selon le docteur Dussap, plusieurs cas ont été signalés en ville. « Il s'agit bel et bien d'une épidémie, nous a-t-il dit au déjeuner, et elle risque d'être générale. » Le calme avec lequel il nous a annoncé cette nouvelle nous a sidérées, Suzanne et moi.

14 janvier 1835

Depuis hier, la peste a franchi les limites du quartier juif pour atteindre le Mouski. Certains Européens font leurs bagages, avec l'intention de quitter Le Caire. J'ai l'impression de revivre le cauchemar d'il y a trente-quatre mois à Paris quand le choléra s'était déclaré. Mais les indigènes de notre quartier n'ont pas l'air affolés. On dirait qu'ils sont résignés à la survenue régulière d'épidémies, avec une alternance de peste et de choléra.

Ce matin, curieusement, des gens jouaient à la balle dans la rue, le regard sérieux et concentré. J'en ai fait part au docteur Dussap qui m'a répondu en souriant : « C'est pour éloigner la peste : ils pensent que l'épidémie est apportée par des *affarit* qui voltigent dans les airs, et sont persuadés que ces démons redoutent les cercles faits par la balle au-dessus de leurs têtes. »

20 février 1835

Le pauvre Fourcade est mort de la peste, alors que Clot bey allait le nommer directeur de l'hôpital d'Abou Zaabal. Le mois dernier encore, il se disait persuadé que la Mère ne tarderait pas à se manifester ici, en Égypte…

En raison de l'épidémie, qui fait de plus en plus de victimes, plus personne ne travaille au barrage.

Le courrier est interrompu. Je n'ai pu confier à personne la lettre que j'avais écrite à Justin. Et je n'ai plus le plaisir, chaque matin au réveil, de me dire que j'en recevrai peut-être une de lui. Il doit s'inquiéter sur mon sort. J'aimerais tant le rassurer !

23 février 1835

Le Nil est couvert de barques et de canges. C'est un sauve-qui-peut général. Méhémet-Ali se serait retranché dans son palais de Choubra avec trois cents personnes de sa suite. Pour se protéger de la peste, les rares médecins restés à Alexandrie ne circulent avec leur monture que revêtus d'une toile cirée ; ils ne prennent le pouls du malade qu'à travers une feuille de tabac et les doigts imprégnés d'huile. Ces mesures paraissent ridicules à Clot bey, qui affirme que la peste se transmet par l'air et non par un contact avec des pestiférés. Le docteur Dussap, lui aussi, visite tous les malades, s'assoit sur les lits, les nattes ou les haillons, sans prendre aucune précaution. Il nous a dit : « Ne vous inquiétez pas, la peste a peur de moi. C'est la douzième fois que nous nous trouvons en présence, soit ici, soit à Constantinople, et j'en ai toujours été vainqueur ! »

27 février 1835

Imitant les consuls européens, qui sont allés se réfugier en Haute-Égypte, le Père Enfantin s'est embarqué avec Lambert et des domestiques. « Viens donc avec nous, chère fille, a-t-il dit à Suzanne. Il y a une place pour toi dans notre barque. » Mais elle était résolue à rester au Caire. La proposition ne m'a pas été faite, et je l'aurais d'ailleurs refusée.

1er mars 1835

Les Européens se claquemurent dans une stricte quarantaine. Leurs domestiques indigènes leur font parvenir des vivres qu'ils hissent par une corde préalablement trempée dans de l'eau, à travers une croisée. Les pères franciscains continuent à célébrer la messe, mais ne communiquent plus avec les fidèles et administrent la communion au moyen de pincettes en argent d'une longueur de trois pieds.

Aurais-je été capable de vivre au Caire, en pleine épidémie de peste, si je n'avais pas retrouvé une famille ? Le bon docteur Dussap est un père pour moi. Hanem est ma petite sœur et Arif mon petit frère. Sans compter Suzanne, mon aînée…

2 mars 1835

Le nombre des morts augmente chaque jour. De tous côtés, on entend les cris stridents des pleureuses publiques. Assises par terre, près du corps du défunt, elles se couvrent la tête de cendre et déchirent leurs vêtements. Mais pas de panique en ville. « Quand la maladie se déclare, explique le docteur Dussap, le musulman se soumet aux décrets de la Providence ; il reconnaît la main de Dieu et se tait. Il continue ses activités, sans renoncer à voir parents et amis. »

4 mars 1835

La maison accueille en permanence deux ou trois pestiférés. Le soir, pour nous détendre et oublier tous les malheurs rencontrés dans la journée, nous faisons les fous jusqu'à minuit, dans le grand salon du docteur. Hanem apprend à danser et nous l'entraînons dans nos galops. Lamy raconte des histoires, Maréchal déclame des vers et Gondret chante des morceaux d'opéra. Il ne manque que le piano de Félicien David, qui aurait fait merveille.

6 mars 1835

Le docteur Dussap nous a amené hier une négresse sur le point d'accoucher. « Je vous la confie, a-t-il dit, vous saurez vous en occuper. » Suzanne était aussi inquiète que moi, mais, dans la soirée, un petit garçon est né sans encombre. Soulagées, débordantes de fierté, nous avons bu à la santé de la mère et de l'enfant. Ce matin, nous avons appris, bouleversées, que la femme était atteinte de la peste et allait probablement en mourir.

12 mars 1835

Suzanne me lit une lettre du Père Enfantin qui séjourne dans la grande oasis du Fayoum. Il affirme que le voyage lui fait du bien et qu'il passe son temps à « visiter, lire, écrire et chasser ». Compte tenu des drames que l'on vit ici, je trouve cela indécent.

13 mars 1835

Visite inattendue de Boutros Touta, pourtant très pris à l'hôpital d'Abou Zaabal. Je pensais qu'il cherchait le docteur Dussap qui le connaît et l'estime comme médecin. « C'est vous que je venais voir, m'a-t-il dit en rougissant. Je voulais m'assurer que vous alliez bien. » J'ai eu l'impression de rougir à mon tour, même si c'est un autre homme, aujourd'hui en France, qui occupe mon cœur et mon esprit.

15 mars 1835

Hanem s'était mise au lit, hier, avec une sensation de grand froid, après avoir été saisie de vomissements. Le docteur Dussap n'avait pas l'air inquiet pour sa fille, mais en l'examinant ce matin, il m'a paru bien préoccupé. J'ai passé beaucoup de temps au chevet de Hanem aujourd'hui. Son état de prostration s'accompagne de délires au cours desquels elle ne cesse de répéter « oui » en arabe *(aioua, aioua)*.

16 mars 1835

C'est terrible, mais ma petite Hanem a l'air de souffrir des symptômes de la peste : douleurs à l'épigastre, chaleur anormale du ventre, nausées, transpiration abondante, pouls élevé, constipation. Le laxatif qu'on lui a donné n'a été d'aucun effet. Le docteur Dussap est revenu l'examiner plusieurs fois au cours de la journée. Il m'a demandé successivement de lui préparer des infusions de camomille, de lui appliquer quarante sangsues derrière les oreilles et de lui poser des cataplasmes sur le bas-ventre. Je l'ai fait, au bord des larmes.

17 mars 1835

L'état de Hanem ne s'améliore pas. Tantôt abattue, la tête sur l'oreiller, les paupières closes, tantôt dans une grande agitation, elle répète *aioua, aioua,* sans que l'on sache pourquoi. Elle respire difficilement, cherche brusquement à s'asseoir. Elle nous regarde avec des yeux fixes, brillants et menaçants. Ce soir, elle accusait une douleur dans le creux de l'aisselle gauche. Laissant Suzanne à son chevet, je me suis réfugiée dans une autre pièce pour pleurer.

18 mars 1835

Hanem se porte beaucoup mieux. Le délire et les mouvements convulsifs ont cessé. Sa fièvre a baissé, et ses douleurs abdominales sont nettement moins fortes. Le docteur Dussap rentrait d'une consultation à l'extérieur. Sans lui laisser le temps de comprendre, je me suis jetée dans ses bras pour fêter cette amélioration inattendue.

23 mars 1835

Je rouvre péniblement ce cahier dans lequel j'aurais été incapable d'écrire le moindre mot au cours des derniers jours.

Mardi, à midi, j'étais au chevet de Hanem. Les piqûres de sangsues avaient coulé abondamment, sans faire diminuer la douleur. Sa peau était froide, le pouls intermittent. Les mains tremblantes – je ne l'avais jamais vu ainsi –, le docteur Dussap a appliqué vingt sangsues sur le bubon de l'aisselle, et des cataplasmes émollients par-dessus. Mais les symptômes morbides n'ont fait qu'augmenter.

Notre petite Hanem s'est éteinte à 6 heures du soir. Jamais je n'oublierai le cri terrible qu'a poussé son père ! Muette de douleur, je ne pouvais rien pour lui. Des pleureuses, alertées par Dieu sait qui, se sont présentées à la maison dès 7 heures. Arif les a chassées.

Avant-hier, Hanem a été enterrée près de sa mère. Suzanne et moi encadrions le bon docteur, craignant qu'il ne s'effondre. Pendant cette brève cérémonie, il a fait preuve d'une grande dignité. Cependant, il n'est plus le même.

1er mai 1835

De Karnak, le Père Enfantin écrit à Suzanne : « Je me suis rasé le crâne et porte le tarbouche. Je suis bien, prenant du soleil à force, vivant en fellah et durcissant mon corps à la fatigue par de longues marches. » Il boit du lait, mange le produit de sa chasse et apprend l'arabe. Je trouve Suzanne bien indulgente à l'égard de celui qu'elle appelle affectueusement « notre grand ami ». Si j'avais reçu une telle lettre, j'y aurais répondu avec violence. J'aurais traité ce touriste de lâche et d'égoïste. Il n'a même pas le sens du ridicule. Se rend-il compte des drames que vivent les gens ici ?

2 mai 1835

Alric a été emporté à son tour par cette maudite épidémie. Agarithe Caussidère l'a assisté jusqu'à son dernier soupir.

Tous les infirmiers de l'hôpital d'Abou Zaabal sont décédés successivement et ont dû être remplacés. Clot bey et quelques autres médecins français s'évertuent pourtant à démontrer que la peste n'est pas contagieuse. Ils ne se sont pas contentés de l'inoculer à des chiens, à des chevaux et à des condamnés : le docteur Bulard a revêtu la chemise d'un pestiféré et l'a gardée sur la peau pendant quarante-huit heures. Pour sa part, Clot bey a pris du sang de ce même malade et s'est fait six piqûres, à l'aine et à l'avant-bras. Quatre jours plus tard, il s'est inoculé du pus de bubon, sans éprouver aucun symptôme de la maladie. Un procès-verbal en a été dressé en présence d'une demi-douzaine de témoins.

Je ne sais trop qu'en penser. Ces médecins dont on a tant besoin en ce moment doivent-ils prendre de tels risques ? Leurs actes courageux frisent la vantardise. Des femmes n'auraient pas agi ainsi. J'aurais tant aimé en parler avec Justin !

4 mai 1835

Les cortèges funèbres sont de plus en plus nombreux et passent désormais à toute allure. Des hommes courent vers le cimetière, portant le mort sur leurs épaules. Les femmes ont du mal à suivre.

5 mai 1835

Infinie tristesse. Le docteur Dussap a suivi sa femme et sa fille au tombeau. Les soins les plus tendres et les plus assidus lui ont été prodigués par ses amis qui se sont tenus à ses côtés jusqu'au dernier moment. Nous étions tous en larmes.

Je me suis revue à Landerneau après le funeste incendie… J'ai perdu une nouvelle fois ma famille. Mon seul réconfort est de lire et de relire les dernières lettres de Justin qui m'étaient parvenues avant l'épidémie.

Venu présenter ses condoléances à Arif, le docteur Boutros Touta m'a prise à part et, surmontant sa timidité, m'a demandé avec une brusquerie qui ne lui ressemble pas : « Accepteriez-vous de devenir ma femme ? » Interloquée, je lui ai répondu que ce n'était ni le moment ni le lieu de parler d'une telle chose. Puis, gênée pour lui, j'ai ajouté : « Ne m'en voulez pas, mais je suis déjà fiancée. » Il s'est excusé d'une voix triste.

Nous allons déménager et nous séparer, Suzanne et moi. Le logement (terrasse comprise) que veut bien me louer une famille copte du Mouski me reviendra à vingt-cinq piastres par lune.

15 mai 1835

Je repense à ce bref échange avec le docteur Touta. La phrase m'a échappé, mais ai-je vraiment menti en lui disant que j'étais fiancée ? Les confidences de Justin dans la dernière lettre reçue de lui, ces confidences qui m'ont tant touchée n'étaient-elles pas la plus belle des déclarations ?

16 juin 1835

Lettre du Père Enfantin à Suzanne : « Qu'il t'a fallu de courage, chère fille, pour traverser ces trois mois effrayants ! Dieu a frappé durement notre petite famille ; pendant ce temps, j'ignore le mystère que recouvre sa sévérité ; mais s'il l'a déployée pour faire briller le courage des femmes qui, les premières, l'ont salué au nom de la Mère, je le bénis en toi. »

Suzanne m'en fait part avec émotion. Je ne vois pas ce qu'il y a d'émouvant dans les propos déplacés d'Enfantin, lui ai-je dit avec humeur.

24 juillet 1835

L'épidémie est terminée, mais après quels ravages ! Le bilan est effrayant : quelque trente-cinq mille personnes seraient mortes de la peste dans la seule ville du Caire.

2 août 1835

Les boutiques du bazar dont les propriétaires ont survécu rouvrent l'une après l'autre. Le jardin Rosetti, qui était déserté depuis des semaines, a repris son animation. Des gens qui ne se connaissaient pas se saluent, soulagés d'avoir échappé au fléau. Je m'y rends en début de soirée quand la chaleur du jour cède la place à une légère brise. Je hume l'air avec délice, comme une détenue sortie de prison.

J'ai hâte que le courrier avec la France soit rétabli. Comme Justin doit s'inquiéter !

6 août 1835

Suzanne m'a fait part d'une lettre d'Enfantin à Charles Lambert. Il est toujours en vacances à Thèbes et demande qu'on lui envoie du sucre, du café, du tabac et de la poudre. Il ne connaît pas la suite de son programme. « J'ai ouvert mes voiles sans regarder d'où le vent souffle, dût le *khamsin* les enfler et les trouer, écrit-il. Que la barque marche où Dieu la pousse ! Peut-être irai-je en Syrie. Je ne sais rien de rien. *Allah kérim !* Pendant quelque temps, je vais m'amuser, voir du pays, bambocher, batifoler avec la Barbarine, la Bédouine, la Noire et l'Abyssinienne… »

En entendant ces mots dans la bouche de Suzanne, j'ai crié mon dégoût. Elle a murmuré : « Tu n'aimes pas assez le Père. » Je lui ai répondu : « C'est le Père qui n'aime pas assez sa grande fille, l'humanité souffrante ! D'ailleurs, je ne l'appellerai plus jamais Père. »

33

Elle était saine et sauve ! Apollinaire Lebas, stupéfait, me voyait esquisser des pas de danse. Après des semaines d'angoisse, je revivais.

Une autre Clarisse Tallec s'exprimait dans ses lettres : plus directe, plus joyeuse, c'était une rescapée qui reprenait goût à la vie. Je ne savais pas comment elle s'était comportée pendant cette épidémie de peste. Elle m'en disait peu de choses, mais le drame qu'elle venait de vivre semblait l'avoir libérée des convenances. Elle me tutoyait, m'appelait « Justin » et signait « Clarisse », ce qui m'enchantait.

Nous nous écrivions une fois par semaine. Je lui envoyai de temps en temps une ou deux strophes de ma composition qui l'amusaient. Nos lettres prenaient une allure de plus en plus intime. Clarisse m'avait fait part des sentiments que lui portait le frère de Sélim Touta, et je redoutais qu'elle succombe au charme de cet Oriental.

Je suivais pas à pas ses progrès en matière médicale, mais aussi ses craintes et ses déconvenues, car les soins dispensés aux femmes se heurtaient au Caire à bien des obstacles.

Nous allions malheureusement devoir interrompre nos échanges épistolaires : je devais partir en Bretagne pour aller chercher les blocs de granit nécessaires à la construction du piédestal, sans savoir combien de temps le *Luxor* mettrait pour arriver à destination. Et, sur place, l'acheminement du courrier risquait d'être compliqué.

Ce mois de juillet 1835, une seconde expédition commençait donc, pour une durée indéterminée. Le navire, remâté après avoir été libéré de l'obélisque, descendait la Seine.

Arrivés sans encombre à Rouen, nous apprîmes que Louis-Philippe avait failli être assassiné dans la capitale alors qu'il se rendait à la Bastille pour passer en revue la Garde nationale. Au moment où il parcourait le boulevard du Temple avec sa suite, une machine infernale s'était déclenchée : vingt-cinq fusils attachés ensemble et posés sur le rebord d'une fenêtre avaient atteint simultanément le cortège, tuant dix-huit personnes, dont le maréchal Mortier, et blessant une quarantaine d'autres. Le roi lui-même l'avait échappé de peu, s'en tirant avec une éraflure au front. Le pantalon en casimir blanc de son ministre de l'Intérieur, Adolphe Thiers, était rougi du sang du maréchal. Les auteurs présumés de l'attentat, des républicains, avaient été arrêtés.

– Et dire que la personne auguste du souverain se trouvait sur notre bateau il y a sept mois à peine ! s'exclama Verninac en évoquant la visite de Louis-Philippe.

Pour cette nouvelle expédition, le *Luxor* devait retrouver le *Sphinx*. Mais le navire à vapeur, pris par une autre mission, n'était pas au rendez-vous. Il fallut l'attendre. Je pus poster une lettre à Clarisse, mais sans pouvoir lui indiquer une adresse pour m'écrire.

Le *Sphinx* finit par arriver et nous remorqua en mer jusqu'au port de l'Aber-Ildut. Comparée à notre traversée de la Méditerranée, ce fut une promenade de santé.

François-Prosper Guiastrennec, l'architecte qui exploitait les carrières de granit, appartenait à une riche famille d'armateurs de Landerneau. Mon patronyme ne lui était pas étranger : dès le lendemain de notre arrivée, il prit l'habitude de m'appeler « mon cher compatriote », ce qui énervait Apollinaire Lebas, avec lequel il allait être en conflit permanent.

– Allez donc dire à votre cher compatriote que je l'attends depuis une demi-heure et que je commence à m'impatienter, me lançait Lebas.

– Pourriez-vous suggérer à l'ingénieur de ne pas donner d'instructions aux ouvriers ? me demandait l'autre. Que je sache, il n'est ni le propriétaire de la carrière ni le chef du chantier !

Le cahier des charges fixait à Guiastrennec une date limite pour livrer les blocs. Il pria le recteur de Prospoder d'autoriser une trentaine de ses paroissiens, qu'il employait, à travailler le dimanche. L'affaire remonta jusqu'à l'évêque. Lequel y consentit, à condition que les ouvriers assistent à la messe en début de matinée. Ils n'étaient vraiment pas gâtés !

Jolis dimanches de Prospoder
Moitié travail, moitié prière !
C'est le chantier et c'est la Cène
Vous récoltez une double peine

À l'Aber-Ildut, comme à Louqsor et à Paris, Apollinaire Lebas dut construire une cale d'échouage pour le *Luxor,* puis aménager un chemin de halage. Il passait une grande partie de ses journées sur les chantiers, observant et contrôlant le dégagement des blocs.

Tout cela exigerait des mois de travail. Je commençais à m'ennuyer et n'avais aucune envie de participer aux chasses à la femme de Fouchard que les coiffes bretonnes excitaient particulièrement. J'avais hâte de rentrer à Paris, mais le chantier ne cessait d'être retardé par divers incidents. Cela ne contribuait pas à améliorer les relations entre Lebas et Guiastrennec.

– Expliquez donc à l'ingénieur que l'on extrait ici du granit depuis des générations. Il ne va quand même pas nous apprendre notre métier !

– Je vous parle, Le Guillou ! Seriez-vous devenu sourd ? Allez donc dire à votre compatriote…

Une seule lettre de Clarisse m'était parvenue à l'Aber-Ildut, un mois après notre arrivée. Puis, plus rien. Je ne m'inquiétais pas outre mesure, sachant que le courrier était fortement perturbé : depuis des semaines, aucun membre de l'expédition ne recevait des nouvelles de sa famille. Mais l'absence de cette écriture – droite, harmonieuse, arrondie – que je découvrais chaque fois avec la même émotion m'était de plus en plus douloureuse.

À défaut de lire Clarisse, j'avais besoin de parler d'elle avec quelqu'un. Son amie Adèle Guégan habitait à Ploudaniel, distante d'une quarantaine de kilomètres de l'Aber-Ildut. Prétextant une visite à Landerneau pour m'enquérir de l'état de santé de mon père, j'arrachai une journée de congé à l'ingénieur. Guiastrennec consentit à me prêter un cheval, et je partis au galop en direction de l'est.

Rien n'avait changé dans la maison de l'apothicaire de Ploudaniel où je m'étais rendu deux ans plus tôt.

C'est la même bonne qui vint m'ouvrir et m'annonça à sa maîtresse. Celle-ci arriva, comme la fois précédente, accompagnée de ses deux enfants qui avaient naturellement grandi.

– Quelle surprise ! fit Adèle Guégan, visiblement ravie de me voir.

Elle ne devait pas avoir l'occasion d'être bousculée dans sa vie que j'imaginais bien monotone, en tout cas beaucoup moins aventureuse que celle de son ancienne camarade de classe…

Je lui expliquai la raison de ma présence en Bretagne. Elle ne savait pas où se trouvait l'Aber-Ildut et n'en avait d'ailleurs jamais entendu parler.

– Vous comptez beaucoup pour Clarisse, me dit-elle au cours de notre conversation, et j'en fus très ému.

Elle ajouta :

– Je vous en prie, ne la décevez pas. Clarisse a tellement souffert ces dernières années, entre la mort tragique de sa famille et les malheurs qui l'attendaient à Paris ! Sans oublier les déceptions que lui a données le saint-simonisme après un grand moment d'enthousiasme…

Je lui demandai si elle avait eu des nouvelles de son amie, en précisant que j'en étais privé depuis deux mois.

– Oh, vous savez, me répondit-elle, Clarisse m'écrit peu. Elle est très occupée. Mais j'ai quand même reçu une lettre d'elle il y a trois semaines, la première depuis longtemps.

– Il y a trois semaines ! m'écriai-je. Vous avez de la chance. Serait-il très indiscret de vous demander…

– Oh, je peux vous la montrer.

Et elle alla ouvrir le tiroir d'un secrétaire qui se trouvait dans un coin du salon.

La lettre était datée du 1er septembre 1835, c'est-à-dire deux mois après mon arrivée à l'Aber-Ildut. Clarisse annonçait à son amie qu'elle commençait au Caire une formation de sage-femme en bonne et due forme, mais ne donnait aucun détail. Visiblement, cette nouvelle étape l'enthousiasmait, et j'en étais ravi, quoique jaloux de ne pas l'avoir su le premier. Mais elle devait certainement m'en avoir dit beaucoup plus dans un courrier qui devait être bloqué quelque part entre Le Caire, Paris et l'Aber-Ildut.

Clarisse racontait dans sa lettre :

J'ai fait la connaissance d'une juive du Caire du même âge que moi, Esther Curiel. Elle m'a emmenée la semaine dernière dans un établissement de bains, réservée pour la journée par un groupe de dames. Les recluses des harems n'ont ici ni surveillants ni maîtres : elles viennent se rencontrer, étaler leurs charmes et leurs parures, dans une joyeuse récréation.

En rez-de-chaussée, une enfilade de salles, de plus en plus chaudes. Nous nous dépouillons de nos vêtements dans un vestiaire, puis passons sous des espèces de jets où les fellahas attachées à l'établissement nous aspergent tout le corps. La dernière pièce est une véritable étuve. En son milieu se trouve une vaste piscine de marbre où l'eau se renouvelle sans cesse. Les habituées s'y plongent avec délices pendant quelques minutes. Je les ai suivies, contrairement à Esther, et ne l'ai pas regretté.

Retournées dans une autre pièce, nous nous sommes couchées sur d'épaisses nattes de jonc pour confier nos corps aux masseuses. Avec une grande habileté, elles assouplissent les membres, les pressent, les plient, en font craquer les jointures. Voix rieuses et caressantes.

Elles me complimentent sur la blancheur de ma peau (abiad kétir !) et embrassent mes épaules avec une insistance gênante.

Nous gagnons la salle de repos. Air frais, délicieux. Ces dames bavardent bruyamment, en dégustant des pâtisseries, des friandises et des sorbets apportés par les servantes. Elles m'interrogent sur Paris, et gloussent en entendant mes réponses, traduites par Esther. Après force café, elles se font épiler tout le corps avec une sorte de pâte brûlante. Petits cris, fous rires. Elles se remaquillent, repeignent les ongles de leurs mains et de leurs pieds avec du henné, puis se recoiffent longuement, refaisant leurs mille nattes entremêlées de pièces d'or, pour plaire à leur seigneur et maître.

Il est déjà 5 heures de l'après-midi quand nous quittons l'établissement, le corps reposé et la tête pleine d'images.

Moi aussi, j'aurais la tête pleine d'images, sur le chemin du retour, en galopant vers l'Aber-Ildut…

Sur le chantier, le travail avançait, mais le polissage des blocs de granit exigeait beaucoup d'énergie et de temps. Les ouvriers commençaient par éliminer les aspérités de la pierre en la frottant avec du sable de grès, et c'est ensuite qu'un émeri très fin lui donnait tout son brillant.

Le dé, la corniche et l'acrotère du piédestal provenaient de la même roche. En revanche, le socle et la base étaient extraits de deux autres carrières, à environ deux kilomètres de là. Pour les haler jusqu'au port, à la faveur de la grande marée d'équinoxe, Lebas avait mis au point un dispositif fait de palans et de rouleaux en bois. Mais une mer agitée rendit l'opération plus difficile que prévu.

Restait encore à embarquer cette lourde cargaison à bord du navire. L'avant du bâtiment avait été scié, comme à Louqsor. Cent vingt hommes furent affectés à la manœuvre, sur un terrain mouvant, que la marée submergeait deux fois par jour. Le dé fut particulièrement pénible à déplacer, en raison de ses cent tonnes. Il finit quand même par rejoindre les quatre autres blocs dans la cale, à l'endroit qu'avait occupé l'obélisque.

L'avant du bateau fut rétabli. Quelques jours plus tard, le *Luxor* flottait avec son chargement dans la rade de l'Aber-Ildut. Mais le *Sphinx* ne refit son apparition que le mois suivant, cheminées fumantes, pour nous remorquer jusqu'au Havre. Là, un autre navire à vapeur, tirant moins d'eau, se substitua à lui pour nous faire entrer dans le fleuve.

La remontée de la Seine, pourtant plus facile que celle du Nil, n'allait pas être une partie de plaisir. Le *Luxor* dut d'abord franchir la barre dangereuse qui obstrue le fleuve jusqu'à Quillebœuf en empruntant toute une série de circuits et de détours. Il fallut ensuite le démâter et raser ses bastingages pour lui permettre de s'engager sous les ponts. Seize chevaux de halage étaient prévus, mais la rapidité du courant obligerait à en doubler le nombre.

Chaque passage sous les arches de la Seine était un problème, les maîtres de pont ne voulant pas en prendre la responsabilité. Verninac, en colère, était contraint de leur fournir un ordre écrit. Il en avait tiré tout un plan pour améliorer la navigation sur la Seine.

– Au lieu de construire un chemin de fer entre Paris et Rouen, entreprise incertaine et horriblement coûteuse, s'exclamait-il, on ferait mieux de perfectionner la voie que nous a donnée la nature !

Lebas ne relevait pas. Il était très attiré, lui, par les machines à vapeur et comptait bien sur celle que nous avions commandée pour ériger l'obélisque.

Nous arrivâmes à Paris le 15 décembre 1835. Notre expédition bretonne avait duré six mois. Cinq lettres de Clarisse m'attendaient.

34

Nous avions réglé le problème du piédestal, mais la pointe de l'obélisque faisait maintenant débat. Fallait-il laisser tel quel ce pyramidion dont les imperfections contrastaient avec la remarquable finition du fût ? Nous nous étions déjà posé la question à Louqsor. L'architecte de la place de la Concorde, Jacques Ignace Hittorff, voulait surmonter le monolithe d'une étoile, comme on l'avait fait pour le simulacre soumis aux Parisiens en 1833. Une telle décoration relativiserait, selon lui, l'état de dégradation du pyramidion tout en « attirant l'œil de façon agréable ».

Apollinaire Lebas était indigné par cette idée saugrenue qui dénaturerait un monument pharaonique.

– Tant qu'à faire, autant flanquer l'obélisque d'un croissant ! lançai-je. Cela doterait Paris d'un minaret.

L'ingénieur eut un sourire, tandis que l'architecte me décocha un regard furieux.

Sa proposition ne fut heureusement pas retenue par les autorités. Lui-même changea d'avis et se prononça plutôt pour une coiffe en bronze doré.

– L'obélisque, affirmait-il, retrouvera ainsi sa forme d'origine, puisque les monuments de ce genre étaient surmontés de capuchons étincelants, comme l'indiquent plusieurs auteurs de l'Antiquité.

Cela restait à démontrer. Le frère aîné de Champollion, que Lebas avait consulté, n'y croyait pas. Rien ne prouvait que les obélisques étaient chapeautés d'une coiffe métallique. Certains, en tout cas, ne l'étaient pas, puisque leur pyramidion de granit était bien fini, poli sur toutes ses faces et couvert de hiéroglyphes. Quant aux dorures décrites par des auteurs de l'Antiquité, elles n'étaient pas forcément le fait des Égyptiens eux-mêmes, mais des Grecs ou des Romains, qui auraient habillé ces monuments à leur façon.

Cependant Hittorff insistait.

– La dégradation du pyramidion, nous expliqua-t-il, ne peut pas être attribuée à l'action du temps : le granit d'Assouan résiste très bien aux éléments naturels. Cette dégradation ne saurait être non plus la conséquence d'un acte de vandalisme : si on avait voulu s'attaquer à l'obélisque, on aurait commencé par marteler les hiéroglyphes gravés sur ses faces. Or, ils sont intacts. Tout indique que le pyramidion était ainsi à l'origine, et qu'on l'avait laissé en l'état puisqu'il devait être revêtu d'un capuchon métallique. Je ne peux pas croire que les artisans de Ramsès II auraient exposé à l'entrée du temple de Louqsor un obélisque imparfait, en se contentant de dégrossir sa pointe au pic.

Ce débat, qui causait beaucoup de mauvais sang à l'ingénieur, m'avait d'abord amusé.

C'est urgent, je vous assure
L'obélisque est menacé
Donnons-lui une coiffure
Un turban ou un bonnet
Tête nue dans cette froidure
Il risque de s'enrhumer

Mais, au fil des jours, je me passionnais pour l'affaire. C'était notre obélisque, après tout ! Il n'appartenait pas à M. Hittorff, cet ouvrier de la onzième heure, de le décorer à sa façon.

L'architecte dégaina un ultime argument, susceptible de convaincre les autorités :

– L'obélisque doit participer à l'embellissement du lieu. La place de la Concorde n'a pas besoin d'un objet de curiosité, à l'air mutilé, mais d'un monument complet, en harmonie avec ce qui l'entoure. Un pyramidion en bronze doré, dont les surfaces brilleront de tout leur éclat, se mariera bien avec les boules et les chapiteaux des vingt colonnes rostrales que j'ai proposé d'installer sur ce qui sera la plus belle place de Paris, sinon du monde.

Le Conseil des Bâtiments civils était perplexe. Après avoir consulté plusieurs spécialistes, et changé d'avis plusieurs fois, il décida que le pyramidion serait simplement recouvert d'un mastic auquel on donnerait la couleur du granit.

Hittorff protesta, tempêta, affirmant que l'enduit ne tiendrait pas, que les pluies et les gelées en feraient prompte justice, mais l'affaire en resta là, pour le moment en tout cas.

35

Nos messages se croisaient, mettant des semaines à arriver. Je disais à Clarisse qu'elle me manquait et l'incitais à rentrer en France. « Sinon, je serais obligé de venir te chercher », avais-je écrit dans un moment d'allégresse.

Recevoir une lettre d'elle me rendait heureux pendant des jours. J'avais la tête ailleurs, et l'ingénieur le constatait avec agacement :

– Je vous parle, Le Guillou !

Il s'arrangeait alors pour me confier une tâche qui exigeait une grande attention et devait m'absorber complètement. C'étaient tantôt des mesures à prendre, qu'il fallait vérifier ensuite, deux, trois ou quatre fois ; tantôt des inventaires à établir ou des notes documentaires à rédiger pour son futur ouvrage.

Le commandant Verninac avait publié aux éditions Arthus Bertrand un récit de l'expédition, intitulé *Voyage du Luxor en Égypte, entrepris par ordre du Roi, pour transporter, de Thèbes à Paris, l'un des obélisques de Sésostris*. Même le titre de son livre devait être emphatique… Le *Journal des débats* lui avait consacré un article élogieux. Je soupçonnais l'ingénieur d'en être jaloux, quoique ce quotidien, qu'il lisait religieusement chaque jour, n'avait pas manqué, à plusieurs reprises, de rendre hommage à son propre rôle dans l'opération, qui n'était d'ailleurs pas terminée. Le livre qu'il envisageait lui-même de publier, le moment venu, serait beaucoup plus détaillé, avec des schémas à l'appui.

– J'ai un travail à vous confier, Le Guillou, me dit-il un matin.

Cela concernait un sujet qui l'obsédait et auquel il comptait consacrer un long chapitre : les obélisques égyptiens érigés à Rome au Ier siècle de notre ère.

– Un travail de Romain, grommelait Lebas. À l'époque, on ne lésinait pas sur les moyens.

Pour se procurer un obélisque dans la vallée du Nil, Caius César avait fait construire une galère géante dont la cale contenait, en contrepoids, cent vingt mille boisseaux de lentilles. Plusieurs obélisques avaient été dressés en guise de trophées dans la capitale de l'Empire, devant des temples, des mausolées ou des cirques. Mais, délaissés au Moyen Âge, victimes des barbares ou des séismes, ils s'étaient écroulés. Les papes de la Renaissance décidèrent de les exhumer pour en faire les symboles de la victoire de la religion sur le paganisme. Restaurés, purifiés par le baptême et flanqués d'une croix, ils s'intégreraient dans le nouvel urbanisme de la Ville éternelle.

Lebas s'intéressait aux immenses difficultés rencontrées par les architectes du XVIe siècle pour réédifier ces monolithes sur les places de Rome.

– Nous essaierons de faire mieux qu'eux, avec beaucoup moins de monde, répétait-il comme pour se rassurer.

Ce matin-là, il me lança :

– Vous ne connaissez rien à la physique, Le Guillou, et je désespère de vous apprendre quoi que ce soit dans ce domaine. Mais vous allez peut-être pouvoir me résumer le livre suivant.

Il me tendit un ouvrage volumineux :

– On ignore comment les Égyptiens avaient réussi à ériger leurs obélisques. Champollion n'a trouvé aucun texte susceptible de nous éclairer à ce sujet. On ne sait pas davantage comment les Romains s'y étaient pris, à leur tour, pour remonter à Rome ces monolithes. En revanche, on possède le témoignage d'un grand architecte de la Renaissance, Dominique Fontana, qui avait érigé l'obélisque de la place Saint-Pierre en 1586. Vous allez lire ce texte et me le résumer, sans vous appesantir sur les aspects techniques dont je m'occuperai moi-même par la suite.

Je ne me rendais pas compte de l'ampleur de la tâche : le nommé Fontana avait rempli des centaines de pages, sans omettre le moindre détail. Toute une forêt semblait avoir été rasée pour lui fournir les échafaudages nécessaires, et un nombre incalculable d'hommes et de chevaux avait participé à l'érection du monument. Dans son récit, Fontana ne nous faisait grâce ni d'un boulon abîmé ni d'une clavette brisée.

– Votre texte est passable, Le Guillou, marmonna Lebas deux semaines plus tard après avoir pris connaissance de mon travail. Vous auriez pu être plus précis.

Dans son futur ouvrage sur l'obélisque de Louqsor, il voulait tordre le cou à une légende selon laquelle la manœuvre de Fontana faillit échouer lorsque le monolithe arriva à une certaine hauteur. On racontait en effet que les câbles s'étaient distendus sous le poids énorme qu'ils avaient à supporter. Un ouvrier, pris d'une soudaine inspiration, aurait alors crié : « Mouillez les cordages ! », et, grâce à ce conseil judicieux, le célèbre architecte italien aurait évité la catastrophe. En récompense de son heureuse initiative, le pape aurait accordé à cet ouvrier le privilège exclusif et héréditaire de vendre des rameaux le premier dimanche avant Pâques.

– Balivernes ! me dit l'ingénieur. Une corde trop tendue finit par se briser : toute l'eau du Tibre n'aurait pas suffi à empêcher les fils de chanvre de casser l'un après l'autre. Fontana connaissait son métier. Jamais il n'aurait donné l'ordre de mouiller les cordages, sachant que cela n'aurait fait que hâter leur rupture. Voyez-vous, Le Guillou, il y a toujours des ignorants qui colportent des âneries.

36

Le Caire, 13 septembre 1835

Sonneral, croisé au Mouski, est bien amer. Il a fait semblant de s'étonner en me regardant : « Ah bon, vous n'êtes pas enceinte ? Vous ne vous êtes pas, vous aussi, réfugiée dans la maternité ? Toutes les femmes de la doctrine ont le ventre plein. »

Sans le savoir, il m'a rendu un grand service. Cette remarque grossière m'a fait prendre conscience à quel point je suis attirée par la maternité. Ne pourrais-je pas suivre une formation dans l'école de sages-femmes que le docteur Clot bey a discrètement créée avec l'accord du pacha ?

20 septembre 1835

C'est un grand jour ! Le docteur Clot bey veut bien m'admettre comme stagiaire à l'école de sages-femmes, pour une durée indéterminée. Je commence demain.

Il m'a expliqué à quel point la prise en charge médicale des femmes était compliquée dans ce pays. Le médecin français s'est attaqué à un véritable tabou. Mariées parfois à l'âge de douze ou treize ans, la plupart des Égyptiennes sont livrées à des matrones qui pratiquent plus d'avortements que d'accouchements.

Nombre d'entre elles meurent de maladies vénériennes parce que leurs époux refusent de les faire examiner par des médecins. Dans un premier temps, le docteur Clot avait acheté des esclaves pour leur apprendre le métier de sages-femmes. Le succès de cette entreprise a conduit ensuite le médecin, avec l'accord des autorités, à former secrètement des jeunes filles arabes. Les pensionnaires sont gardées par des eunuques, et les cours dispensés par une Française diplômée de la Maternité de Paris.

30 janvier 1836

Suzanne m'apprend qu'elle attend un enfant de Charles Lambert. Son accouchement est prévu en mai. Je l'ai félicitée aussi chaleureusement que possible, mais cela ravivait trop de souffrances dans mon cœur.

5 mars 1836

Depuis son retour au Caire, Enfantin est très critique envers Méhémet-Ali. Je repense à ce fauteuil vide qu'il faisait installer à côté de lui. Le Père, en attente de la Mère… Les prophètes parlent seuls, et parfois pour ne rien dire. Le Père et la Mère, l'Occident et l'Orient… Toujours cette dualité, ce monde en noir et blanc.

Il y avait bien une voix intérieure qui protestait en moi, mais je m'empressais de la faire taire. Comment ai-je pu me laisser entraîner aussi loin ? Comment des gens bien plus forts que moi, ces médecins, ces polytechniciens, ont-ils pu s'aveugler à ce point ?

Quel gâchis ! Saint-Simon avait fondé une école, pas une Église.

19 mai 1836

Suzanne a mis au monde un garçon, qu'elle a prénommé Alfred Charles Prosper. Elle compte le déclarer au consulat sous son nom de jeune fille, Monnier. La layette que j'avais brodée pour son nouveau-né, avec de petits palmiers au point de croix, l'a beaucoup touchée. Cet ouvrage m'a ramenée près de trois ans en arrière. Je me souviens du bon docteur Dussap qui m'avait accueillie chez lui et procuré quelques travaux d'aiguille dans des familles européennes du Caire. Je l'entends encore m'appeler affectueusement « la jolie brodeuse du Nil ».

4 juin 1836

Passé tout l'après-midi au côté de Suzanne qui pleurait la mort de son enfant. Ne sachant comment partager sa peine, je lui ai raconté en détail ce qui m'était arrivé il y a sept ans. Avec sa générosité naturelle, elle cherchait à me consoler… Je lui ai parlé de Justin. Jamais nous n'avions été aussi proches l'une de l'autre.

25 juin 1836

Ce journal est victime de mon travail. Je m'aperçois que je n'y ai pas écrit une ligne depuis des semaines. Même Justin en a fait les frais : tout juste lui ai-je envoyé deux lettres…

Depuis que le docteur Clot m'a autorisée à pratiquer seule des accouchements dans des harems, je suis débordée. Oserais-je m'en plaindre ? Le premier cri de chaque nouveau-né et le sourire de sa mère me comblent de bonheur.

2 juillet 1836

Cet après-midi, alors que je venais d'aider une jeune femme à mettre au monde des jumeaux, on m'a apporté une fillette qui hurlait de douleur. Après avoir constaté qu'elle s'était foulé la cheville, j'ai pu la soulager grâce à la trousse de soins qui ne me quitte plus.

8 juillet 1836

Finalement, l'obstétrique n'occupe qu'une partie de mon temps. À l'occasion d'un accouchement, on fait appel à moi pour différents maux qui affectent des femmes ou des enfants. Je m'en tire comme je peux, en préconisant une diète, des infusions ou du plein air. Sinon, je consulte les médecins d'Abou Zaabal qui m'orientent sur les bons traitements à administrer.

« Savez-vous que dans mon quartier on vous surnomme Al-Tabiba ? » m'a dit ce matin le docteur Boutros Touta. Quand je lui en ai demandé la signification, il a éclaté de rire : « Ce mot décrit une chose qui n'existait pas jusqu'à présent. *"Tabiba"* pourrait signifier "femme médecin", ou "doctoresse" si vous préférez. »

J'ai dû rougir comme une écrevisse, quoique ne méritant aucunement un tel surnom.

17 juillet 1836

« Si je comprends bien, m'écrit Justin, de fil en aiguille, la brodeuse est d'abord devenue journaliste, puis soignante. Où va-t-elle s'arrêter ? » Je lui ai fait remarquer que l'étudiant en droit s'était converti en secrétaire d'un ingénieur, mais qu'il n'allait certainement pas en rester là.

Drôle d'histoire que la nôtre ! Deux Français attirés par l'Égypte où ils sont entrés l'un et l'autre avec un déguisement, forçant la porte en quelque sorte. Des clandestins qui ne savaient pas où cela les mènerait. Deux enfants de Landerneau pris dans les méandres du Nil… J'aime bien cette image. Je vais la soumettre à Justin.

25 juillet 1836

À ma demande, entretien orageux avec Enfantin, à qui j'ai dit tout ce que j'avais sur le cœur. « Mais, ma fille… » a-t-il protesté. Je l'ai interrompu en m'écriant : « Je ne suis pas votre fille ! Quand cesserez-vous de considérer les femmes comme des filles, des mères ou des épouses ? Nous sommes d'abord des femmes. Des femmes, vous entendez ? » Il était abasourdi. Je suis sortie, toute tremblante, en claquant la porte.

Ni Mère ni Père.

37

Place de la Concorde, une armée de maçons et de charpentiers était mobilisée pour construire une chaussée de cent vingt mètres, qui devait partir des abords de la Seine et arriver en pente douce jusqu'au sommet du piédestal. Sur ce viaduc incliné, l'obélisque, toujours emmailloté de bois, avancerait, la base la première, sur un chariot. Commencerait ensuite la phase la plus périlleuse de l'opération : le faire pivoter pour l'amener en position verticale.

C'est pour traîner le monolithe et le relever qu'une machine à vapeur avait été commandée à l'ingénieur-mécanicien Cavé. Apollinaire Lebas en parlait avec lyrisme. Il nous lut un commentaire du *Journal des débats* qu'il avait visiblement inspiré à son auteur : « Imaginez, disait-il, l'effet qu'une telle machine fera sur tous les ignorants qui craignent la vapeur ! Imaginez-la, saisissant sans embarras l'obélisque, le soulevant peu à peu, sans fracas, avec une régularité parfaite, sans le secours d'aucun être vivant, sauf un chauffeur, chargé d'alimenter de charbon l'âme de cet engin. Les machines à vapeur sont destinées à affranchir le genre humain de tous les travaux qui n'exigent que de la force brutale. C'est l'une des plus belles conquêtes de l'homme sur la nature. C'est la nature asservie, travaillant pour l'homme, et à sa place. C'est la nature faite esclave… »

Mais M. Cavé ne nous avait toujours pas livré la machine commandée et ne cessait de reporter l'échéance. Nous nous rendîmes à sa fabrique pour constater que les roues de friction, les grands treuils et les coussinets en cuivre n'avaient même pas été fondus. Un avertissement solennel lui fut adressé, et cette fois il se mit sérieusement à la tâche.

Apollinaire Lebas était capable de travailler dix ou douze heures d'affilée. Cependant, si le temps le permettait, il coupait sa journée par une marche. Généralement, il remontait les Champs-Élysées jusqu'à l'Étoile – une route de campagne, bordée de potagers, d'un chapelet de maisons modestes et de quelques cabarets borgnes, dans laquelle mieux valait ne pas s'aventurer de nuit. Il allait observer l'Arc de triomphe, auquel une armée d'ouvriers mettait la dernière main.

Commencée trente ans plus tôt, sous l'Empire, cette construction imposante, haute de cent soixante-quatre pieds, était sur le point de s'achever. Le monument devait être inauguré le 29 juillet de cette année 1836, pour le sixième anniversaire des Trois Glorieuses, donc avant l'érection de l'obélisque à la Concorde. L'ingénieur en parlait avec un certain agacement, y voyant comme une concurrence déloyale.

– Je ne nie pas qu'il s'agisse d'une œuvre architecturale spectaculaire : ce sera le plus grand arc de triomphe du monde. Ses concepteurs n'ont pris néanmoins aucun risque. Une chose est de bâtir un monument massif, bien assis, en s'inspirant de constructions antiques ; une autre est d'aller chercher un monolithe de deux cent vingt tonnes au fin fond de l'Égypte, de le transporter jusqu'à Paris et de l'ériger sans le briser !

Moi, Apollinaire Lebas, haut comme trois pommes
Je viens à l'Étoile vous défier en somme
Je suis bas, il est vrai, mais aux âmes bien nées
La valeur ne tient point au nombre de pieds

Le 25 juin 1836, en début de soirée, Louis-Philippe quitta les Tuileries en compagnie de la reine et de sa sœur, Madame Adélaïde, pour se rendre au château de Neuilly. Ils avaient pris place dans un carrosse blindé, appelé « la Saverne », qu'utilisait Napoléon et qui était de nouveau en service depuis le sanglant attentat de l'année précédente. L'équipage passait sous les guichets du Louvre quand un anarchiste de vingt-six ans, Louis Alibaud, se précipita vers la voiture et déchargea son fusil-canne en direction du roi. Celui-ci faisait au même moment un geste de la tête pour saluer la garde qui lui rendait les honneurs. Ce mouvement le sauva d'une mort certaine. Parfaitement maître de lui, le souverain ordonna à l'équipage de poursuivre sa route…

Par souci de sécurité, il ne put assister, le 29 juillet suivant, à l'inauguration de l'Arc de triomphe, à laquelle il tenait pourtant beaucoup. La revue militaire prévue fut décommandée, et c'est Adolphe Thiers, devenu chef du gouvernement quelques mois plus tôt, qui présida une brève cérémonie, à 7 heures du matin.

– Privé de l'Étoile, le roi aura la Concorde ! commenta Apollinaire Lebas.

38

L'ingénieur consentit à m'accorder quelques jours de congé pour me permettre d'assister au mariage de mon frère cadet avec Mlle Berthe Kervarec. L'affaire s'était conclue tambour battant, quelques mois après ma défection. Maître Le Guillou n'avait pas eu de mal à convaincre le père de la jeune fille que son deuxième fils, destiné à lui succéder, valait mieux que l'aîné. Il n'était même pas nécessaire de rediscuter les modalités du contrat de mariage.

Arrivé à Landerneau la veille de la cérémonie, je fis en sorte de féliciter le plus brièvement possible la mariée, qui me jeta un regard ambigu, dont je ne sus s'il était chargé de ressentiment ou de regret. Mlle Kervarec avait-elle eu son mot à dire dans cet arrangement ? Je repensais à l'article de Clarisse dans la revue des saint-simoniennes : « La femme est esclave : vendue, marchandée, à un homme qu'elle n'a pas forcément choisi… »

Pour une fois, je n'eus pas à subir le courroux de mon père : il ne comptait plus sur moi. Ravi d'avoir conclu cette affaire, il songeait sans doute déjà à caser avantageusement son troisième fils et, plus encore, ses deux filles, bientôt en âge de convoler.

Ma mère réussit à pleurer pendant la messe de mariage. En la voyant sécher ses larmes, qui se voulaient de joie, je constatai avec attendrissement qu'elle se servait des mouchoirs brodés par Clarisse.

Pour le retour à Paris, je n'avais pas réservé assez tôt ma place en diligence. Les quatre angles du compartiment intermédiaire, très recherchés pour la nuit, étaient déjà pris. On me proposa l'un des sièges capitonnés du coupé, à l'avant, qui bénéficiaient de la vue et permettaient d'éviter les tourbillons de poussière, mais il était d'un prix excessif. Je ne m'imaginais pas pour autant pendant quatre jours dans la rotonde, à l'arrière, serré entre sept autres passagers.

– Va pour l'intermédiaire, dis-je à l'employé.

À 10 heures du matin, sur le quai de Léon, le célèbre Philippon souffla dans sa trompette pour annoncer le départ. C'était un solide quinquagénaire, à la moustache grisonnante, portant une culotte de peau, une veste à parements un peu fatiguée et d'énormes bottes. S'étant assuré que les bagages étaient bien fixés au-dessus de nous sur le fourgon, il grimpa jusqu'à son siège, suivi du berger allemand qui lui tenait compagnie en chemin et montait la garde aux relais. Le chapeau de cuir sur le coin de l'œil, il poussa un « Hue ! » tonitruant et fit claquer son fouet. La diligence s'ébranla dans une forte secousse.

Il faisait soleil. Sur la grande route, à la sortie de Landerneau, le père Philippon guidait d'un bras ferme ses cinq chevaux lancés au trot. On était partis, pour un voyage de quatre jours.

C'est seulement à la dernière étape, un peu après Chartres, que je fis la connaissance d'un passager de première classe. Mon visage lui rappelait quelqu'un.

– Ne seriez-vous pas par hasard apparenté à maître Le Guillou ? me demanda-t-il devant l'auberge où nous

nous étions arrêtés pour une heure, le temps de changer de chevaux.

Sa tenue n'était pas celle d'un commis voyageur. Coiffé d'un haut-de-forme luisant, il portait une redingote bleue cintrée à la taille, un gilet en velours brodé et un pantalon en casimir d'une blancheur étincelante. Une canne à pommeau d'argent et des gants de chevreau complétaient son image de dandy. J'appris qu'il s'appelait Aymeric Millet-Bressant et vivait à Paris où il représentait une importante fabrique de lin de Landerneau appartenant à sa famille.

À l'auberge, il prit la meilleure table, commanda du bourgogne, renvoya la bouteille, s'en fit proposer une autre et m'offrit un havane. Il me parla de ses affaires, avec une désinvolture peu commune. J'avais rarement rencontré un homme aussi à l'aise et, je dois dire, aussi séduisant. En réponse à une question, je l'informai de l'emploi que j'occupais depuis cinq ans. Son visage se fit brusquement dédaigneux :

– Ah oui, j'ai entendu parler de cette chose. C'est ridicule ! La France recèle dans son sein d'immenses carrières de granit qui attendent le ciseau de nos artistes. Pourquoi ne taille-t-on pas une colonne française, prise dans du granit français et sculptée par des mains françaises ?

Je lui précisai un peu sèchement que l'obélisque bénéficierait d'un nouveau piédestal, taillé dans du granit breton.

– Quoi ! fit-il. N'est-ce pas assez de souiller la plus belle place de Paris avec une pierre barbare ? Faut-il encore la mettre en valeur par du granit de chez nous ?

Le personnage m'apparut brusquement détestable. Je m'apprêtais à lui clouer le bec quand un coup de trompette nous annonça le départ. Aymeric Millet-Bressant jeta quelques pièces sur la table, puis, de nouveau tout sourires, me remit sa carte de visite :

– Je fête mon trente-cinquième anniversaire dimanche prochain, à 20 heures, avec un certain nombre d'amis. Joignez-vous à nous. Ce sera l'occasion de continuer cette conversation et de vous présenter ma fiancée, Mlle Lucille de Saint-Briac.

J'empochais la carte, avec la ferme intention de ne plus revoir cet individu.

À notre arrivée à Paris, une douzaine de personnes étaient venues accueillir des passagers de la diligence. Parmi elles, j'eus la surprise de reconnaître Adèle Guégan, qui se dirigea vers une voyageuse et lui prit les mains avec effusion. Elle m'aperçut quelques instants plus tard, alors que Philippon s'employait à descendre les bagages.

– Vous ici ! fit-elle avec étonnement.

Elle me présenta son pharmacien d'époux qui se tenait à côté d'elle, en me précisant qu'elle se trouvait provisoirement à Paris, au chevet de sa tante malade. Si j'avais quelques heures de libres, elle se ferait un plaisir de me recevoir.

L'apothicaire fit arrêter un fiacre et demanda au cocher de les conduire au 6, de la rue du Temple. J'allais aider Adèle Guégan à monter dans la voiture quand Aymeric Millet-Bressant vint me saluer, avec une tape amicale dans le dos :

– Alors, Justin, c'est bien d'accord ? Dimanche prochain ? Il faut que nous reparlions de cette affaire.

La manche de ma redingote avait dû prendre la poussière au sortir de la diligence. Il l'épousseta familièrement de ses doigts, comme il l'aurait fait avec un ami intime.

– Donc, à 20 heures. Lucille sera ravie.

Il ne me laissa même pas le temps de protester. Adèle Guégan et son époux étaient déjà installés dans le fiacre, qui s'ébranla. Je pus tout juste leur faire un salut de la main.

Le surlendemain, je me présentai au 6, de la rue du Temple pour répondre à l'invitation d'Adèle Guégan. C'est elle-même qui m'ouvrit. Je pensais la surprendre agréablement, mais, en me voyant, son visage se ferma.

– Ah, c'est vous ! me dit-elle d'une voix glaciale.

Je ne comprenais pas ce changement d'attitude à mon égard. Au bout de quelques secondes, elle murmura :

– Entrez, puisque vous êtes là.

Je la suivis dans un salon, stupéfait d'être aussi mal accueilli.

– Ainsi, vous êtes lié à Aymeric Millet-Bressant ! me lança-t-elle d'un ton sec.

Il me fallut quelques secondes pour répondre :

– Lié ? Non. Disons que c'est un compagnon de voyage…

– Félicitations !

– Excusez-moi. Je ne sais pas ce que vous avez contre ce monsieur. Il se trouve que nous avons fait connaissance avant-hier, lors d'une étape entre Landerneau et Paris.

– Avant-hier ? s'exclama-t-elle, étonnée à son tour. Mais alors…

– Je ne comprends pas, répliquai-je avec agacement. Expliquez-vous.

– Ce n'est pas votre ami… Vous ne savez donc pas que Clarisse…

Adèle Guégan se confondit en excuses, ce qui ne m'éclairait nullement sur sa colère initiale. Elle balbutiait, ne sachant par où commencer. J'appris que

Clarisse avait été séduite puis abandonnée par cet Aymeric Millet-Bressant, qu'elle avait été enceinte et avait perdu son enfant.

J'en étais suffoqué. Clarisse et Millet-Bressant ! Lors de notre brève rencontre, cinq ans plus tôt, je lui avais demandé pourquoi et comment elle était venue travailler à Paris. Elle s'était arrangée pour éluder la question. J'avais compris un peu mieux sa froideur d'alors quand, dans une lettre, elle m'avait confié avoir perdu un enfant dans des circonstances très douloureuses. Mais sans entrer dans les détails, et sans parler d'un homme dont elle ne voulait « même plus prononcer le nom ». Après avoir lu cette lettre, j'aurais aimé la prendre dans mes bras, caresser ses cheveux, lui dire des mots très doux…

Clarisse et Millet-Bressant ! Une jeune orpheline sans le sou, belle comme un ange. Il avait dû l'aborder, l'intéresser, l'appâter, la séduire, par ses manières, son allure, son aisance… Le salaud !

Fou de colère, je m'étais dressé sur mon siège, à la recherche de mon chapeau, prêt à en découdre. Je ferais irruption chez Millet-Bressant, le saisirais à la gorge, lui réglerais son compte…

– Où allez-vous ? me demanda Adèle Guégan, qui avait dû lire dans mes yeux. De grâce, ne faites pas de bêtises ! Ne laissez pas cet homme qui a failli détruire la vie de Clarisse menacer la vôtre !

Je ne sais si ce sont ces paroles qui me calmèrent un peu, ou une brusque illumination. Millet-Bressant fêtait son anniversaire la semaine suivante. N'était-ce pas l'occasion de le traîner dans la boue, de l'humilier devant tous ses amis ? Excité par ce projet à peine éclos, j'en fis part d'une voix agitée à Adèle Guégan. Elle m'en dissuada de toute sa force :

– Croyez-vous aider Clarisse en rendant public le drame qu'elle a vécu ? Non, non, je vous en supplie, ne faites rien de ce genre ! Mais ce qui m'ennuie terriblement, c'est que j'ai écrit à Clarisse.

– Écrit quoi ? demandai-je.

– Pardonnez-moi, mais je ne pouvais pas lui cacher votre amitié… Je veux dire votre apparente amitié avec Millet-Bressant.

J'étais catastrophé. Adèle Guégan, au bord des larmes, répétait :

– Mais je vais lui récrire immédiatement. Oui, lui récrire pour rectifier. Immédiatement…

– Moi aussi, je vais lui écrire, dis-je, accablé, avec le pressentiment qu'il était trop tard.

39

Je ne pouvais plus me concentrer sur une tâche précise. Apollinaire Lebas s'en rendait compte et explosait :

– Où en est ce fichu mécanicien ? M'entendez-vous au moins, Justin, quand je vous parle ?

Le soir, de retour chez moi, je relisais la dernière lettre reçue de Clarisse, quelques jours avant ma désastreuse rencontre avec Millet-Bressant. Je lui avais écrit que je l'aimais, que je ne concevais plus l'existence sans elle, que j'étais prêt à vivre où elle voulait, comme elle voulait, mariés ou non, à Paris, au Caire, à Alexandrie… Oui, à Alexandrie, par exemple, où je pourrais être négociant en coton, où nous aurions une maison avec vue sur la mer, où elle exercerait son activité de soignante…

Elle m'avait répondu de manière enjouée. « Ah non, je recherche un véritable époux, assis sur une solide rente ! », disant qu'elle réfléchirait quand même à ma proposition.

Une partie des nuits, incapable de fermer l'œil, je repensais à tout ce qui nous était arrivé, à l'un et à l'autre, au cours des cinq années écoulées, à cette Égypte qui nous avait tant attirés et séparés, cette Égypte où nous nous étions succédé. Nos expéditions d'Égypte…

Je connaissais désormais trop bien Clarisse, son tempérament entier, l'histoire de ses souffrances et la confiance qu'elle m'avait accordée pour ne pas comprendre que cela se terminerait par un drame. Mon infinie tristesse était émaillée de moments de violente colère au cours desquels j'en voulais successivement à tous ceux qui, de près ou de loin, étaient responsables de cette situation. Ils défilaient dans mon esprit, l'un après l'autre. Cet ignoble salopard de Millet-Bressant qui avait abusé d'une jeune fille lumineuse, avant de la jeter dehors. Cette pauvre sotte d'Adèle Guégan qui avait cru bien faire en se précipitant pour alerter son amie sur ce qu'elle pensait être une trahison. J'en voulais tout autant à son abruti de mari qui aurait dû lui conseiller de me demander d'abord des explications avant de commettre l'irréparable.

Ma colère n'épargnait pas Gatignol, sans lequel tout cela ne serait pas arrivé. Il est vrai que s'il n'avait pas été terrorisé à l'idée de partir en Égypte, m'incitant à le remplacer, je ne serais pas entré au *Paris de la Mode* et n'aurais jamais rencontré Clarisse. Mais pourquoi pas, après tout ? Pour Noël par exemple, j'aurais très bien pu vouloir offrir à ma mère des mouchoirs brodés.

Dans mes rêveries nocturnes, je récrivais l'histoire. Au début, tout se passait comme dans la réalité.

J'entre au *Paris de la Mode,* je m'adresse à l'une des demoiselles du comptoir. Comme j'hésite sur la calligraphie du monogramme, elle fait appeler une brodeuse de l'atelier :

– Clarisse, monsieur a besoin d'une information.

Je suis immédiatement saisi par la grâce de la jeune ouvrière. Et quand elle se tourne de trois quarts pour prendre des échantillons sur une étagère, j'aperçois alors son grain de beauté…

Peu après, je lui suggère de poursuivre notre conversation sur l'école de Landerneau en fin de journée, après la fermeture de l'atelier. Elle hésite quelques instants, puis me donne rendez-vous au coin de la rue…

La suite de l'histoire, je la modifiais chaque nuit, sans craindre d'y introduire des obstacles, sachant que la fin serait heureuse. Par exemple, le lendemain soir, après notre dîner au restaurant, elle refusait ma proposition de la raccompagner jusque chez elle.

Elle me remercie pour le repas, me souhaite un bon voyage en Égypte et disparaît dans la nuit. Mais, au bout de quelques minutes, je décide de renoncer à partir et cours dans sa direction. Nous tombons dans les bras l'un de l'autre…

Non, c'était absurde. Qu'aurait pensé Clarisse de cet homme qui l'aurait fait rêver avec l'Égypte au cours du dîner, puis y renonçait si facilement ? Et que serions-nous devenus l'un et l'autre ? Ni expédition de l'obélisque pour l'un, ni expédition saint-simonienne pour l'autre. Je reprenais plutôt notre véritable histoire plus loin, après mon arrivée en Égypte. Clarisse recevait la lettre que je lui avais écrite d'Alexandrie, elle me répondait, et notre correspondance commençait alors, malgré les difficultés de liaison entre Paris et Louqsor, les épidémies de choléra, etc. Elle était amoureuse de moi, allait de mieux en mieux, n'avait pas besoin de trouver le réconfort chez les saint-simoniens. À travers mes lettres, elle vivait l'Égypte par procuration, en attendant de m'y rejoindre…

Ces rêveries nocturnes s'interrompaient brutalement quand je prenais conscience de la réalité de la situation. J'étais de nouveau envahi par la tristesse, puis par la colère. C'est une autre histoire que je refaisais : celle qui commençait après l'arrivée de la diligence à Paris en compagnie d'Aymeric Millet-Bressant.

Étonnée, choquée de m'avoir vu en compagnie de cet individu, Adèle Guégan me convoque chez elle le lendemain. Mes explications la soulagent, et elle n'a aucune raison d'informer Clarisse de cette rencontre fortuite. Pour ma part, j'apprends de sa bouche qui est exactement le passager de la diligence et décide de venger celle que j'aime.

Millet-Bressant habite un hôtel particulier de la chaussée d'Antin. Le vaste salon dans lequel je suis introduit est rempli de personnes qui conversent un verre à la main, à la lueur de chandeliers. Les dames, aux robes vaporeuses et froufroutantes, affichent les coiffures les plus savantes : de véritables édifices, composés de bandeaux, nattes, franges, bouclettes, macarons ou chichis, cimentés de peignes, épingles ou broches et agrémentés d'une profusion de rubans, chaînettes, barrettes ou guirlandes… Des domestiques en livrée orange, portant des plateaux de boissons, se fraient un chemin parmi les groupes. Des corbeilles de fleurs se reflètent dans les glaces, complétant ce chatoiement de couleurs.

– Mais c'est Justin Le Guillou ! s'exclame le maître de maison. Venez donc, mon cher, que je vous présente à mes amis.

En redingote noire, gilet écossais, pantalon gris demi collant et chaussures vernies à boucles d'or, il semble sortir d'une gravure de mode.

– Ma fiancée, Mlle Lucille de Saint-Briac.

Je m'incline devant une personne au regard hautain, coiffée d'une sorte de turban, qui daigne tendre à mes lèvres sa main gantée.

Ne connaissant personne dans cette assemblée élégante, je passe d'un groupe à l'autre. Il est question des bals d'été à Dieppe, du nouveau président du Jockey Club, du mariage de l'une des petites-filles du général de La Fayette… et de divers sujets d'égale importance qui me sont totalement étrangers.

– Avez-vous entendu parler de la dernière danse à la mode ? lance un jeune homme hilare, aux cheveux frisés. On l'appelle la saint-simonienne. Et savez-vous pourquoi ? Parce que la cavalière passe de main en main !

Pensant aux jeunes ouvrières que j'ai rencontrées à *La Femme libre,* je suis tenté de moucher ce blanc-bec, mais je me retiens. Je ne suis pas venu à cette réception pour défendre les disciples de Prosper Enfantin. Puis-je imaginer Clarisse passant de main en main ? Je chasse cette idée insupportable et me dirige vers un autre groupe.

Le dîner est enfin annoncé. Après que chacun a trouvé la place qui lui est assignée autour de l'immense table décorée d'un surtout fleuri, un banquier grisonnant lève son verre et proclame d'une voix puissante :

– Je vous propose de porter une santé à notre très cher Aymeric Millet-Bressant, l'un des hommes les plus honorables, les plus spirituels et les plus élégants de Paris.

Tout le monde s'exécute avec des murmures approbateurs. Mlle de Saint-Briac, complimentée par ses voisins, affiche le sourire d'une parieuse qui aurait décroché le gros lot.

Le maître de maison m'a fait placer du côté opposé au sien, presque au milieu de la table. Ce qui lui permet de m'interpeller après le premier plat :

– Justin Le Guillou, qui revient d'Égypte avec l'obélisque, a certainement des choses à nous révéler sur la manière dont cet étrange monument a été ravi à un pays barbare. Racontez-nous, mon cher, cette conquête.

– Je préférerais parler d'une conquête amoureuse, dis-je avec un sourire, en me levant.

– Elle est très bonne ! Racontez, mon cher, racontez.

– Eh bien, c'est l'histoire d'une jeune orpheline...

L'assistance s'esclaffe.

– Vous nous mettez l'eau à la bouche, dit Aymeric Millet-Bressant, ravi. Je ne savais pas que nous avions un poète parmi nous. Il faut beaucoup d'imagination pour assimiler ce triste monument à une jeune fille !

J'attends que les rires s'éteignent pour poursuivre :

– C'est donc l'histoire d'une jeune fille de Landerneau, la ville qui a eu l'honneur de voir naître notre hôte, et moi aussi accessoirement. Une jeune fille pauvre qui venait de perdre son père, un maréchal-ferrant.

– Je ne vois pas le rapport avec l'obélisque, s'étonne une femme placée à ma droite.

– Il n'y en a aucun, madame, dis-je. Ce n'est pas de l'obélisque que j'aimerais vous parler, mais d'un fait d'armes de notre hôte, le très estimable Aymeric Millet-Bressant. Figurez-vous qu'il avait réussi à séduire cette jeune fille, à l'attirer à Paris, puis, apprenant qu'elle était enceinte, à la jeter dehors...

– Je ne vous permets pas ! crie Aymeric Millet-Bressant, en se dressant sur son siège. Qu'allez-vous inventer ? Vous portez atteinte à mon honneur !

– Ce mot vous va bien, monsieur, lui dis-je calmement. Vous semblez lui être très attaché. Souvenez-vous de votre réponse quand cette jeune fille en larmes vous a annoncé son état et essuyé votre colère. Elle vous suppliait d'honorer votre parole, car vous lui aviez promis le mariage en l'attirant à Paris. Et quelle fut votre réponse ? Vous avez chassé cette future mère en lui reprochant de n'avoir pas su garder son honneur ! L'honneur, l'honneur, toujours l'honneur. Ah, monsieur, comme ce mot vous va bien !

Un silence de plomb règne alors dans la salle à manger. Les serveurs eux-mêmes semblent pétrifiés. Aymeric Millet-Bressant est blême, les yeux exorbités.

– Mais enfin, Aymeric, dites quelque chose ! crie Mlle de Saint-Briac de sa voix pointue.

Il se racle la gorge, puis me lance sans conviction :

– Vous m'enverrez vos témoins, monsieur.

– Je ne vous enverrai rien du tout, lui dis-je. Ou alors mon poing dans la figure, si jamais vous avez le malheur de me croiser quelque part. Un salaud de votre espèce ne mérite pas mieux.

Je recule alors mon siège, m'incline légèrement pour saluer les convives, muets de stupéfaction, avant de me diriger lentement vers la sortie.

Ces scènes fictives me remplissaient d'ardeur, mais très vite la réalité reprenait le dessus. Je savais que j'avais perdu Clarisse et qu'un drame se préparait.

40

Apollinaire Lebas était impatient de voir fonctionner la fameuse machine à vapeur que M. Cavé avait fini par fabriquer, après plusieurs rappels et mises en demeure. Le 25 août 1836, des journalistes et de nombreux Parisiens étaient présents pour assister à l'installation de l'engin, placé sur un énorme bâti de charpente.

Accompagné de plusieurs ouvriers, M. Cavé, qui officiait en tenue de travail, procéda à l'allumage des chaudières. La machine se mit en branle dans un vacarme impressionnant, en crachant de la vapeur. Mais l'obélisque n'avançait pas d'un pouce.

Le mécanicien fit éteindre le moteur. Il vissa, dévissa et revissa toutes sortes de pièces, sous l'œil attentif des badauds. Et au bout d'une demi-heure, les chaudières furent rallumées. Cette fois, le monument parut sursauter, sans avancer pour autant.

Apollinaire Lebas commençait à s'inquiéter :

– Un moteur trop faible présente de gros risques. Au lieu d'une action régulière, il va imprimer à l'obélisque des secousses qui pourraient être très dangereuses au moment de l'asseoir sur le piédestal.

Pendant que M. Cavé continuait à faire tousser sa machine, il me demanda d'aller quérir des responsables du ministère des Travaux publics. Une demi-heure plus tard, une réunion était organisée dans le bureau de l'ingénieur. La question fut étudiée sous tous les angles, pour conclure finalement à l'abandon de la vapeur. On ordonna aux ouvriers de démonter l'engin. Ils s'y employèrent sous les huées de la foule.

Apollinaire Lebas lut dans le *Journal des débats* un commentaire plutôt consolant, qui le dédouanait largement de cet échec. « C'était une heureuse idée que d'inaugurer la machine à vapeur dans une occasion solennelle, remarquait le quotidien. Pour une partie du public, la machine à vapeur est de l'inconnu, une sorte de création mystérieuse et formidable, sujette à éclater comme le tonnerre. Il était bien d'associer les monuments des arts antiques avec l'un des plus beaux produits de l'esprit inventif des temps modernes… » Tout en déplorant « une imprévoyance de détail » qui avait obligé à renoncer à la vapeur, le journal saluait par avance « les ingénieux appareils » que Lebas ne manquerait pas de concevoir pour la remplacer.

La Gazette de France était beaucoup plus sévère. « Comment se fait-il qu'à Paris, la métropole des sciences, comme nous disons tous les jours, on passe des semaines et des mois en tâtonnements pour relever ce qu'on a si facilement abattu ? Est-ce que la grande ville ne renferme pas d'ingénieurs assez experts pour calculer à l'avance si les moyens que l'on propose atteindront le but indiqué ? Comment a-t-on fait le choix d'une machine à vapeur et pourquoi l'a-t-on abandonnée à la première tentative ? On voulait, disait-on, faire parcourir au monolithe trois pieds et demi par minute. Il s'agit bien de vitesse, vraiment, quand on a de pareilles masses à remuer ! C'était un pied en trois heures qu'il fallait lui faire parcourir ; alors il n'y aurait pas eu de secousses et les dents des roues n'auraient pas cassé. On a voulu employer de la vitesse là où il ne fallait que de la force. » Les mécaniciens anglais auraient bien raison de se moquer de nous, ajoutait le chroniqueur, avant de conclure : « Mais, enfin, ce n'est pas une montagne à remuer que ce morceau de granit ! »

Toute cette histoire avait au moins l'avantage d'occuper mon esprit. Pendant quelques heures, je cessai de penser à Clarisse. Il m'arrivait même de fabriquer quelques rimes, car l'échec de la machine à vapeur encourageait des farfelus à proposer leurs services. Dans une lettre au roi, un certain Louis Mazzara assura qu'il pouvait placer en vingt-quatre heures l'obélisque sur son piédestal, « sans le concours, ni de la vapeur, ni de cabestans » et en n'employant que six hommes.

Six hommes, six Français bien musclés
Feront l'affaire, Majesté
Sans vapeur, sans treuils, sans chichis
Et cela pour un prix d'ami

Apollinaire Lebas était contraint, une fois de plus, de modifier ses plans. Il n'y avait pas de temps à perdre.

Trois jours après l'abandon de la machine à vapeur, ayant travaillé d'arrache-pied, il fut en mesure d'annoncer un nouveau système, prêt à fonctionner. Désiré Gatignol, à qui j'en rendis compte, était très impressionné par l'ingéniosité, la vélocité et surtout l'audace du petit homme.

Cette fois, on avait absolument besoin des artilleurs et je fus chargé de les répartir sur les cabestans. Ils étaient cent vingt. Leur capitaine mit ses deux trompettes sous les ordres de Lebas, qui, armé d'un portevoix, allait diriger la manœuvre.

Le signal fut donné. Les militaires firent avancer l'obélisque sur le plan incliné, l'orientant à droite ou à gauche afin de le maintenir en parfaite direction. Le monolithe mit cinq heures pour parcourir la longueur du viaduc. On lui fit franchir les derniers centimètres à coups de bélier pour le conduire exactement contre le piédestal. L'arête de sa base coïncidait de manière parfaite avec le côté du carré qu'elle devait occuper. On ne pouvait faire mieux.

– Cela s'arrose ! déclara l'inspecteur des travaux.

Charpentiers, maçons, artilleurs et marins du *Luxor* se réunirent autour de Lebas pour vider maintes rasades à la santé de Ramsès II. Puis on fit flotter un immense drapeau tricolore sur le piédestal. Le lendemain matin, à peine rentré d'un voyage en Allemagne, le ministre de l'Intérieur vint visiter le chantier et donna le pourboire aux ouvriers.

La fissure qui avait tant préoccupé Apollinaire Lebas en Égypte ne l'inquiétait plus. À la base de l'obélisque, les clés de bois, tombées en poussière, seraient remplacées par des pièces de bronze.

– Avec cela, dit-il, nous serons tranquilles pour au moins trente autres siècles…

Dans le pavillon qui lui servait de bureau, l'ingénieur m'avait demandé d'afficher plusieurs schémas. Ils devaient lui permettre de présenter aux autorités la dernière opération à entreprendre, la plus périlleuse, celle qui pouvait annuler tous les efforts fournis depuis plus de cinq ans. Une dizaine de personnalités, dont le ministre des Travaux publics, étaient présentes à cette réunion d'information.

– Les appareils que nous avons mis en place pour ériger l'obélisque ressemblent beaucoup à ceux qui avaient servi à l'abattre à Louqsor, expliqua Lebas à son auditoire. Ce sera en quelque sorte une manœuvre à l'envers.

Et, pointant une règle sur les différents schémas, il se lança dans une démonstration détaillée :

– Ces câbles doivent attirer le monument vers eux, puis lui faire décrire un quart de cercle… Imaginez une tabatière dont le couvercle, fermé, s'ouvre progressivement. Tournant sur sa charnière, il vient se placer à angle droit par rapport au reste de la boîte… L'obélisque pivotera sur l'une des arêtes de sa base grâce à cette rotule en chêne… Pour l'empêcher, une fois à la verticale, de basculer dans l'autre sens, quatre chaînes de retenue prendront le sommet en cravate…

Le ministre, que ces détails ennuyaient, interrompit Lebas par un petit compliment et regagna sa calèche. Les autres personnalités en profitèrent pour s'éclipser.

L'installation de l'appareil demanda une quinzaine de jours, puis il fallut l'essayer. Nous étions débordés de travail, et cela m'amenait à oublier Clarisse pendant des heures entières.

Avertie par les journaux ou par le bouche-à-oreille, une foule importante se massa le 24 octobre 1836 sur la place de la Concorde, où la circulation avait été interdite.

À midi, trois cent cinquante artilleurs se répartirent sur les barres des cabestans. Quelques minutes plus tard, Lebas donna le signal :

– Artilleurs, marchez doucement pour commencer.

Aussitôt, les clairons sonnèrent, les câbles se raidirent, entraînant le sommet du monolithe.

L'obélisque est parti ! cria le maître charpentier, placé en vigie.

Lebas était tenté de continuer la manœuvre jusqu'au bout car il faisait soleil : c'était une belle journée d'automne, peut-être la dernière de l'année. Mais on lui ordonna de renvoyer au lendemain la suite de l'opération, pour permettre à la famille royale d'y assister.

Ayant cessé le travail, les artilleurs se livraient à des exercices gymniques. C'est alors que le drame eut lieu. Plusieurs d'entre eux jouaient avec les leviers de l'un des appareils de levage muni d'un treuil. Soudain, le câble d'amarrage se déroula, entraînant l'appareil lui-même qui alla heurter avec fracas une barrière d'enceinte derrière laquelle se trouvaient des spectateurs. On entendit des cris, puis des gens se mirent à courir dans tous les sens. Un début de panique s'empara de la foule présente.

Le corps sans vie d'un marchand d'habits gisait sur la chaussée. À quelques mètres de là, un jeune homme aux jambes démolies hurlait de douleur. J'écartai les badauds et ordonnai à deux d'entre eux d'aller chercher du secours.

Le cadavre fut transporté devant le ministère de la Marine, tandis que plusieurs blessés étaient soignés sur place ou conduits vers un hôpital. Je me disais que Clarisse avait dû vivre des scènes encore plus épouvantables pendant l'épidémie de peste…

Apollinaire Lebas était partagé entre l'émotion et la colère. Qui avait permis à des artilleurs de s'amuser avec un appareil de levage ? Et pourquoi aucun responsable ne s'en était-il aperçu ? L'accident survenu donnait froid dans le dos quand on pensait aux dizaines de milliers de personnes attendues le lendemain sur la place.

Dans la soirée, l'ingénieur m'envoya remettre mille francs à la veuve du défunt. Les blessés les plus graves eurent droit, eux aussi, à une indemnité. « Ce funeste accident », écrivit *La Gazette de France,* renforce « la croyance populaire qui attache une idée de malédiction » à la place de la Concorde. « Peu de lieux ont été marqués par des événements plus sinistres, et une sorte de fatalité a fait manquer toutes les entreprises qui ont eu pour but de l'embellir. » Même l'herbe a refusé d'y pousser, affirmait le journal, en se demandant si Apollinaire Lebas pourrait briser cette « espèce de fatalité ».

41

Pas un mot de Clarisse. Adèle Guégan était aussi angoissée que moi. Elle se rongeait les sangs en se demandant si sa lettre rectificative à propos de l'horrible Aymeric Millet-Bressant était parvenue au Caire. Clarisse avait-elle reçu mes propres explications ?

Chaque soir, en quittant la place de la Concorde, je me précipitai chez moi pour voir si une lettre de Clarisse n'était pas arrivée. C'est Adèle Guégan qui finit par recevoir un courrier, ne contenant qu'une seule page.

Le Caire, le 4 septembre 1836

Madame,

Devant bientôt quitter l'Égypte pour rentrer en France, je vous écris pour vous confirmer, malheureusement, que Clarisse n'a plus donné signe de vie depuis plusieurs semaines. Toutes les recherches, organisées par le consul de France et par nous-mêmes, ont été vaines.

La dernière personne à l'avoir vue est le propriétaire du petit appartement qu'elle louait dans un quartier copte du Caire. Après lui avoir fait part de son intention de s'en aller, elle a payé son loyer et rassemblé ses maigres affaires pour se faire conduire au port de Boulaq. Ce qui m'étonne, c'est qu'elle ne m'en ait pas avertie.

Un employé de l'hôpital d'Abou Zaabal, qui se trouvait à l'embarcadère, affirme l'avoir aperçue, mais sur une cange partant vers le sud. Ce témoignage me paraît peu crédible. Si, pour une raison quelconque, Clarisse s'était mis en tête de voyager dans le pays, je pense qu'elle m'en aurait informée.

Inutile de vous dire que la disparition de celle qu'on surnomme ici « la doctoresse », et dont je ne me résous pas à parler à l'imparfait, m'attriste profondément. Je ne sais à qui d'autre en faire part, sinon à vous-même et nos amis saint-simoniens, puisqu'elle n'avait plus de famille. Mais sans doute devriez-vous en informer un jeune homme appelé Justin Le Guillou, que vous connaissez certainement, auquel j'ai cru comprendre qu'elle était très liée.

En attendant peut-être de vous voir à Paris, je vous assure, Madame, de mes sentiments bien attristés.

Suzanne Voilquin

C'est en pleurant qu'Adèle Guégan, revenue à Paris, me tendit cette lettre. La « disparition » de son amie était bien ce qu'elle redoutait.

– Mais non, mais non ! lançai-je d'une voix tremblante, sans réussir à cacher mon émotion. « Disparition » n'a pas le sens que vous lui attribuez. Suzanne Voilquin parle d'une absence inexplicable, elle ne suggère nullement que Clarisse… Et pourquoi mettre en doute le témoignage de cet employé ? Après tout, il l'avait vue à l'embarcadère. Elle a très bien pu partir en Haute Égypte…

Mes yeux humides disaient le contraire.

42

Je n'étais pas très vaillant ce mardi 25 octobre 1836 aux premières heures du jour en rejoignant la place de la Concorde. Il faut dire que j'avais très mal dormi, ma nuit ayant été perturbée par un vilain cauchemar.

C'était la pleine lune. Nous cherchions à abattre l'obélisque et à le transporter jusqu'à Louqsor pour le rendre aux Égyptiens. Nous avions attendu que la circulation cesse complètement pour intervenir sur la place de la Concorde déserte. Une grande échelle, apportée par les matelots du *Luxor,* avait été posée contre l'obélisque. Juché à mi-hauteur, Lebas dirigeait la manœuvre. J'étais seul, en bas, à tenir le câble qui prenait le monument en cravate. « Mais tirez donc, Le Guillou ! Tirez donc ! » criait l'ingénieur dans son porte-voix. Mes bras ne répondaient pas. Lui, là-haut, s'énervait de plus en plus : « Tirez, vous dis-je ! Nous n'aurons jamais le temps de l'abattre et de le transporter jusqu'au navire. Le jour va se lever. Faites donc un effort, nom de Dieu ! » Le *Luxor* était amarré face à l'Assemblée nationale. L'avant du vaisseau avait été scié pour permettre d'introduire l'obélisque dans la cale. Le commandant Verninac, impassible, se tenait sur le pont, entouré de ses officiers. Tout le monde m'observait, et j'étais paralysé. Un corbillard, venant de la rive gauche, s'engageait sur la place, en direction du Père-Lachaise. C'est Clarisse qu'on enterrait. Je tentai en vain de me joindre au cortège, mais le câble me retenait…

Tout Paris voulait assister à l'érection de l'obélisque. Il avait été question de barricader la Concorde pour empêcher le public d'y pénétrer et d'y aménager une enceinte réservée à un nombre limité de personnes. Mais le ministère de l'Intérieur était assailli d'une pluie de demandes. Il fut décidé alors qu'aucun billet ne serait accordé et que la place resterait entièrement accessible.

Adolphe Thiers, qui avait inauguré l'Arc de triomphe trois mois plus tôt, n'était plus président du Conseil. Il ne se trouvait même plus à Paris : déchargé de sa fonction, il dépensait son inépuisable énergie dans un grand voyage en Italie. On aurait dit qu'il avait voulu emporter un peu de l'obélisque avec lui : c'est à bord du *Sphinx* qu'il s'était embarqué pour Civitavecchia.

Le ciel était couvert, un ciel d'automne, bien triste, traversé de nuages. Dès le début de la matinée, des milliers de Parisiens avaient envahi la place de la Concorde, les terrasses des Tuileries et l'avenue des Champs-Élysées. Pour nous, « les conquérants de l'obélisque », comme disait avec emphase le commandant Verninac, c'était le dernier acte d'une aventure commencée cinq ans et six mois plus tôt. Mais la seule conquête qui avait compté pour moi était Clarisse…

Apollinaire Lebas sentait peser deux cent vingt tonnes sur ses épaules. Il avait tout calculé et recalculé, mais le risque d'un accident le hantait. Je l'avais entendu dire à l'inspecteur des travaux :

– Un ordre mal compris, un amarrage mal fait, une pièce de bois viciée, un boulon tordu ou cassé, un frottement ou une résistance mal appréciés, enfin mille accidents imprévus peuvent amener une catastrophe épouvantable : l'obélisque brisé, des millions perdus ; et plus de cent ouvriers, sans compter de nombreux assistants, infailliblement écrasés par la chute de l'appareil.

Une cavité avait été creusée en haut du piédestal pour y glisser un coffret en bois de cèdre contenant des monnaies d'or et d'argent – françaises, ptolémaïques et romaines – ainsi que deux médailles à l'effigie du souverain, portant cette inscription : « Sous le règne de Louis-Philippe Ier, roi des Français, M. de Gasparin étant ministre de l'Intérieur, l'obélisque de Louqsor a été élevé sur son piédestal, le 25 octobre 1836, par les soins de M. Apollinaire Lebas, ingénieur de la Marine. »

– Il ne reste plus qu'à accomplir ce qui est écrit, nous déclara solennellement l'intéressé.

L'inscription ne faisait pas état de la présence du roi. Il faut dire que le palais n'était pas en mesure de la confirmer. En réalité, Louis-Philippe souhaitait vivement assister à cette cérémonie publique, la première depuis l'attentat manqué contre lui le 25 juin précédent. Il comptait bien profiter de l'obélisque pour soigner sa popularité, mais voulait d'abord être sûr du succès de l'opération.

Ce grand imbécile de Triffot joua des coudes pour s'approcher du premier rang des spectateurs et me faire un salut. Je n'avais, en revanche, aucune chance d'apercevoir Gatignol, qui devait se cacher au milieu de la foule, de crainte d'être reconnu par l'ingénieur. Comme si celui-ci n'avait rien de mieux à faire que de le guetter…

Il était 11 heures du matin quand les artilleurs débouchèrent sur la place, salués par des applaudissements. Arrivèrent ensuite, entourés de leurs collaborateurs,

MM. de Gasparin, ministre de l'Intérieur, et de Guizard, directeur des Travaux publics. Ils invitèrent l'ingénieur à commencer l'opération, sans attendre le roi. Lequel était, semble-t-il, en route vers le ministère de la Marine, ou même déjà dans les salons de celui-ci, mais ne voulait pas se montrer tout de suite, de crainte d'être associé à un échec, voire à un drame si les choses tournaient mal.

Pour commander la manœuvre à l'aide d'un porte-voix, Apollinaire Lebas avait décidé de se tenir sur le tailloir du piédestal. C'était l'endroit le plus périlleux : en cas de catastrophe, il serait la première victime. Ayant l'habitude d'être à ses côtés, je le suivis, sans réfléchir au danger, ou peut-être par désir inconscient de me mettre en danger…

– Non, Justin, me dit-il, votre place n'est pas ici.

C'était la première fois qu'il m'appelait par mon prénom. J'en fus bouleversé. Ce petit homme, haut perché, m'apparaissait soudain comme un grand frère. Je me rendais compte de tout ce que j'avais appris à son contact : pas seulement le fonctionnement des treuils et des cabestans… Et j'avais honte de l'avoir trompé à propos de Gatignol lors de notre première entrevue à Toulon. Mais pourquoi étais-je allé à Toulon ? Pourquoi n'avais-je pas renoncé à ce voyage en Égypte et n'étais-je pas resté à Paris avec Clarisse ? Je récrivais une fois de plus l'histoire, transformais la scène de ce soir-là…

Quelque deux cent mille personnes se trouvaient désormais sur la place de la Concorde et aux alentours. Les musiciens qui avaient interprété *Les Mystères d'Isis* près du ministère de la Marine rangèrent leurs archets. À 11 h 30, juché sur son poste de commandement, à neuf mètres du sol, l'ingénieur donna l'ordre attendu. Au son du clairon, les artilleurs commencèrent leur marche circulaire et cadencée. On aperçut alors l'extrémité de l'obélisque quitter le chariot et s'élever lentement. Les spectateurs se haussaient sur la pointe des pieds pour essayer de voir quelque chose.

Une véritable angoisse me saisit. Je souhaitais de tout mon cœur que Lebas réussisse son pari. Qui aurait pu imaginer qu'en ces instants fatidiques le secrétaire de l'ingénieur était en train de composer des vers et de compter des pieds ?

Musiciens, rangez vos violons
C'est l'heure du clairon…

Mais la rime était bien pauvre ! Les mots me venaient beaucoup plus difficilement que d'habitude. Violons, jupons, Napoléon, qu'en-dira-t-on… Je n'arrivais pas à quitter des yeux Apollinaire Lebas, debout sur le tailloir. Son souci, je le savais, était la grosse rotule de chêne sur laquelle pivotait l'obélisque. La pression était telle que le tourillon roulait sur lui-même… « Tourillon » valait bien « clairon ». Mais qui connaissait ce mot dont j'avais découvert l'existence au contact d'un ingénieur exceptionnel ?

Oui, le tourillon roulait sur lui-même, faisant jaillir le suif qui y avait été appliqué, et même le suc du bois. Tourillon, tourillon : je n'avais plus que ce mot à l'esprit, sans réussir, pour une fois, à composer mes vers de mirliton.

Perché sur le tailloir, Lebas était impassible. Il s'attendait sans doute à la fatigue de la rotule. Cela ne menaçait pas, selon lui, le mouvement de l'obélisque.

À midi, rassuré par la tournure des opérations, Louis-Philippe apparut au balcon du ministère de la

Marine, drapé en son honneur de velours vert e… percaline bleue. Il était accompagné de la reine, des ducs d'Orléans et d'Aumale, du duc de Montpensier, des jeunes princesses, ainsi que du roi des Belges. Le président du Conseil et plusieurs ministres étaient également présents. Parmi les membres du corps diplomatique, on remarquait l'ambassadeur ottoman, revêtu de son costume oriental. L'Égypte, en revanche, simple province de l'Empire, n'avait pas de représentant, ce qui était un comble !

On apprit par la suite que la reine, hantée par les attentats, se plaçait sans cesse devant Louis-Philippe pour le protéger. À Rambuteau, le préfet de la Seine, qui tentait de la rassurer et la suppliait de « permettre à la foule d'apercevoir Sa Majesté », elle lança avec vivacité : « Me répondez-vous de sa vie ? »

La tension des deux pièces de bois était si considérable qu'elles résonnaient au plus petit choc comme une corde de violon. Sur le tailloir, Apollinaire Lebas sentit des trépidations qu'il attribua d'abord à une illusion créée par le déplacement des objets environnants. Mais le mouvement vibratoire s'accentua et le convainquit que ce tremblement était produit par l'ébranlement du socle lui-même. Quand un craquement se fit entendre, il donna aussitôt le signal d'arrêter.

– Cherchez la cause de ce bruit, ordonna-t-il aux membres de l'équipe. Examinez une à une toutes les parties du point d'appui. Nous ne pouvons prendre aucun risque.

Lebas était bien placé pour savoir que si le système cédait, l'obélisque, le chevalet et la moitié du piédestal pouvaient être projetés violemment du côté de la Madeleine, provoquant une effroyable catastrophe. Or, des boulons avaient commencé à se tordre.

– Rien n'a bougé, on peut continuer, vint lui dire au bout d'un moment l'inspecteur des travaux.

Les charpentiers étaient confiants, eux aussi :

– Les bois se sont assurés, voilà tout.

Lebas regagna son poste et donna le signal de la marche accélérée. Alors, on vit l'obélisque s'élever sans bruit et sans secousse. Pendant quarante minutes, il allait parcourir ainsi un autre tiers de son chemin, pour arriver quasiment dans la position où il tiendrait sur le piédestal.

L'action des cabestans fut suspendue pour préparer la dernière phase de l'opération. Soudain, j'entendis l'inspecteur des travaux pousser un juron, ce qui n'était pas dans ses habitudes. Il venait de constater qu'un ordre donné la veille avait été oublié : celui de refaire l'amarrage provisoire qui bridait les chaînes de l'obélisque. L'affaire n'avait heureusement rien de dramatique. Deux marins grimpèrent au sommet du monument pour s'en occuper.

Jusque-là, l'obélisque avait été soutenu par les haubans. Il devait maintenant être retenu par les câbles en fer. Ce changement devait s'opérer très lentement, centimètre à centimètre, afin d'éviter un choc, aux conséquences imprévisibles. Lebas demanda au charpentier concerné de calculer précisément la hauteur de l'arête de la base au-dessus du lit de pose. L'homme mesura avec un pied et convertit le résultat en mètre : il annonça 1,10 mètre. Cela obligeait à modifier le dispositif, qui n'était prévu que pour une hauteur de 0,95 mètre. On se mit aussitôt à l'œuvre, dans un climat de grande tension. Mais pour constater en cours de route que l'homme s'était trompé dans sa conversion…

La manœuvre reprit donc, après une interruption de soixante-quinze minutes, tandis que la foule manifestait une agitation grandissante. L'obélisque était presque en position verticale et n'avait quasiment plus besoin de l'action des cabestans pour se redresser tout à fait. Il s'agissait maintenant de le retenir pour l'empêcher de se jeter trop rudement sur son piédestal et se renverser en sens contraire. Sur un ordre de Lebas, les câbles de retenue en fer entrèrent en action. Pour les lâcher, on fit filer les cordes des palans, peu à peu, avec beaucoup de précautions.

À 14 h 30, quand l'obélisque vint enfin se poser sur son piédestal, un long murmure parcourut la place. On aurait dit que la foule hésitait à pousser un immense hourra. C'était fait, pourtant, et le visage d'Apollinaire Lebas, illuminé d'un sourire mouillé de larmes, en attestait. Au balcon du ministère de la Marine, Louis-Philippe donna le signal des applaudissements. Il se découvrit ensuite pour saluer le drapeau tricolore, qu'un matelot de première classe et le premier ouvrier charpentier étaient allés attacher au sommet du monument.

Triffot sauta par-dessus une barrière pour venir m'embrasser. On aurait dit qu'il était directement concerné par cette affaire.

– Sais-tu que Violette a envoyé son vieux marquis dans l'autre monde, à force de l'avoir épuisé ? Elle est maintenant avec un conseiller d'État.

Ce garçon avait vraiment le sens de l'à-propos.

Gatignol me fit un geste amical, à vingt pas. Il ne risquait pourtant pas de retenir l'attention de l'ingénieur, qui était entouré, félicité, presque porté par la foule. On vint lui dire que le roi le demandait. Lâchant ses admirateurs, Lebas se précipita au petit trot en direction du ministère de la Marine.

À son retour, fier comme Artaban, il nous indiqua que Louis-Philippe l'invitait à dîner le soir même aux

Tuileries. Le souverain avait donné des ordres pour que des gratifications soient remises aux ouvriers et à tous les membres de l'équipe. On déboucha de nombreuses bouteilles pour boire à la santé du roi des Français.

À la tombée du jour, une foule se pressait encore sur la place. Les charpentiers avaient illuminé le sommet de l'obélisque par des torches. Lebas était allé se préparer pour le dîner aux Tuileries.

Je saluai les membres de l'équipe, déjà un peu éméchés, pour regagner mon domicile, avec un sentiment de grand vide. Je n'avais nulle envie de rejoindre Triffot et compagnie qui allaient souper chez Fricoteaux, puis danser quelque part. Mon avenir m'apparaissait comme un trou noir. Deux propositions de travail m'avaient été faites : l'une, de Hittorff, l'architecte de la place de la Concorde ; l'autre, de Lebas qui allait prendre la direction du prestigieux musée de la Marine. Mais rien ne me tentait, pas même de voyager dans un pays lointain. C'est à Clarisse, et à Clarisse seule que je pensais.

43

Le Caire, 21 juillet 1836

Stupéfaite, sidérée, désespérée, par cette lettre d'Adèle. Je n'ai cessé de pleurer depuis hier. Jamais je n'aurais imaginé que Justin était un ami intime de cet individu ! Tout cela aurait donc été… Non, ce n'est pas possible. Ai-je pu me tromper à ce point sur Justin ?

Adèle n'a pourtant pas rêvé. Elle les a vus, les a entendus, à la descente de la diligence. Et son mari aussi. « Léon était encore plus choqué que moi… » D'une autre qu'elle, j'aurais pu soupçonner de la malveillance ou de la jalousie. Mais Adèle, la fidèle Adèle, ma meilleure amie ? D'autant que Justin lui avait fait une très bonne impression quand il était allé la voir à Ploudaniel. Comment oublierais-je son commentaire ? « Il t'aime, ma chérie. J'en suis sûre. C'est l'homme qu'il te faut. »

Me revoilà au milieu de l'enfer dont je croyais être sortie. Et je n'ai plus que mes yeux pour pleurer.

22 juillet 1836

Pas dormi de la nuit. Chaque phrase de la lettre d'Adèle me transperce le cœur. Qui est cette Lucille, auxquels Justin et l'autre faisaient allusion en descendant de la diligence ? Quelle est « cette affaire » qui les occupait et pour laquelle ils s'étaient donné rendez-vous ?

Quand ils sont ensemble, les hommes parlent certainement de leurs conquêtes féminines. Comment ont-ils reparlé de moi au cours de ce voyage en diligence ? Cette idée me donne la nausée.

Je ne suis faite pour aucun homme. Ni pour vivre, d'ailleurs.

23 juillet 1836

Mourir.

25 juillet 1836

Déjeuner dominical chez les Touta. Je ne me sentais ni la force ni la moindre envie d'y aller. Mais Sélim est venu me chercher. À table, je n'écoutais personne. Le docteur Boutros m'observait, inquiet. Je m'apprêtais à prendre congé, prétextant de la fatigue, quand j'ai appris que Sélim devait accompagner après-demain deux couples d'Anglais jusqu'à Louqsor. Je lui ai demandé aussitôt si je pouvais me joindre à eux. Un peu étonné, mais ravi, il m'a dit que la cange comptait encore une cabine libre. Le docteur Boutros, qui écoutait notre conversation, est intervenu alors, avec force, pour m'en dissuader : « Une femme seule… Ce n'est pas convenable, ce n'est pas raisonnable… Je vous en prie, réfléchissez… » Mais ma décision était prise.

Aller mourir à Louqsor.

Moyenne-Égypte, 3 août 1836

Sur le pont, les deux couples passent leur temps à bavarder ensemble, en anglais, ou à solliciter Sélim, qui baragouine cette langue. Je n'y comprends goutte, et c'est tant mieux : j'ai l'impression de voyager seule. C'est exactement ce qu'il me fallait.

Rassérénée depuis que j'ai pris ma décision. Plus rien ne compte.

Louqsor, 9 août 1836

Le soleil commençait à se coucher, hier, quand nous sommes arrivés devant le temple de Louqsor. Une lumière douce et triste.

Ce matin, nous sommes revenus pour visiter le temple. Les habitants l'appellent la maison des Français. Un immense obélisque se dresse à l'entrée. Je ne l'imaginais pas aussi grand, aussi écrasant. L'obélisque a l'air de regretter son frère en exil. La place de l'autre n'est occupée que par son piédestal. J'aurais pu m'y attendre, mais cela m'a fait un choc. J'ai été aussi mal à l'aise que devant une personne amputée d'un bras ou d'une jambe. Sélim Touta nous a présenté le temple comme si les membres de l'expédition y étaient encore : « Les chambres des officiers sont au-dessus. Là, c'est la poudrière. Au fond, c'est l'hôpital… »

J'ai passé un long moment dans le jardin, aménagé par les Français. Des citronniers, des bananiers, des lauriers-roses, des mimosas. Un parfum de jasmin et des oiseaux qui chantent. C'est ici que je veux m'endormir pour toujours.

10 août 1836

Un adolescent coiffé d'un bonnet européen de couleur bleue était en train de pêcher au bord du fleuve. Je n'ai pas osé l'aborder, mais Sélim Touta, qui n'était pas loin, m'a rejointe et s'est adressé à lui en arabe.

Il s'appelle Hamed. Quand je l'ai félicité pour son bonnet *(helw kétir !),* il a souri.

18 août 1836

Pas écrit une ligne depuis une semaine. Pas la force de mettre mon projet à exécution.

20 août 1836

C'EST LE PLUS BEAU JOUR DE MA VIE.

Ce matin, un batelier venant du Caire a remis deux lettres à Sélim Touta.

J'aurais dû commencer par lire celle d'Adèle, mais je me suis précipitée sur l'enveloppe portant l'écriture de Justin. Mon Justin ! J'ai fini par tout comprendre.

Comment lui répondre ? Personne, ici, ne pourrait acheminer une lettre. Dès mon retour au Caire, je lui écrirai tout un livre. Ou, mieux encore, je lui posterai les pages de ce journal.

3 septembre 1836

Pas écrit une ligne dans ce cahier depuis notre départ de Louqsor. Impression de m'être laissé porter par les eaux du fleuve en jouissant de chaque instant… Le port de Boulaq m'a paru bien bruyant. Hâte d'arriver à Alexandrie. Hâte de rentrer en France. Comme Justin me manque !

4 septembre 1836

Suzanne est, paraît-il, déjà à Alexandrie, avec l'intention de rentrer en France. Je vais l'y rejoindre dès que possible. J'ai tout juste pris le temps d'aller saluer le docteur Clot bey, qui a tenu à me remettre un certificat :

« Je, soussigné Antoine Barthélémy Clot, directeur de l'hôpital du Caire, certifie que Mlle Clarisse Tallec a suivi, pendant un an, mes leçons sur l'art des accouchements et qu'elle a fait preuve de beaucoup d'intelligence et d'aptitude. Par la suite, en liaison avec nos médecins, elle a soigné avec succès par elle-même nombre de femmes ou d'enfants, s'attirant une excellente réputation au Caire. »

15 septembre 1836

La stupéfaction de Suzanne quand elle m'a aperçue tout à l'heure au consulat d'Alexandrie ! « Et moi qui te croyais morte… » Elle pleurait en m'embrassant.

16 septembre 1836

Nous embarquons demain à bord de *La Pénélope,* avec Caroline Carbonnel et Judith Grégoire. Je découvre que Judith est enceinte de huit mois. Espérons qu'elle ne souffrira pas trop en mer. L'enfant serait de Charles Lambert. Encore lui !

La Pénélope ne transportera pas que des humains : deux grandes autruches, qui doivent être livrées à Marseille, ont obtenu le passage.

Il y a trois ans et demi, je voyageais clandestinement en direction de l'Égypte, rejetée et ignorée par ceux qui prétendaient être mes frères. Maintenant, je regagne la France avec trois amies qui continuent à me considérer comme leur sœur, même si j'ai tourné la page du saint-simonisme.

Je quitte l'Égypte sans la quitter. Je sais que j'y reviendrai en compagnie de celui que j'ai hâte de retrouver, qui me fait sourire à la vie, qui hante mes jours et mes nuits.

1er octobre 1836

Le temps s'est finalement calmé. Une mer d'huile ! Hier, nous avions cru notre dernière heure venue. La rapidité avec laquelle la tempête s'était levée avait pris de court l'équipage, pourtant habitué aux sautes d'humeur de la Méditerranée. Le capitaine nous a crié de nous enfermer dans notre cabine, tandis que des vagues de plus en plus fortes frappaient le navire de plein fouet. Par le hublot, à la lueur des éclairs, je l'ai vu jeter son porte-voix, devenu inaudible, retirer ses chaussures puis grimper agilement sur les cordages en invitant des matelots à le suivre. Je ne sais comment ils ont réussi à carguer les voiles qui faisaient craquer les mâts, menaçant de les briser. Descendus sans accident, ruisselant d'eau, ils sont restés sur le pont pour surveiller le navire jusqu'à ce que la tempête s'éloigne.

3 octobre 1836

Hâte de retrouver Justin.

L'idée d'aller nous installer en Égypte me tente de plus en plus. Je me vois dans ses bras, après mille baisers, lui demander, en me retenant de rire :

– Justin Le Guillou, voulez-vous m'épouser ?

– Mademoiselle, me répondra-t-il sur un ton solennel, je dois d'abord consulter mon notaire de père. Je ne fais jamais rien sans son accord.

– Un notaire ? Ça tombe bien ! Il me faut un contrat de mariage. J'irai voir votre père demain matin. Je lui dirai : « Je suis Clarisse Tallec, la fille de feu le maréchal-ferrant. Je n'ai pas un sou vaillant et je demande la main de votre fils. » Il me l'accordera sur-le-champ. Mais je l'arrêterai : « Holà, maître, pas si vite ! »

– Ah bon ? fera Justin en couvrant mon épaule de baisers.

– Ne m'interromps pas, s'il te plaît ! Je reprends. Il voudra m'accorder ta main sur-le-champ. Mais je l'arrêterai : « Holà, maître, pas si vite ! Il me faut des garanties. Je veux être sûre que nous serons, votre fils et moi, unis et pas liés. Libres et égaux en droit. Je veux un contrat. »

6 octobre 1836

Quand Judith a commencé à se tordre de douleur, j'ai compris qu'elle était sur le point d'accoucher. Je l'ai aidée à regagner la cabine, laissant Suzanne calmer Caroline, affolée, qui était atteinte de tremblements nerveux. J'ai fait avec les moyens du bord, c'est le cas de le dire… La petite Pénélope est née sans encombre. Tout l'équipage a bu à sa santé.

9 octobre 1836

Nous avons débarqué à Marseille. Le drapeau jaune a été hissé au grand mât de notre navire, qui s'est vu aussitôt parqué, comme tous les bâtiments en provenance du Levant. Le capitaine a expliqué aux autorités que, loin d'avoir des morts à déclarer, il avait dû inscrire sur son livre de bord une passagère supplémentaire. La bonne santé des deux autruches a également joué en notre faveur. Nous ne subirons qu'une quarantaine de vingt jours. Mais Justin, à qui je viens d'écrire, ne tiendra pas tout ce temps. Moi non plus. Nous avons tant de choses à nous dire !

DU MÊME AUTEUR

Les Nouveaux Chrétiens
Seuil, 1975

Le Défi terroriste
Leçons italiennes à l'usage de l'Europe
Seuil, « L'Histoire immédiate », 1979

Le Tarbouche
prix Méditerranée 1992
Seuil, 1992
et « Points », n° P117, 1995

Le Sémaphore d'Alexandrie
Seuil, 1994
et « Points », n° P236, 1996

La Mamelouka
Seuil, 1996
et « Points », n° P404, 1997

L'Égypte, passion française
Seuil, 1997
et « Points », n° P638, 1999

Les Savants de Bonaparte
Seuil, 1998
et « Points », n° P885, 2001

Alexandrie l'Égyptienne
(en collab. avec Carlos Freire)
Stock, 1998

La Pierre de Rosette
(en collab. avec Dominique Valbelle)
Seuil, 1999
et « Points », n° P1185, 2004

Mazag
Seuil, 2000
et « Points », n° P916, 2001

Dictionnaire amoureux de l'Égypte
Plon, 2002

Voyages en Égypte
(en collab. avec Marc Walter et Sabine Arqué)
Chêne, 2003 ; rééd., 2010

Le Grand Voyage de l'obélisque
Seuil, 2004
et « Points Histoire », n° 360, 2006

Fous d'Égypte
Entretiens avec Florence Quentin
(en collab. avec Pierre Corteggiani
et Jean-Yves Empereur)
Bayard, 2005

Bonaparte à la conquête de l'Égypte
Seuil, 2006
et « Points Histoire », n° 433, 2010

L'Égypte d'hier en couleurs
(en collab. avec Max Karkégi)
Chêne, 2008

Une soirée au Caire
Seuil, 2010
et « Points Grands Romans », n° P2687, 2011

Voyages en Égypte
(en collaboration avec Marc Walter)
Chêne, 2010

La Vie éternelle de Ramsès II
Seuil, 2011
et « Points », n° P2834, 2012

Le Pharaon renversé
Dix-huit jours qui ont changé l'Egypte
Les Arènes, 2011

Billets
Seuil, 2012

Champollion
(présentation)
Perrin, 2012

Sadate
Perrin, 2013

Hôtel Mahrajane
Seuil, 2016

Ils ont fait l'Égypte moderne
Perrin, 2017

L'Envers des mots
Éditions de l'Aube, 2019

La grande aventure de l'égyptologie
Perrin, 2019

RÉALISATION : NORD COMPO À VILLENEUVE-D'ASCQ
IMPRESSION : CPI FRANCE
DÉPÔT LÉGAL : JUIN 2020. N° 143285 (3038476)
IMPRIMÉ EN FRANCE

Éditions Points

Collection Points Les Grands Romans

P8. La Marche de Radetzky, *Joseph Roth*
P46. La Ville des prodiges, *Eduardo Mendoza*
P52. La Maison du guerrier. Dar Baroud, *Louis Gardel*
P66. L'Inquisiteur, *Henri Gougaud*
P76. Pour la plus grande gloire de Dieu, *Morgan Sportès*
P87. L'Alliance, tome 1, *James A. Michener*
P88. L'Alliance, tome 2, *James A. Michener*
P117. Le Tarbouche, *Robert Solé*
P154. Le Maître d'escrime, *Arturo Pérez-Reverte*
P163. La Mère du printemps (L'Oum-er-Bia) *Driss Chraïbi*
P174. Le Dieu manchot, *José Saramago*
P196. La Crypte des capucins, *Joseph Roth*
P231. Ceux de 14, *Maurice Genevoix*
P236. Le Sémaphore d'Alexandrie, *Robert Solé*
P260. Le Guépard, *Giuseppe Tomasi di Lampedusa*
P263. Un loup est un loup, *Michel Folco*
P280. Dixie, *Julien Green*
P301. Dieu et nous seuls pouvons, *Michel Folco*
P305. L'Homme à la vie inexplicable, *Henri Gougaud*
P306. Bélibaste, *Henri Gougaud*
P345. Kamouraska, *Anne Hébert*
P349. Fort Saganne, *Louis Gardel*
P374. L'Amant du volcan, *Susan Sontag*
P387. Les Seigneurs du thé, *Hella S. Haasse*
P396. Le Médecin de Cordoue, *Herbert Le Porrier*
P452. La Femme de chambre du *Titanic*, *Didier Decoin*
P453. Abraham de Brooklyn, *Didier Decoin*
P484. Les Lauriers du lac de Constance, *Marie Chaix*
P518. La Peau du tambour, *Arturo Pérez-Reverte*
P524. L'Expédition, *Henri Gougaud*
P529. Sarah et le Lieutenant français, *John Fowles*
P545. La Terre et le Sang, *Mouloud Feraoun*
P546. L'Aurore des bien-aimés, *Louis Gardel*
P562. La Poussière du monde, *Jacques Lacarrière*
P623. Marie d'Égypte. Ou le désir brûlé, *Jacques Lacarrière*
P641. Pologne, *James A. Michener*
P655. Naissance à l'aube, *Driss Chraïbi*
P660. Nu couché, *Dan Franck*
P692. Le Roman du conquérant, *Nedim Gürsel*

P738. La Porte d'or, *Michel Le Bris*
P740. Les Bûchers de Bocanegra, *Arturo Pérez-Reverte*
P753. Le Soleil de Breda, *Arturo Pérez-Reverte*
P845. Les Enfants des morts, *Heinrich Böll*
P868. Le Seul Amant, *Éric Deschodt, Jean-Claude Lattès*
P874. L'Opéra de Vigàta, *Andrea Camilleri*
P894. Les Trois Vies de Babe Ozouf, *Didier Decoin*
P974. Les Feux du Bengale, *Amitav Ghosh*
P991. Les Étoiles du Sud, *Julien Green*
P992. En avant comme avant !, *Michel Folco*
P1033. Arthur, *Michel Rio*
P1047. Le Grand Roman indien, *Shashi Tharoor*
P1059. Le Mètre du monde, *Denis Guedj*
P1077. Les Turbans de Venise, *Nedim Gürsel*
P1091. Les Comptoirs du Sud, *Philippe Doumenc*
P1128. Les Adieux à la reine, *Chantal Thomas*
P1200. Le Luthier de Crémone, *Herbert Le Porrier*
P1217. Les Cheveux de Bérénice, *Denis Guedj*
P1290. La Dormeuse de Naples, *Adrien Goetz*
P1334. L'Amandière, *Simonetta Agnello Hornby*
P1388. Le Gentilhomme au pourpoint jaune
Arturo Pérez-Reverte
P1458. Sisyphe, roi de Corinthe. Le Châtiment des dieux I
François Rachline
P1459. Le Voyage d'Anna, *Henri Gougaud*
P1460. Le Hussard, *Arturo Pérez-Reverte*
P1461. Les Amants de pierre, *Jane Urquhart*
P1462. Corcovado, *Jean-Paul Delfino*
P1500. La Tante marquise, *Simonetta Agnello Hornby*
P1501. Anita, *Alicia Dujovne Ortiz*
P1553. Saint-Sépulcre !, *Patrick Besson*
P1568. La Rose pourpre et le Lys, tome 1, *Michel Faber*
P1569. La Rose pourpre et le Lys, tome 2, *Michel Faber*
P1570. Sarnia, *Gerald Basil Edwards*
P1571. Saint-Cyr. La Maison d'Esther, *Yves Dangerfield*
P1586. Femme en costume de bataille, *Antonio Benitez-Rojo*
P1587. Le Cavalier de l'Olympe. Le Châtiment des dieux II
François Rachline
P1588. Le Pas de l'ourse, *Douglas Glover*
P1627. Equador, *Miguel Sousa Tavares*
P1628. Du côté où se lève le soleil, *Anne-Sophie Jacouty*
P1629. L'Affaire Hamilton, *Michelle de Kretser*
P1630. Une passion indienne, *Javier Moro*
P1674. L'Époux divin, *Fransisco Goldman*

P1689. En la forêt de Longue Attente.
Le roman de Charles d'Orléans, *Hella S. Haasse*
P1696. La Sœur de Mozart, *Rita Charbonnier*
P1697. La Science du baiser, *Patrick Besson*
P1700. Dans l'ombre du Condor, *Jean-Paul Delfino*
P1732. Persée, prince de la lumière. Le Châtiment des dieux III
François Rachline
P1733. Bleu de Sèvres, *Jean-Paul Desprat*
P1765. L'Œuvre des mers, *Eugène Nicole*
P1805. L'Amante du pharaon, *Naguib Mahfouz*
P1808. Fleurs de Chine, *Wei-Wei*
P1851. Rescapée, *Fiona Kidman*
P1900. Tango, *Elsa Osorio*
P1901. Julien, *Gore Vidal*
P1917. La Religieuse de Madrigal, *Michel del Castillo*
P1918. Les Princes de Francalanza, *Federico de Roberto*
P1919. Le Conte du ventriloque, *Pauline Melville*
P1936. Les Rescapés du Styx, *Jane Urquhart*
P1968. Pampa, *Pierre Kalfon*
P1973. La Statue du commandeur, *Patrick Besson*
P1983. Toutes ces vies qu'on abandonne, *Virginie Ollagnier*
P2034. La Méridienne, *Denis Guedj*
P2048. La Pension Eva, *Andrea Camilleri*
P2049. Le Cousin de Fragonard, *Patrick Roegiers*
P2090. Même le mal se fait bien, *Michel Folco*
P2091. Samba triste, *Jean-Paul Delfino*
P2104. Les Pays lointains, *Julien Green*
P2131. Jubilee, *Margaret Walker*
P2150. Treize Lunes, *Charles Frazier*
P2180. Corsaires du Levant, *Arturo Pérez Reverte*
P2191. L'homme qui voulait voir Mahona, *Henri Gougaud*
P2198. Ambre, vol. 1, *Kathleen Winsor*
P2199. Ambre, vol. 2, *Kathleen Winsor*
P2206. La Beauté du monde, *Michel Le Bris*
P2213. L'Enfant pain, *Agustin Gomez-Arcos*
P2220. Une année dans la vie de Tolstoï, *Jay Parini*
P2230. J'ai vécu 1 000 ans, *Mariolina Venezia*
P2231. La Conquistadora, *Eduardo Manet*
P2232. La Sagesse des fous, *Einar Karason*
P2259. La Montagne en sucre, *Wallace Stegner*
P2260. Un jour de colère, *Arturo Pérez-Reverte*
P2261. Le Roi transparent, *Rosa Montero*
P2285. Tarabas, *Joseph Roth*
P2287. Récit des temps perdus, *Aris Fakinos*
P2315. Luz ou le temps sauvage, *Elsa Osorio*

P2316. Le Voyage des grands hommes, *François Vallejo*
P2338. La Servante insoumise, *Jane Harris*
P2366. La Couleur du bonheur, *Wei-Wei*
P2370. Le Sang des Dalton, *Ron Hansen*
P2373. L'Agent indien, *Dan O'Brien*
P2383. Robin des bois, prince des voleurs
Alexandre Dumas
P2388. L'Île du lézard vert, *Eduardo Manet*
P2402. Si loin de vous, *Nina Revoyr*
P2403. Les Eaux mortes du Mékong, *Kim Lefèvre*
P2423. La Couturière, *Frances de Pontes Peebles*
P2424. Le Scandale de la saison, *Sophie Gee*
P2425. Ursúa, *William Ospina*
P2453. Baptiste, *Vincent Borel*
P2458. Le Voyage de l'éléphant, *José Saramago*
P2507. Villa des hommes, *Denis Guedj*
P2520. Nord et Sud, *Elizabeth Gaskell*
P2552. Un monde d'amour, *Elizabeth Bowen*
P2568. Les Amants papillons, *Alison Wong*
P2569. Dix mille guitares, *Catherine Clément*
P2619. L'Histoire très ordinaire de Rachel Dupree
Ann Weisgarber
P2639. Le Roman de Bergen. 1900 L'Aube – tome I
Gunnar Staalesen
P2640. Aurora, Kentucky, *Carolyn D. Wall*
P2643. Le Ruban rouge, *Carmen Posadas*
P2652. Le Sari rose, *Javier Moro*
P2653. Le Roman de Bergen. 1900 L'Aube – tome II
Gunnar Staalesen
P2654. Jaune de Naples, *Jean-Paul Desprat*
P2656. Qui a tué Arlozoroff ?, *Tobie Nathan*
P2662. L'Incertain, *Virginie Ollagnier*
P2674. Le Testament d'Olympe, *Chantal Thomas*
P2675. Antoinc ct Isabelle, *Vincent Borel*
P2712. Mon patient Sigmund Freud, *Tobie Nathan*
P2713. Trois explications du monde, *Tom Keve*
P2715. Shim Chong, fille vendue, *Hwang Sok Yong*
P2716. La Princesse effacée, *Alexandra de Broca*
P2737. La Jeunesse mélancolique et très désabusée d'Adolf Hitler
Michel Folco
P2738. L'Enfant des livres, *François Foll*
P2739. Karitas, livre I – L'esquisse d'un rêve
Kristín Marja Baldursdóttir
P2761. Caravansérail, *Charif Majdalani*
P2762. Les Confessions de Constanze Mozart
Isabelle Duquesnoy

P2801. Le Marquis des Éperviers, *Jean-Paul Desprat*
P2822. Le Roman de Bergen. 1950 Le Zénith – tome III *Gunnar Staalesen*
P2850. Le Roman de Bergen. 1950 Le Zénith – tome IV *Gunnar Staalesen*
P2851. Pour tout l'or du Brésil, *Jean-Paul Delfino*
P2864. Rêves de Russie, *Yasushi Inoué*
P2865. Des garçons d'avenir, *Nathalie Bauer*
P2903. Cadix, ou la diagonale du fou, *Arturo Pérez-Reverte*
P2904. Cranford, *Elizabeth Gaskell*
P2905. Les Confessions de Mr Harrison, *Elizabeth Gaskell*
P2906. Jón l'Islandais, *Bruno d'Halluin*
P2948. Les Mille Automnes de Jacob de Zoet, *David Mitchell*
P2949. La Tuile de Tenpyô, *Yasushi Inoué*
P2981. Karitas, livre II – L'art de la vie *Kristín Marja Baldursdóttir*
P3003. Pour l'amour de Rio, *Jean-Paul Delfino*
P3004. Les Traîtres, *Giancarlo de Cataldo*
P3016. La Reine des Cipayes, *Catherine Clément*
P3017. Job. Roman d'un homme simple, *Joseph Roth*
P3037. Doña Isabel (ou la véridique et très mystérieuse histoire d'une Créole perdue dans la forêt des Amazones) *Christel Mouchard*
P3057. Les Sœurs Brelan, *François Vallejo*
P3058. L'Espionne de Tanger, *María Dueñas*
P3071. Les Amoureux de Sylvia, *Elizabeth Gaskell*
P3072. Cet été-là, *William Trevor*
P3085. Quel trésor !, *Gaspard-Marie Janvier*
P3086. Rêves oubliés, *Léonor de Récondo*
P3087. Le Valet de peinture, *Jean Daniel Baltassat*
P3102. Relevé de terre, *José Saramago*
P3145. Le Pont des assassins, *Arturo Pérez-Reverte*
P3146. La Dactylographe de Mr James, *Michiel Heyns*
P3147. Télex de Cuba, *Rachel Kushner*
P3154. Au pays du Cerf blanc, *Chen Zhongshi*
P3155. Juste pour le plaisir, *Mercedes Deambrosis*
P3179. Richard W., *Vincent Borel*
P3180. Moi, Clea Shine, *Carolyn D. Wall*
P3210. Le Roman de Bergen. 1999 Le crépuscule – tome V *Gunnar Staalesen*
P3211. Le Roman de Bergen. 1999 Le crépuscule – tome VI *Gunnar Staalesen*
P3246. Un homme loyal, *Glenn Taylor*
P3247. Rouge de Paris, *Jean-Paul Desprat*
P3275. L'Excellence de nos aînés, *Ivy Compton-Burnett*

P3276. Le Docteur Thorne, *Anthony Trollope*
P3282. Moi, Giuseppina Verdi, *Karine Micard*
P3283. Les oies sauvages meurent à Mexico, *Patrick Mahé*
P3284. Le Pont invisible, *Julie Orringer*
P3324. Le Dictionnaire de Lemprière, *Lawrence Norfolk*
P3325. Le Divan de Staline, *Jean-Daniel Baltassat*
P3326. La Confrérie des moines volants, *Metin Arditi*
P3327. L'Échange des princesses, *Chantal Thomas*
P3328. Le Dernier Arbre, *Tim Gautreaux*
P3355. Le Tango de la Vieille Garde, *Arturo Pérez-Reverte*
P3356. Blitz, et autres histoires, *Esther Kreitman*
P3398. L'homme qui aimait les chiens, *Leonardo Padura*
P4012. Pietra viva, *Léonor de Récondo*
P4013. L'Égaré de Lisbonne, *Bruno d'Halluin*
P4048. La Clandestine du voyage de Bougainville
Michèle Kahn
P4049. L'Italienne, *Adriani Trigiani*
P4060. Dans le Pavillon rouge, *Pauline Chen*
P4061. La Petite Copiste de Diderot, *Danielle Digne*
P4094. Demain à Santa Cecilia, *María Dueñas*
P4104. L'Empereur aux mille conquêtes, *Javier Moro*
P4126. Le Livre des secrets, *Fiona Kidman*
P4134. Le Printemps des enfants perdus, *Béatrice Égémar*
P4135. Les Enfants du duc, *Anthony Trollope*
P4155. Les Indomptées, *Nathalie Bauer*
P4156. Nos disparus, *Tim Gautreaux*
P4157. Sarah Thornhill, *Kate Grenville*
P4175. Suzon, *Louise Bachellerie*
P4176. La Maîtresse du commandant Castro, *Eduardo Manet*
P4190. Passent les heures, *Justin Gakuto Go*
P4203. Le Festin de John Saturnal, *Lawrence Norfolk*
P4204. Aimons-nous les uns les autres, *Catherine Clément*
P4242. Westwood, *Stella Gibbons*
P4243. Hérétiques, *Leonardo Padura*
P4255. Bienvenue à Big Stone Gap, *Adriana Trigiani*
P4274. Les Silences de la guerre, *Claire Fourier*
P4275. Louise, *Louise Bachellerie*
P4288. Les Premiers de leur siècle, *Christophe Bigot*
P4289. Mary Barton, *Elizabeth Gaskell*
P4317. Ciel d'acier, *Michel Moutot*
P4335. Le Voile de Téhéran, *Parinoush Saniee*
P4336. Les Rumeurs du Nil, *Sally Beauman*
P4366. La Table d'émeraude, *Carla Montero*
P4369. Poussières d'exil, *Patrick Bard*
P4396. Mille regrets, *Vincent Borel*

P4414. Claire, *Louise Bachellerie*
P4449. Marie Curie prend un amant, *Irène Frain*
P4556. Les Ravissements du Grand Moghol, *Catherine Clément*
P4581. Le Célibataire, *Stella Gibbons*
P4582. Les Princesses assassines, *Jean-Paul Desprat*
P4586. Lointaines Merveilles, *Chantel Acevedo*
P4599. Comme deux sœurs, *Rachel Shalita*
P4642. Le Jour de l'émancipation, *Wayne Grady*
P4643. La Cure de Framley, *Anthony Trollope*
P4646. Histoire du lion Personne, *Stéphane Audeguy*
P4707. La Ville des tempêtes, *Jean Contrucci*
P4750. Deux hommes de bien, *Arturo Pérez-Reverte*
P4770. Avant que les ombres s'effacent
Louis-Philippe Dalembert
P4796. Fille de l'air, *Fiona Kidman*
P4805. Soledad, *María Dueñas*
P4813. L'Embaumeur, *Isabelle Duquesnoy*
P4818. Lucia, Lucia, *Adriana Trigiani*
P4834. L'Empereur à pied, *Charif Majdalani*
P4837. Je suis Jeanne Hébuterne, *Olivia Elkaim*
P4926. Quatre lettres d'amour, *Niall Williams*
P4938. Kong, *Michel Le Bris*
P4952. Niels, *Alexis Ragougneau*
P5000. L'Expédition de l'espoir, *Javier Moro*
P5001. Séquoias, *Michel Moutot*
P5002. Indu Boy, *Catherine Clément*
P5104. Le Prix, *Cyril Gely*
P5182. Très chère Valentine, *Adriana Trigani*
P5183. La Partition, *Diane Brasseur*
P5184. Château de femmes, *Jessica Shattuck*
P5185. Les Âmes silencieuses, *Mélanie Guyard*
P5186. Le Cartographe des Indes boréales, *Olivier Truc*
P5187. Les Méandres du Nil, *Robert Solé*